若是那年初相遇

叶妖精 ◆ 著

中国言实出版社

图书在版编目（CIP）数据

若是那年初相遇 / 叶妖精著. —北京：中国言实
出版社，2014.6
ISBN 978-7-5171-0542-8

Ⅰ．①若… Ⅱ．①叶… Ⅲ．①长篇小说－中国－当代
Ⅳ．①I247.5

中国版本图书馆 CIP 数据核字（2014）第 083166 号

责任编辑：陈昌财

出版发行　中国言实出版社
　地　　址：北京市朝阳区北苑路 180 号加利大厦 5 号楼 105 室
　邮　　编：100101
　编辑部：北京市西城区百万庄路甲 16 号五层
　邮　　编：100037
　电　　话：64924853（总编室）　64924716（发行部）
　网　　址：www.zgyscbs.cn
　E-mail：yanshicbs@126.com
经　　销　新华书店
印　　刷　北京市玖仁伟业印刷有限公司
版　　次　2014 年 6 月第 1 版　　2014 年 6 月第 1 次印刷
规　　格　787 毫米×1092 毫米　1/16　　印张 16
字　　数　304 千字
定　　价　29.80 元　　　　ISBN 978-7-5171-0542-8

目　录

第一章
机 场 相 遇

彭芸芸自由自在地呼吸着新鲜空气，踹开上一家的变态老板度假回来，整个人也轻松了不少。想到找新工作的事，她的心情就不太好。刚刚从飞机上下来，敏锐的耳朵听见嘈杂声。一群记者，身后跟着扛着摄像机的工作人员，把机场出口处堵得水泄不通。

"你们这些记者都让开！宇文先生没时间接受你们的采访！"一个身穿黑色西装，助理模样的男人大声呵斥着。一群记者互相推着，中间被保护的男人，不悦地抬头，戴着黑色墨镜，看不清楚墨镜下的表情。

场面一度混乱，渐渐失控。

"宇文先生，你这次回到国内是为了继承家族企业吗？"

"听说霍小姐现在还在阿拉斯加是真的吗？"

"宇文先生！国内一线女星张佩琪小姐是不是跟你交往过……"

记者们争先恐后，脸都被挤得变了形，有人跌倒在地被踩，也无人问津。他们眼里只想着对宇文澈的采访。只要能拿到第一手的资料，他们的周刊就能大卖，报纸就能热销，升职加薪也就是早晚的事情。

他是宇文澈，上流社会出名的冷面黄金单身汉，花名在外，曾经跟多位一线二线女星传出绯闻。最近被《爆周刊》的狗仔队爆出来，成为梁市最劲爆的绯闻。

宇文集团总裁宇文澈先生跟副市长的独生女张尹珺小姐在美国阿拉斯加豪赌，这个传闻已经在梁市的大街小巷传开了。

宇文澈今年二十六岁，早些年，家族企业白手起家，以投资股票发了一笔横财，经过两代人的奋斗成就了现在的宇文集团。在事业发展到最高峰时期，宇文澈离开国内去了美国扩展业务，现在宇文集团在房地产、餐饮业、基金投资方面有数亿的资产。

仔细看他的瞳孔，却不是纯黑色的，他是混血儿。拥有四分之一美国血统的他，一米八六的身高让人生畏，这次回来不打算离开了，准备接管宇文家族的产业。

"啊！"彭芸芸没想到会随着人群被挤进去，也不知道是谁挤倒了她，身上还被踩了几脚。新买的牛仔裤上都是脏脏的鞋印，白净的脸颊立刻变成了苦瓜脸，正当她犹豫着该怎么站起来，眼前出现了一只黑色皮鞋，折射着晶亮的光泽。

宇文澈右边的眉梢一挑，淡定地注视着趴在地上的女人。黑色长发披在肩膀上，一张小脸上都是迷茫和气愤，尤其是那一双因为不满而愤怒的眼眸，闪烁着不安，犹如受到惊吓的小兔子一般，触动了他心底最柔软的地方。

彭芸芸挣扎着想爬起来，不料被他的助理强制拎了起来，她的脚很痛，根本没有力气，却不得不挣扎着说："放开我！我不是记者……"

"是吗？你是哪个周刊的？"宇文澈冷冽的嗓音充斥着寒冰一样的冷，扫了一眼身边吵哄哄的记者，他们畏惧地向后退了几步。

"我说过我不是记者……哇，好痛！"彭芸芸没想到他的助理手突然松开，一个不小心，身子再次跟地面来了个亲密接触，这一次她发觉右脚使不上劲了。

本想一走了之的宇文澈，看见了彭芸芸受伤痛苦的脸蛋以后，在助理意外的眼神中把她扶了起来。

彭芸芸本来还想说点什么来表达不满，当她看见一双冷冰冰的褐色眼眸的时候，她被震慑住，直到记者又包围了他们，她的思绪才逐渐清醒过来。

宇文澈抬眼就看到眼前的女人，身上没有照相机和记者证之类的东西，只有一个背包，看来她是刚下飞机，看她的样子倒不像周刊的记者。

女人被意外卷进来，可不是他能提前预料到的。本想一走了之，余光扫到她受到惊吓的委屈表情，撅嘴的酒窝，仿佛似曾相识。

彭芸芸察觉到男人的眼神很怪异，强撑着脚上的痛楚，打量着围得水泄不通的记者，找到一个空隙，拖着腿，弯下身子钻了出去。

宇文澈的一个慌神，眼前的女人不见了，他还没有开口，女人就消失了。

"澈少，我知道了……"助理低下头听着宇文澈的吩咐，开始驱赶这些记者，警告他们不许拍照，除非他们不想在这一行继续混下去。

宇文澈眼疾手快地找到了女人缓慢的背影，快步走了过去。他不知道为什么要跟着她，第一次见面的陌生女人。大概是她的侧脸太像一个人了，让他鬼使神差地跟了过去。

彭芸芸根本没察觉到身后有人跟着。

宇文澈的眼神变得凌乱起来，女人的脚一软，眼看着就要摔倒在地。他一个箭步走过去，前倾着身子拉住了她的手臂，两个人的眼眸碰撞在一起，涌现出异样的火花。

"宇文先生，这位小姐是你的新女友吗?"

"你们是什么关系? 宇文先生，你能谈谈吗?"

记者们还是不死心地继续追问，宇文澈脸色一沉，冷冷地扫了他们一眼。彭芸芸打了个冷战，胳膊上的汗毛冷飕飕的，这个陌生的男人到底是什么人，为什么记者追他不放，应该是名人吧……难道他是明星?

"御风，把这个女人塞到车里去!"宇文澈转身吩咐黑色西装的男人。

助理唐御风，从小跟宇文澈一起长大，与其说他们是上司和下属的关系，还不如说他们是朋友关系。

御风点头，不顾彭芸芸的惊讶，突然把她抱了起来。在记者和摄影师疑惑的眼神里，走出了机场大厅。

"放开我……"彭芸芸此刻的脸颊红得跟番茄一样。

机场出口处亮眼地停着一辆加长的林肯轿车，御风回头望了一眼记者和狗仔队，无奈地把挣扎的女人放下来："小姐，麻烦你上车。"

"不要!"彭芸芸得到喘息的机会，满腔的怒火不知道对谁发泄，当着记者的面，居然被一个陌生男人抱着，太丢脸了吧。

"上车!"宇文澈的力气大的惊人，强拉着女人的胳膊把她推进了轿车里。

"痛! 你不能轻点吗?"彭芸芸对这个陌生男人一点好脸色都没有，紧紧贴着车窗坐着，生怕被他怎么着一样。当她注意到轿车里摆设的时候，才惊讶地出声，"天呐! 我不是在做梦吧? 林肯? 加长轿车?"捏着自己的脸颊，感觉到痛，才相信自己坐进了一个豪华轿车里。

"女人，闭嘴!"

"额……好吧……"

宇文澈发现这个女人真是吃硬不吃软，难道她不知道自己是什么处境吗。

"你哪里受伤了?"他上下打量着她，浅蓝色的牛仔裤上都是脚印。白色的休闲衬衫上都是脏兮兮的脚印，头发遮住了她半边的脸，看上去很狼狈。

"不用你管! 先生，我现在能下去吗?"彭芸芸对眼前的男人一点好感都没有，虽然他刚才在机场大厅里帮了自己，不代表他就是个好人。

宇文澈微微皱了皱眉头，黑色墨镜依旧没有拿下来，他对国内的女人是越来越不了解了，"你不认识我吗?"

"我为什么要认识你，难道你是总统？"

唐御风在前面开车，不由得发出了声音。

女人的话让宇文澈顿时哑口无言，他瞪了御风一眼，尴尬地清清嗓子，"你现在不能下去，那些狗仔肯定派车跟着。御风，你负责甩开他们。"

"是，澈少。"

彭芸芸一惊，她不敢正眼看宇文澈，这个陌生男人浑身散发着强大的气场，他肯定是个名人，要不然记者也不会围追堵截他的去处。当她看见车子离开了机场，突然松了一口气。

宇文澈察觉到彭芸芸的距离感，装作没看见一样："你家住哪？"

"你想干嘛？"彭芸芸猛地捂住自己的胸口，偷偷瞄着他，"你不会是黑道吧？难道你做了什么坏事……要不然那些记者为什么追着你？"瞪着大眼睛打量起身边的男人，他的皮肤是均匀的小麦色，眼睛藏在墨镜下看不清，高大的身材，健壮的曲线，的确是个让女人忍不住多看几眼的魅力男人。

宇文澈没说话，嘴角浮现一抹冷笑，车里瞬间降低了温度。

"那个……我刚才不是故意的，你千万别误会啊！"

"你家到底住在哪？我叫御风送你。"

他终于开口说话了，对于彭芸芸来说，时间似乎有一个小时那么漫长。

宇文澈打量着她，回国第一个接触的女人，她看上去很平凡，被牛仔裤包裹的身躯透出姣好的曲线，低头时温柔的睫毛忽闪忽闪，偶尔撅起嘴巴，一个浅浅的酒窝看起来很……很迷人。

彭芸芸渐渐从刚才的惊慌失措里回过神来，刚才要不是因为这个陌生男人，她也不会被人推倒，还趴到地上，被人踩了几脚。这个男人真的有问题，也不说介绍一下他自己，只是不停地催问自己的家在哪，她才没这么笨呢，告诉他不是引狼入室吗。

"我家住在贫民窟，你还是把我放在路边吧，我自己坐公车回去。"彭芸芸说着，一边打量着男人的表情，他好像听不懂话里的意思。

宇文澈撇撇嘴巴，并不想要回答她的问题。

"先生，难道你听不懂国语吗？"彭芸芸心里在偷笑，看来这个人会说国语，但是理解能力很有限啊，这回看他还不中招。

第二章
面 红 耳 赤

车里的空间很大，宇文澈从身边的黑色箱子里拿出来一瓶红酒，"你的脚不疼了？"

嘎！彭芸芸没想到他突然把话转到自己的脚伤上面，他究竟心里在想什么。等一下，他刚刚从箱子里拿出来一瓶酒？

"我没事了……"她揉揉脚踝，试图缓解脚上的疼痛。

"真的不疼了揉脚做什么？"宇文澈若无其事地敲开瓶塞，把红酒倒在杯子里，闻了闻，享受般的表情让一边的彭芸芸侧目而视。

"是很香的红酒吧？"

"什么？"宇文澈沉静在酒香里，出了神。

彭芸芸小心翼翼地盯着那瓶红酒，"我是说红酒。"

"喜欢而已，红酒跟女人一样，需要慢慢品味……就像你，我回国接触到的第一个女人，果然……与众不同。"宇文澈打量着女人，视线最后停留在她的胸线上。

彭芸芸突然脸红了："流氓！"

"我认为我的国语很好，流氓这个词不应该形容我吧？"宇文澈似乎并不生气，只是觉得眼前的女人很有个性。

正在开车的御风惊讶宇文澈居然没有发火，看来这个陌生女人接下来的日子会不太好过啊，这些可是她自己搞出来的，还是自求多福吧。

宇文澈的视线被她胸前的曲线吸引了，谁说国内的女人娇小玲珑，大胸部也不是洋妞的专利，喃喃自语说："没看出来你还有点料……"

要是没有接下来的这句话，彭芸芸还觉得眼前的男人不算是无耻下流。可是现在她后悔上车了，即使坐的是平民百姓一辈子没机会坐的加长林肯。她憋着一口气，用鄙视眼神地瞪着他："这位先生，你说话太无礼了！"

"无礼？这个词真是新鲜。"宇文澈放下酒杯，转身望着彭芸芸，她的脸颊又红了，没想到她这么容易脸红，接着说道："我刚才的话是对你的褒奖，难道你听不懂？"

"谢谢，我挺喜欢你的小麦肤色，这么说算不算回礼？"彭芸芸不甘示弱地挑衅着。

"看起来你的脚很不好，都肿了。"宇文澈的余光扫过她的脚踝，洁白柔软，不知道摸上去的手感怎么样，心里想着，手指滑过她脚踝的肌肤，引起一阵麻麻的感觉。

彭芸芸愕然，她忍住差点就要伸过去的拳头，咬牙切齿地说："先生，我想我们并不熟悉，你不怕我告你性骚扰吗？"

一直生活在美国十多年的宇文澈，没想到她的反应这么大，出乎他的意料："看来你很讨厌被男人碰触？"

"没错，我是讨厌。我想所有的女人都不喜欢被奇怪男人摸来摸去吧。"

端起酒杯抿了一小口红酒，听到她的话，宇文澈差点没喷出来。

彭芸芸怒气冲冲的视线让宇文澈感到如芒在背："咳咳……你需要去看医生，最好看看骨头有没有伤到。"

"谢谢关心，我会自己去看的。"说着瞪了他一眼。

唐御风忍住了笑，这次澈少遇到了对手，他尴尬地插了一句嘴："澈少，我们去公司还是先回别墅？"

"先送这位小姐回家。"宇文澈扫过彭芸芸绯红的脸颊，忍住笑意转过脸去。

唐御风无奈，放慢了开车的速度："小姐，你家住在哪？"

"不用麻烦了，在路边能停车的地方停下来就可以了……"彭芸芸说着背上自己的背包准备下车。

"不行。"

"为什么？"彭芸芸无奈地皱起眉头。

"我想什么就说什么，你有意见？"一向做事都是不按常理出牌的宇文澈，此时正霸道地盯着女人，看到她因为不满而愤怒的眼神。

"是，我对你有很大的意见！"

宇文澈一愣："你很嚣张。"

"自恋狂！"她诅咒一句。

"你说什么？"他眉毛一挑。

"我说你自恋狂。这是国内，不是国外，你就算是个海归，也没什么了不起的。"彭芸芸说着眼睛里充满不屑，上下打量着男人。

宇文澈盯着口齿伶俐的她，好心把她从记者的包围里解救出来，还是几分钟之前的事，现在居然被她质疑自己的人品，这是不是叫吃力不讨好。

突然靠近她的身边，察觉到她不安的情绪，邪气地说："你知道我是谁吗？"

彭芸芸睁着蝴蝶般忽闪的睫毛，不停地摇头："我不认识你……刚才在机场好多人围着你，你很出名吗？"

宇文澈此时化身为"大灰狼"，盯着眼前没有意思防备的"小白兔"，萌生了捉弄她的想法，咳嗽了一声："你有名字吗？"

"我干嘛要告诉你。"

"你想喝红酒吗？"

"啊？"彭芸芸打量着宇文澈，他为什么突然转移话题，而且口气很怪，就算他是个有钱人好了，也不用大方到随便请陌生人喝酒吧。

宇文澈耐着性子说道："我有一瓶好酒，是九五年的干红，你有没有兴趣？"

一听到干红是九五年的，彭芸芸瞬间投降了，她直勾勾地盯着男人："我要……我要喝，先生，你真的愿意请我喝你的红酒吗？"

宇文澈被彭芸芸突如其来的转变吓着了，而且她还俯下身子"勾引"自己，男性荷尔蒙被诱发出来，暧昧的气息在二人之间蔓延开来。

手掌抚摸到女人白嫩纤细的手指，彭芸芸突然全身如触电一般僵硬，不敢乱动。

贴近女人洁白的脖颈，宇文澈用暧昧低沉的语气，仿佛在她身上游走："看起来你是真心喜欢红酒，小姐你是刚从国外回来吧。"

咦！他怎么知道？他猜中也很正常，刚才是在机场遇见的。彭芸芸质疑的目光落在他手中的红酒上，上面的年份真的是九五年的，对于她这种目标是"小资"的年轻女人来说，已经足够诱惑了。

"难道没喝就要被瞧不起吗？"倔强的彭芸芸，压根没在意自己的脚伤，冲着宇文澈就是一顿叫嚣。

察觉到眼前的女人绝对不是优越的家庭出身，宇文澈出神地笑了，带着一点神秘，带着对她的好奇，他决定逗一逗她。

他晃动着手中的高脚杯，若有所思地说："有没有人说过你长得很面熟，好像在哪里见过？"

虽然是老套的搭讪方式，彭芸芸勉强接受了，她无奈地看着男人："你的搭讪方式太老土了，这位先生，你确定自己是上流社会的人吗？"

"难道你有什么好的搭讪方法，愿闻其详。"

没想到他真的蹬鼻子上脸了，彭芸芸第一次碰到像他这样奇怪的男人，一副趾高气扬的样子，无视自己的存在就算了，还要在自己面前卖弄。

"嗯嗯……其实搭讪女生很简单。第一，就是故意撞到她；第二，就是把她错认为认识的同学或朋友；第三种可能会很离谱，就是装失忆，把女生当成自己的女朋友，得到她的同情！"

宇文澈用赞许的眼光盯着彭芸芸，瞬间举起了大拇指："没看出来，小姐是个搭讪高手，在国外得手几次了？"

额！他说啥？彭芸芸睁着圆圆的大眼睛，水汪汪地盯着男人，因为气愤，薄薄的唇瓣泛出粉色的光泽，显得娇艳欲滴。

宇文澈直勾勾地盯着女人的小嘴，神秘地微笑着，泛着酒红色的红酒咽了下去，口腔得到了满足，但是小腹却生起了一股异样的感觉。

这种感觉太奇怪，眼前的女人，自给自足，竟然倒了半杯红酒，看她舔着嘴角的样子，果然……宇文澈觉得自己被女人不经意间的动作给勾引了。

宇文澈不经意地靠近她，似乎是红酒的作用，彭芸芸的脸颊越来越红润，绯红的脸色，一副没有防备的感觉。迫不及待地想去亲近他，突然一个猝不及防的刹车，让车里的他们身子往前一怔。

"哇！我的衣服！"彭芸芸顿时惊呼，白色的衬衫本来在机场就搞得脏兮兮的了，不经意的刹车，杯子里的红酒全都洒了上去，前襟一片酒红色。

宇文澈微微皱着眉头，抬眼说道："御风，你开车注意点！"

"对不起，澈少。是前面的车子突然停下，我已经尽力了……"

听到助理司机的话，彭芸芸眨着俏皮的眼睛，在酒精的作用下，偷偷笑了："我没事了，他也不是故意的，反正我的衬衫已经脏了，回去洗洗就行了。"

"是吗？"宇文澈瞄着她胸前的一大块污渍，本来就是白色的，尽管女人用纸巾擦过了，但是胸前的凸起还是若隐若现的，引起男人的遐想。

彭芸芸意识到宇文澈的沉默，发现他的目光停留在自己的胸前，立刻板起脸大吼："你干嘛偷看我，真过分！"

"我不叫偷看，我喜欢光明正大地欣赏美女。"

"美女？你是在说我吗？"彭芸芸的手指头指向自己，一副疑惑的样子，跟他才认识，干嘛老是说一些莫名其妙的话，搞得小心脏七上八下的。

在男人眼中看来，眼前的女人跟小兔子没啥根本差别。而且还是个披着马甲的小兔子，明明就是担心害怕，偏偏装成一副天不怕地不怕的模样，在宇文澈看来，真是太可爱了。

第三章
天 价 西 装

　　虽然她和女友长得有些相似，唯一不同的是，她微笑的时候，脸颊上会露出一个小酒窝。这个特征是女友没有的，宇文澈感觉自己被她吸引，不光只是因为长相而已。

　　"先生，我在前面路口下车就行了。"彭芸芸看着车窗外。

　　因为是背对着宇文澈的，他看不到女人的表情。

　　"御风，在前面路口停下。"

　　"是。"唐御风说着从后视镜里看到彭芸芸趴在车窗边。

　　宇文澈手里的红酒还没有喝完，他一个人觉得无聊，淡淡地对着女人问道："你叫什么名字？我们认识了这么久，还不知道对方叫什么？"

　　"哎……先生，我们不是刚刚才认识吗？"彭芸芸觉得他很奇怪。

　　宇文澈咳嗽一声，举起酒杯："要不要再喝一杯？"

　　"那个，我还是不喝了，万一……哇！"彭芸芸的话还没有说完，一个紧急刹车让她整个身子撞到宇文澈的怀里，她心中暗示，幸好没事。

　　开车的唐御风大声呵斥到："你找死啊！"说着抱歉地回头看了眼宇文澈，立刻下车找前面横穿马路的人说理。

　　"幸好没事，太刺激了。"彭芸芸自言自语，趴在宇文澈身上，闻着男人独有的古龙香水味，和红酒味，一时间让她迷糊了。

　　"你趴够了没有？"宇文澈的声音冷冷的，不带一丝温柔。

　　彭芸芸听到他的话，撅着小嘴巴："人家又不是故意的，你干嘛……这么凶。"

　　当她看见自己闯祸了，才知道闭上嘴巴比什么都好。此时的宇文澈西装外套上全都是洒出来的红酒，而且还有红酒喷在脸上。怪不得他会不高兴，怎么看都觉得男人很狼狈。

"对，对不起，我不是故意的。你也看到刚才猛地刹车，我根本不知道……"慌慌张张的彭芸芸去拿纸巾，在宇文澈的脸上乱擦一气。

本来就生气的宇文澈，因为女人的胡乱擦拭，变得更加生气了，他阴沉着脸把西装外套脱下来扔给彭芸芸。

"拿去干洗吧，洗得不干净不要给我！"

宇文澈潇洒的举动，顿时让彭芸芸一愣，虽然她没有买过名牌，眼前西装的款式和做工很精细，价格肯定不菲。她面带为难地把西装外套叠好，心里不停地埋怨刚才横穿马路的行人，没事走人行道不好吗，干嘛非要抢先汽车一步。

"好吧……我洗干净了会还给你的。"

御风很快回到了车上，回头看了宇文澈一眼，发现他的外套在陌生小姐手上，讶异地说："澈少，你的外套……"

"刚才不小心弄脏了，我会找干洗店洗干净还给你的。"彭芸芸紧张地说道。

宇文澈没有理会她，闭上眼睛假寐："御风 给她一张名片。"

"知道了，澈少。"唐御风好奇地打量着委屈的彭芸芸，这次她真的闯祸了。

车子在红绿灯前停下来，宇文澈没有说话，他知道，待会身边的女人就要下车了。

"先生，谢谢你送我回来……你的西装外套我一定洗得干干净净还给你，你放心，我不会耍赖的。"彭芸芸战战兢兢地说着，却看不到他一丁点的回应。

唐御风从怀里掏出一张名片给她："小姐，这件西装外套一定要去指定的地方干洗，送到名片上面的地址，我叫唐御风。"

彭芸芸点点头，面带委屈之色："那……先生的名字呢？"

"不好意思，不方便透露。"

没想到被唐御风一口回绝了，无奈之下，她只好背着包包，双手抱着西装外套，冲着宇文澈说了声谢谢，转身离开了。

"澈少，你真的不睁开眼睛看看她？"唐御风发觉宇文澈对一个刚认识的陌生女孩太好，已经超出了一般的范围，让他百思不得其解。

依旧眯着眼睛的男人，面色平静，面无表情，似乎还沉浸在刚才的情景里。身上还能感受到女人的余温，她的胸部异常的柔软，看起来年龄不大，一副娇小玲珑的样子。小性子还有点倔强，她跟霍语恩真是不太一样。

宇文澈睁开眼睛，远远地看到女人的背影消失在拐角处，他很清楚这一带的民宅，绝对是家境不太好的老百姓住的，最多也只能说一般家庭。他的眼神收回来，看着御风说："她刚刚说了什么？"

"她问我澈少你的名字，我没有说。"

"恩……"

唐御风安心地开车，小心翼翼地看着周围的车况："澈少，我们现在去哪？"

"回家。"宇文澈重新闭上了双眸。

她嘴巴里不停地埋怨着自己，手里握着的感觉越来越强烈了。真想把外套扔了，反正那个自大狂也不知道自己的名字，如果他忘记外套这件事就好了。

彭芸芸心里想着小九九，但她不是不讲理的人，做了错事肯定要承担责任，怎么能推卸责任呢。西装外套脏了，拿去干洗不就好了，反正小区门口的李阿姨开的就是干洗店，就当做照顾李阿姨的生意了。

心里这么想着很快就想通了，虽然平时妈妈教育说，女孩子要勤俭节约，现在想节约也没办法。平时大衣干洗的话也要三十块，还要看是平价货，还是名牌货。不知道名牌西装要多少钱干洗费，真是头疼。

到底那个男人是谁？唐御风是助理又是司机。不过男人的样子看起来很像领导，当司机的唐御风居然不肯说出他的姓名。看来他的身份不简单，肯定是个公司总监或者部长之类的白领吧。穿得起名牌的西装，月薪比自己高出好几倍不止。

"哎……我还是先去干洗店吧。"彭芸芸压根没有注意到西装的牌子，上面写着英文，她的英语太差了，真的看不懂，只敢肯定西装是个名牌。

穿过小区的房子，她就来到了一个不起眼的小店，上面写着"李家干洗店"。抱着西装外套就走了进去，看着在后面忙碌着的李阿姨，她甜甜地叫了一声："李阿姨。"

"芸芸来了。"说着李阿姨擦着手掌走了过去，看到她手里拿的西装："送来干洗啊？"

"是啊，李阿姨，你帮我看看吧，这个西装外套干洗要多少钱？"彭芸芸说着把外套拿给她看。

李阿姨年过四十，眼神还算不错，一眼就看到了上面不认识的英文牌子，顿时目光一转："这个我洗不了。"

"为什么啊？难道干洗店不洗西装？"彭芸芸诧异了。

"芸芸啊，不是我不收西装，是你拿来的西装太名贵了，我怕洗坏了负责任！"张阿姨盯着她，无奈地说着。

彭芸芸疑惑了，到底这个外套值多少钱啊，张阿姨居然不肯洗，奇怪了。她盯着西装外套上面的牌子，狐疑地问："张阿姨，你知道附近哪里还有干洗店？"

张阿姨摇摇头："芸芸啊，我看附近没有干洗店能洗这件外套，你还是去商场问问吧。那里名牌的专柜都有导购，你去问问吧。"

"这么麻烦啊……也只能这样了，谢谢张阿姨。"

彭芸芸没想到一件西装外套，居然要到商场里去问，没想到那个男人还是名牌控。平价西装不能穿吗，非要穿什么名牌，真可恶！

挤上公交车，彭芸芸艰难地抱着西装来到市中心的商厦，虽然这里面的衣服她都买不起。辞职的时候，又不止一次来这里偷偷看过中意的鞋子。不过价格太令人咂舌了，就算自己每个月精打细算，也要攒上好几个月才有可能。

前脚刚从电梯里走出来，口袋里传来好听的铃声："分手快乐，祝你快乐……"

其他来逛商厦的男女听到这个音乐，好奇地盯着彭芸芸看，她知道这个铃声又被陌生人误会了，她不是失恋好不好，只是觉得这首歌很好听。

彭芸芸接通了电话："喂，李文爱你最近人间蒸发了吧，我给你发了十几条短信都不回……我现在人在市中心的商厦，你知道的，那家卖奢侈品最多的楼层……我先忙正经的，待会再跟你打过去吧，就这样，bye！"

彭芸芸抱着西装外套，一直在找和西装上牌子一样的专柜，可是转了一圈，还是没找到，她有点失落，难道这个牌子国内没有？这时，脑袋里空白一片，如果是国外的专柜，肯定更贵吧。她只好问了问其中一家导购，指着西装外套上的牌子，问她有没有。

"小姐，在楼上，这个牌子是国外知名品牌。"导购员盯着彭芸芸一身路人的打扮，白衬衫搭配牛仔裤，一点都不像买得起这个牌子西装的人。

察觉到导购员的目光，彭芸芸咳了一声："我帮朋友问的，这是他的西装。谢谢你啊！"转身飞快地到了六楼，果然她一眼就瞧见了那个牌子。

看到在柜台前悠闲自得的导购员，穿着漂亮的制服，面带笑容，彭芸芸露出尴尬的微笑。虽然没买过名牌，表面上也要装的有模有样，不能被人看扁了。

导购员走过来，看到彭芸芸手里的西装笑着问："小姐，您手中拿的是我们专卖店的西装，不知道有什么能帮你的吗？"

第四章
宇 文 集 团

"那个，我想知道你们有专业的干洗店吗？这个外套上有红酒的污渍。"说着彭芸芸把西装外套递给导购员。

另外一个导购走过来，两个人低声说着："是红酒，能洗掉吗？"

"我打电话过去问问吧。"

彭芸芸听着她们交头接耳，真心希望有办法洗干净，也不枉坐了好久的公交车过来一趟。这里一看就很奢侈，连沙发都是进口货，上面的英文更是看不懂了，长长的一串。刚刚坐下就有导购员送上好喝的咖啡，服务真不错。

"小姐，非常不好意思。西装暂时不能干洗，因为专业干洗阿玛尼西装的师傅去了国外，要下周才能回来。"

导购员的一句话，把彭芸芸彻底打败了，没想到不能干洗，这下要怎么办。

"我想知道还能找其他人干洗，或者你们会不会？"

导购员尴尬地笑了："小姐，你可能不知道，我们阿玛尼是世界知名名牌，就连干洗也是专业的师傅，他们的技术都是公司内部专业培训的，跟其他一般的干洗不一样。如果您拿这个西装外套去普通的干洗店，很容易让西装的价格打折，万一造成损毁的话，就不能再继续穿了。"

彭芸芸的心顿时跌入谷底，什么跟什么啊。不就是个破西装吗，还什么阿玛尼，还阿诗玛呢。香烟的牌子倒是知道一些，什么阿玛尼，压根就没听说过。

失望之余，她也不忘记给好友打电话。

"喂……文爱，你现在能过来陪我吗？"彭芸芸失落地垂下了头。

自己就不应该坐他的车，也不该贪小便宜喝他的红酒，更不应该把红酒洒到他身上，现在西装洗不了，也不可能早点还给他了。

虽然不知道他的名字，只知道司机叫唐御风。彭芸芸不想做一个占小便宜的人，既然自己闯祸了，只能尽力弥补了。

二十分钟后，一身蓝色休闲套装的李文爱迎面走来，感受到手掌上的力度，彭芸芸嚷嚷着："李文爱小姐，你在公司像个女汉子就算了，对老朋友不能手下留情吗？"

利落的短发，女人在彭芸芸身边的空位上坐下，盯着她失落的脸："我看看，我们芸芸怎么不高兴……是不是有男人欺负你？"

想到那个一面之缘的男人，彭芸芸的心跳声猛地加快了："你，你怎么知道？"

犀利的李文爱得意地说："我当然知道了，你辞职也是因为长期受老板的性骚扰才离开的。这个世界上不是女人就是男人，你对同性没有阶级矛盾，那肯定对异性有矛盾，我说得对不对？"

"李文爱，我觉得你去当文员真是太屈才了，还不如回学校当老师，肚子里道理一大堆，每次见到你，我都要被你教育半天。"

"芸芸，反正你都辞职了，有的是时间，我真羡慕你！明天我还要早起去公司上班，真是太可怜了……"李文爱装成可怜兮兮模样抱住了彭芸芸。

"行了行了，你在一个无业游民面前说自己可怜，我比你更可怜。妈妈根本不知道我辞职了，还以为我出去旅游是公司的福利。哎……我看我要抓紧时间找工作了。"彭芸芸说着，十指交叉，看着来来去去的人群继续发呆。

李文爱坐直了身子，笑嘻嘻地说："我有一个不错的工作，就是不知道你有没有兴趣？"

彭芸芸一听来劲了："你赶紧说说，我现在找工作不挑，只要待遇合适就行。"

"我现在的公司不是叫宇文集团吗，我们公司下周要召开一个小型招聘会，规模不大，但是招聘的职位都是很不错的。你对助理有没有兴趣，秘书这个职位你也可以考虑。"

李文爱一说，彭芸芸打了退堂鼓："助理还可以考虑，秘书就算了吧，我到现在还没有从那个变态老板的阴影下走出来，听到秘书两个字都恶寒！"

"好吧，那我们找个安静的地方，具体跟你介绍一下，这里太吵了，不适合说话。"说着李文爱拉着彭芸芸的手离开了椅子。

孤单可怜的西装外套就被她遗弃在椅子上，彭芸芸压根不记得来商厦的目的了。只顾着听李文爱说关于宇文集团的企业文化和注意事项。

"我说得这些你都记住了吧？"

彭芸芸点点头："我都记住了。"

"晚上我把关于公司的资料发到你的邮箱里，到时候你仔细看看，有什么不懂的告诉我，省得到时候面试你答不出来。"李文爱说着手机突然响了，吓了一跳。

彭芸芸看着她讲电话，脸色越来越严肃，意识到可能有什么事情。

"不好意思芸芸，我现在要回公司一趟，大老板突然回来了，要我们回去开会。"

"现在去开会？你们老板不是剥夺你们的私人时间吗？"

李文爱耸肩："没办法，我们大老板是空中飞人，谁知道他今天发什么神经。我先走了，晚上再联系吧。"

彭芸芸点点头，果汁的钱是李文爱给的。自己现在失业，幸好文爱提供一个内部消息，不管能不能应聘上，她心里倒是暖洋洋的。

转身就要离开，发现椅子上空空的，她突然想了起来："我的西装外套呢？"意识到刚才可能拉在走廊的椅子上了，她立刻撒腿就跑，可是回到刚才坐下的地方，什么都没有，空空如也，外套去哪了。

情急之下，她看到打扫卫生的清洁工，抓着人家问："阿姨，你看见椅子上的西装外套吗？是黑色的，很有档次。"

"我没看见……小姑娘，不要把东西乱放，你放在椅子上，可能丢了吧。"

彭芸芸顿时蔫了，她不相信自己找不到，谁会要一个洒上红酒污渍的西装。找了整整两个小时，她累的气喘吁吁，还是没问到西装外套的下落，这下怎么办？

"分手快乐，祝你快乐……"手机上显示一个陌生号码，没有防备地接通了。

"你好……西装么……我，我……"彭芸芸没想到人家都找上门来了，是那个司机，问西装外套送去干洗了没有，明天能不能送过来。

她舌头打结，不知道要怎么回答，要不要说出实情，外套被她弄丢了，不习惯撒谎。

打电话的唐御风听见手机那边没声音了，无奈地冲着宇文澈耸肩。

"怎么了？"宇文澈手里翻着上个月的报表，表情凝重。

"澈少，那个小姐不说话，我看可能是西装干洗的事没有搞定。"

"拿给我听。"

唐御风把手机递到宇文澈手里，听见他说："是没办法干洗还是你丢掉了？"

"我，我不是故意的……就是在专卖店附近弄丢的。我……"

"行了，不管你到底是不是故意的，这个外套你要赔偿给我，彭芸芸小姐。"

手机那边的彭芸芸很讶异，他怎么知道自己的名字。

唐御风听出来了，原来彭芸芸小姐把澈少的外套搞丢了。这下惨了！

"喂！喂！"彭芸芸还想说什么，那边的已经挂断了。她快要疯了，那个臭男人到底是谁啊，连说话的口气都是咄咄逼人。

他肯定是找人查了自己名字和手机号码，这个男人为了一件外套，太恐怖了吧！

"那个导购员说什么牌子？对了，叫阿玛尼。"彭芸芸不敢耽误，既然丢了，只能去买一件一模一样的还给他了。

同一时间，宇文澈看完了月份的报表，让唐御风去看看各个部门的职员都到齐了没有。

宇文澈知道临时加开一个会议，肯定会有人不满，但是有些话他必须要在明天上班之前说清楚，要不然有些人不知道天高地厚了。

会议室里，李文爱坐在最后一排，看着正襟危坐的老板，宇文集团的总裁宇文澈。看着他没有一丝表情，偌大的会议室里没有人发出声音，安静的好像没有活人一样。

"今天是周日，我知道耽误大家时间了。我刚刚从国外回来，公司有很多事情需要我处理。这个月的报表我看过了，人力资源部的工作太滞后，我很不满意……"宇文澈说着，犀利地盯着人力资源部的总监方自立。

整个会议就像是批斗大会，李文爱听的都快要打瞌睡了，她只能强迫自己去看宇文澈，帅哥是养眼的。多看看明天还能跟芸芸说说，宇文澈总裁最近的花边新闻飞满天，只要他出现在公司，办公室的女职员都要暴动了。

今天是周一，彭芸芸起个大早，不到七点从可爱的小床上爬起来，脚步声很轻，生怕打扰了在隔壁睡觉的妈妈。她蹑手蹑脚地到狭窄的卫生间洗漱，看着镜子里的自己，白嫩的肌肤，高挺的鼻子，小巧的嘴唇，也是个娇小可爱的女孩子。

来不及小小的自恋一下，她走进厨房，拿出昨晚没吃完的小米粥放在煤气灶上煮着，用小火稍微热一下就行了。从冰箱里拿出超市减价买的长面包，切下了两片放在盘子里。

第五章
新 的 工 作

　　她没有忘记今天要去宇文集团面试的事情，答应了李文爱早点去宇文集团的招聘处报道，也算占得先机吧。十分钟之后她吃完早餐，准备穿那套平时不舍得穿的米色职业套装，也算是给宇文集团一个面子。

　　刚刚收拾好准备出门，就听见一个温柔的声音在耳边响起："芸芸，今天走这么早。"

　　彭芸芸抬眼一看，心虚地说："妈妈，今天我要早点去上班，不跟你说了。"

　　"路上小心，走路小心车！"

　　"知道了……"

　　走的早不用跟其他人挤公交车，彭芸芸觉得早起的代价还是很好的。看见气势雄伟的写字楼出现在她的面前，胸腔里感受到前所未有的震撼。

　　"没想到宇文集团这么高端大气上档次！李文爱那妮子还说什么一般……"彭芸芸自言自语，丝毫没注意到身后急忙赶路的白领们。

　　看到他们急躁的步伐，她掏出手机，现在还不到八点半，上班时间应该是九点，居然对工作这么热情。彭芸芸回想辞职的那家公司，一个私营小企业，不到上班前十分钟，办公室都没人，跟宇文集团形成鲜明的对比，由此她更加认定，宇文集团的总裁，真不简单。

　　她刚刚走进大楼，就看见李文爱在前台等着自己，一副没有睡饱的样子。

　　彭芸芸走上前笑着说："麻烦你了，文爱。"

　　"哎，你不知道我最讨厌早起了……我还是带你早点过去吧。"

　　李文爱带着彭芸芸来到了一个不大的会议室，已经有不少应聘者坐在里面了，男女比例差不多，看来助理和秘书的工作也不完全都是女性。

"你自己找个位置坐吧，不过有一点你要记住，不要多管闲事，按照我告诉你的答案说就行了，千万不要搞特殊！"李文爱在彭芸芸耳边悄悄地说着。

"知道了，你去工作吧。"

"我先走了，加油啊，芸芸！"

彭芸芸点点头，这一次她是真的很想努力试试，宇文集团是全球五百强的上市集团之一，虽然自己的竞争力不大，但是有机会还是要向前冲的，免得以后后悔。

此时唐御风停下来了车子，下车帮宇文澈开门，他的黑色皮鞋先露出来，简单整理了一下西装，迈开长腿走进宇文集团的大楼里。

"总裁好！"前台两个女职员带着专业的笑容朝着他鞠躬。

宇文澈目不斜视，和身后紧跟着的唐御风走进了电梯。

"你看见了吗，宇文总裁好帅啊！"

"是啊，简直帅呆了，可惜总裁有女朋友了。"

两个女职员早就成了宇文澈的衷心粉丝，一脸的花痴状。

"总裁，今天人力资源部召开一个小型招聘会，您要去看看吗？"唐御风在电梯里心无旁骛地说道。

"到面试再说吧。"宇文澈揉着眉心。

宇文澈走出电梯，直奔办公室，耳边传来职员们的声音。

"总裁好！"

唐御风知道澈少不太喜欢，但礼貌用语是属于宇文集团企业文化的一部分，最多装作没听见。反正澈少从来没有回应过，集团的职员也习惯了他的冷漠反应。

彭芸芸跟以前一样，好奇地打量着即将进入下一轮面试的人。她压根没想过会顺利进入面试阶段，倒更加肯定了她的专业能力，普通专科毕业的学生又怎样，工作经验却比其他名牌大学毕业的人更加丰富，这才是最重要的。

"没想到宇文集团比我想的还要重视人的工作经验。"她在心中窃喜，希望接下来一切都能顺利，自己的要求也不高，只要一个小助理的文职工作就行了。

心里这么想着，脑子很快做出了反应，当她走进去的时候，眼前的两个面试官严肃地盯着她，心跳加速的飞快，彭芸芸告诉自己要小心应对。

"你先自我介绍一下。"

彭芸芸点点头，她的声音是没问题的，以前参加过学校的演讲和辩论赛，又是头号种子选手，所以对自己的个人简历早已滚瓜烂熟了。

当面试官要继续问的时候，门被打开了，他们看到来的人，齐刷刷地站起来，带着谄媚的笑容嚷着："总裁好！"

原来是宇文集团的总裁来了，彭芸芸没见过总裁，也不知道总裁来是不是在视察的。偏偏自己撞上了，不知道是好事，还是坏事。

"总裁来只是顺便看看，你们继续面试吧。"

彭芸芸听着声音耳熟，她抬眼一看，没想到是那个司机，叫什么唐御风的。更让她惊恐的是，面对面坐着的男人，就是那个老板，那个请自己喝红酒的男人，想到自己弄丢他的西装外套，他还在手机里口口声声喊着要赔钱。

世界太小了，怎么会是他？他居然就是宇文集团的总裁！老天爷，你到底有没有长眼啊，彭芸芸在心中暗想，这次铁定完蛋了，自己跟他有过节，那个西装外套是"天价"，自己的"小金库"根本就不够买外套的。

宇文澈眉眼一跳，惊喜地盯着女人，没想到她今天会来面试。没想到她也会害怕，肯定是因为西装弄丢的事吧。

唐御风也发现了彭芸芸，真是太巧了。总裁的眼神很狡黠，看来她不会顺利过关了。

"彭芸芸小姐，说说你为什么会来宇文集团吧？"

宇文澈突然开口，本来面试彭芸芸的人，现在都紧闭嘴巴，互相递个眼神，默认了。

"总裁您好……"彭芸芸感觉自己的舌头在打结，但是她还是按照李文爱昨晚给他的资料，背了下来。

"第二个问题，一个员工做错事，却不肯承认责任，你作为上司会不会开除她？"

宇文澈的话题很犀利，让一旁站着的唐御风心中一沉，看来总裁是针对这个彭芸芸，他说得肯定是西装赔钱的事。

彭芸芸咬着下嘴巴，死死地盯着宇文澈。他知道他嘴巴里说的是自己，他是总裁，今天肯定死定了。

整个面试的过程可以用"惊心动魄"四个字来形容，到现在彭芸芸的小心脏还在狂跳。这个宇文总裁简直就是她的噩梦。

看来不用等消息了，彭芸芸失落地站在楼梯上。他是宇文澈，宇文集团的总裁。得罪了他还能被录用，根本不可能，除非太阳打西边出来了。

唐御风偷笑着看着名单，好奇地问："总裁，您会录取她吗？"

"你觉得她够格吗？"宇文澈说着，盯着彭芸芸的简历。

"我看她经济状况很不好，一件阿玛尼的西装外套都买不起。"

"御风，给你配个助理要不要？"宇文澈眉毛一挑，嘴角的冷笑若有似无。

唐御风摇头："总裁我不需要助理，不用浪费公司的福利。"

"既然你不要，我倒是要添一个秘书。"

"总裁的意思是……"

宇文澈邪气地指着彭芸芸的简历："我要她……当我的秘书。"

彭芸芸还在云雾里，傻傻地握着手机发呆。到现在都不知道为什么会被宇文澈录用，而且还是他的秘书。要说宇文澈的秘书还真不少，有高级文秘，还有男秘书，自己的身份就是文秘，秘书中最低的那种。

盯着几百张厚厚的 A4 纸，她有些委屈，不就是买不起那件阿玛尼西装外套吗。宇文澈是宇文集团的总裁，这么有钱，干嘛要跟自己过不去。

从十点开始接受专业培训到现在，彭芸芸没有一分钟是清闲的。作为新进职员就是要被老职员欺负，她也习惯了，在上家公司也是这样，还要忍受老板的性骚扰。

不过看着 A4 纸有增多的迹象，她一点都不高兴，还有十几分钟就到午休时间了，不知道有没有时间多歇一会。

"芸芸，这个文案要复印五十份，午休的时候交给我。"

"知道了，高秘书。"

彭芸芸抬眼看见穿着超短裙的高秘书，她不到三十岁，身材却很火辣。是总裁宇文澈的高级秘书，听说是有关系才混到了高级秘书。这些是其他普通职员在女洗手间里悄悄说得，就算她不想听也没办法装作听不见。

唐御风拿着空杯子走到茶水间，经过影印室看到了愁眉不展的彭芸芸，因为好奇停下脚步。一直跟在澈少身边，虽然了解他不多，还是第一次看到澈少对只见过一次面的女孩子上心，还让她担任秘书的职位。

虽然澈少说，是想让她早点还请西装的钱，唐御风心里很清楚，澈少肯定另有打算。不过从侧面望过去，彭芸芸跟霍语恩小姐长得有五六分相似，都是属于小家碧玉的类型。

"奇怪，复印出来怎么不清楚，难道没墨了？"彭芸芸自言自语，在庞大的复印机周围寻找着墨盒。

唐御风看了半天，实在看不过去，大声说道："在你右边的暗格里。"

彭芸芸听见了声音，终于找到了墨盒的位置，她笑着说声："谢谢"。猛然回头的时候看到了唐御风："咦……你是总裁的司机？"

"你以后见到我要叫唐助理，什么总裁的司机，霍秘书你很不礼貌。"

"对不起，我不是故意的……我第一天上班人际关系还摸不清。"

"算了，墨盒你自己看着换吧。"唐御风说完，潇洒里转身了。

第六章
悲 催 秘 书

闻着清香的咖啡香气，宇文澈忙碌的工作暂时告一段落，他抬眼看着唐御风："彭芸芸工作怎么样？"

"第一天来公司，很多事情都摸不着头脑，一个上午待在影印室里复印稿件和文件，我走的时候还没出来。"

"是吗？看来她对秘书的工作了解的不全面……那些资料都是谁给的？"宇文澈闻着咖啡味，却不想喝。

"大部分都是高秘书给的，里面还有会议资料，全部都是彭芸芸负责。"

宇文澈盯着咖啡上平静的波澜，跷着二郎腿说："你看彭芸芸和语恩长得像吗？"

"总裁您录用她不会跟语恩小姐有关吧？"唐御风诧异地望着他，还是第一次看到澈少，因为外貌长得相似而录用一个新员工。

"你说呢……或者我想让她快点把买西装的钱攒够。总之，你去查查彭芸芸的背景，我要详细资料。"宇文澈说完，眼神阴沉沉盯着办公桌上的合照。

彭芸芸的眼前堆着复印的文件，眼睛眨着，终于做完了。试着举起胳膊，沉重地落下去，酸酸的，一丝力气都没剩下。

"哎……没想到当秘书跟打杂的没什么区别，太坑爹了。"

"美女，你吃午餐了没？"

一个声音出现在彭芸芸的耳朵里，她看着从身后跳出来的李文爱，有气无力地说："文爱，我的胳膊好酸……"

"胳膊酸？你不会帮同事干体力活吧？你不用这么好心。"

"我才没有帮人干体力活。一个上午不停地搬 A4 纸，不停地复印，原来秘书这个职位跟打杂的没区别。"

李文爱惊讶地说："谁让你干的，你好歹是个秘书，这种小事应该是他们自己做。"

"是高秘书让我做的，说是重要的会议记录，千万不能弄乱弄丢了。我哪是秘书啊，人家是高级文秘，我彭芸芸就是个打杂的。"

"哦，我知道你第一天上班肯定不适应，老员工欺负新员工很正常，姐也是从那时候过来的……来，我给你定了盒饭，我们一起吃吧。"李文爱说着从白色塑料袋里掏出一个红色的盒饭放在她的膝盖上。

彭芸芸感动得一脸谄媚："文爱，你对我真好！"

"姐不对你好，你指望我们总裁对你好吗？傻丫头！"李文爱说着打开盒饭，里面荤素搭配，还有足够的米饭。

"不要提他！我只要听到总裁两个字，恨不得躲得远远的。"彭芸芸的脸上都是挫败感，想到宇文澈虎视眈眈地盯着自己还钱，心里都凉透了。

"看来你对宇文总裁很有意见啊！难不成你们认识？"

好奇心驱使着李文爱打听，她最喜欢听八卦了。听见好友提到宇文澈脸色微变，依稀嗅到了一股八卦的味道。

"你，你说什么呢，谁认识他啊……他可是宇文集团的总裁，我只是个小虾米。"

"也对……宇文总裁看上的女人都是大胸部大臀部，我们这样的他肯定看不上。"

彭芸芸无奈地白了她一眼："文爱，你胡说什么呢。"

跟这些相比，李文爱还是喜欢总裁的八卦，不知道那个女明星的事，宇文总裁的正牌女友知不知道。一边吃着米饭，一边说着："芸芸，你知道女明星张佩琪吗，她跟宇文总裁的绯闻传得沸沸扬扬的。"

"我不认识什么女明星。"

"不会吧，她最近很红的！"

听着李文爱说宇文澈的绯闻，彭芸芸是一点兴趣都没有。像他那种小气自大的男人，也只有女明星会喜欢。现在就流行女明星找大款，宇文澈比大款有钱多了。俗话说，干得好不如嫁得好，娱乐圈是个鱼龙混杂的圈子。

盯着排骨，她心想，还不如早点吃完，争取时间多休息一会呢，胳膊到还是酸的。

宇文澈对于午餐很敷衍，还保持着在国外的饮食习惯，一份三明治，一杯咖啡就解决了。剩下的时间他喜欢去宇文集团大厦的楼顶发呆，没人打扰，耳根子绝对清净，在夏末的时节里，有微风吹过，可比冷气舒服多了。

"总裁，这是彭芸芸的背景资料……"

"御风，你办事的速度越来越快了。"

宇文澈打开资料夹，看着上面对彭芸芸的简单介绍："没想到彭芸芸的背景这么单纯，家庭关系也简单，和妈妈一起生活……她没有父亲吗？"

唐御风点头："是的，彭芸芸是单亲家庭，应该是离婚了。"

宇文澈若有所思："彭芸芸……"

没有父亲，和妈妈相依为命，怪不得。连一件西装外套都买不起，看来她们的家过得很清贫。本市姓彭的家庭并不太多，还是单亲。难道是自己想多了，他扪心自问。

彭芸芸拖着疲倦的身子坐在椅子上收拾东西，三个月的试用期太漫长了。很有可能每一天都这么度过，虽然不清楚高秘书明天还会找什么工作，但是今天她是见识到了。

彭芸芸终于明白宇文澈是故意的，而且他录用自己在宇文集团工作肯定别有目的，该不会为了西装外套还在生气吧？

"不就是弄丢了你的西装外套吗，至于整我吗？一个大男人欺负一个女人算什么男人！"彭芸芸拿着包包走出宇文集团大厦，边走边嚷嚷着，生怕别人听不见。

宇文澈顿时眼神一暗，这个彭芸芸是想找死吗？难道在她眼里，自己就是个喜欢欺负女人的臭男人。

唐御风看到宇文澈不淡定了，无奈地看着走远的彭芸芸，那个女人还真是天不怕地不怕。身后跟着自己的老板，一点都没有察觉到。

"要不要我去提醒她？澈少。"

"不用了，看来她第一天上班没感觉累，御风，明天多给她点工作。"宇文澈没好气地钻进保时捷轿车，面无表情地盯着过马路的女人。

"是，我明天交给高秘书去做。"唐御风不免对彭芸芸失望，真是个冒失的女人，得罪了澈少就算了，还到处嚷嚷。

累了一整天总算到家了，彭芸芸推开家门，迎面就闻到了香味。她放下包包跑到厨房，看到妈妈在煮玉米。

"妈妈你今天去超级市场了？"

"是啊……赶紧去洗手，玉米已经煮好了。"

彭芸芸高兴地点头，看着女儿背影的彭小茜，第一次感觉到女儿的眉眼很像她爸爸。虽然一直没有联络，但是她时常一个人拿出当年的老照片看，感慨着时间年华的逝去。

"妈妈，我们的房租什么时候到期？"

"怎么突然问房租的事？不是还有一个多月吗。"

彭芸芸一边嚼着玉米粒，一边拿着手机翻看着日历："我知道，我就是随便问问。从我们搬回来到现在就没有换过地方，从去年开始涨房租，我在考虑要不要换个地方住。"

彭小茜顿时一惊，脸色没有了血色，试探着问："芸芸，你不喜欢住这里？"

"不是啊，跟妈妈住，哪里都是一样的。"

"哦……其实我觉得都一样，现在物价没有以前便宜了，房租一年涨了两百也很正常。我打听过附近的小区，都没有我们这边的便宜。"

彭芸芸若有所思地点点头，握住她的手说："妈妈你放心吧，等我多存点钱，就不用每天爬五楼了，到时候我们住带院子的房子。"

"傻孩子，我们母女俩不需要住大房子，我看这房子挺好的。以前的房子不是漏雨就是断电，现在住的比以前强多了。"彭小茜说着，眼角的鱼尾纹随着她的笑容若隐若现。

"好吧，既然妈妈喜欢这里，我以后再也不说搬家的话了……玉米都快凉了，赶紧吃吧。"说着彭芸芸把剩下的半个玉米递给妈妈。

第二天刚上班，就听到很多人在议论纷纷，彭芸芸不知道发生什么事情，一路上都想着今天会有什么工作给自己。前脚刚刚坐下，就看到高秘书踩着五六公分的高跟鞋出现了，她慌慌张张地站起来："高秘书，早！"

彭芸芸的态度在高秘书看来，的确很谦虚，并不代表她就能轻松地在宇文集团工作。唐助理交代下来的工作指标，她一定要完成才行。

"彭芸芸，在宇文集团工作首先要勤快，第二就是……上司不管给你布置什么工作，你都要完成，这是你作为新人的必经之路，记住了吗？"

"我知道了，高秘书。"

在高秘书的指引下，彭芸芸来到了档案室，这里非常大，都是关于宇文集团过去的档案，仔细看看，上面都是灰尘，已经很久没有人来过了。

"你看见了吧，这些都是集团重要的文件和企业文化，我希望你能在一天之内把这里打扫干净，还要把弄乱的文件分门别类。下班之前我会来检查。"

"可是……这也太多了吧。"彭芸芸不可思议地看着眼前望不到边的柜子，一个人一天的时间根本干不完，她无奈地回头望着走远的高秘书。

一边自怨自艾，一边找来水桶，抹布和手套，她拿出在家里做家务的上进精神。对着一排排的书柜大声喊着："我就不相信搞不定你们，哼！"

第七章
明 星 来 了

与此同时，宇文澈盯着照片上的合影，里面的男人是他，身边站着的女人是霍语恩。还是上次她过生日的时候，一起拍的。不过他现在想到的人不是霍语恩，男人的目光投在彭芸芸的简历上。不知道她们两个人之间有没有关系，都是姓霍，而且长得还有几分相似。

她们看上去感觉完全不同，虽然都是女人，可是霍语恩是个很矫情的女人，一直以来都是礼貌待人，相敬如宾，两个人交往一年多，前不久还见过了双方家长。

彭芸芸不同，她是个浑身带刺的女人，从第一次在机场遇到她，到现在担任秘书一职，冥冥中就是缘分在主宰。

"御风，你进来。"宇文澈对着电话机说完，似乎想到了什么。

唐御风很快出现在他面前："总裁，您找我。"

"彭芸芸现在做什么工作？"

"我听高秘书说，已经打发她去档案室了。"

宇文澈一愣，好半天才想起来，宇文集团的确有个老旧的档案室，现在很少有人去，肯定又杂又乱。

唐御风察觉他的异样低声说："总裁，这是高秘书安排的，有问题吗？"

"没什么……御风，你还是去看看吧，不要被其他人发现，回来跟我报告。"

"知道了总裁。"

宇文澈眼神微眯着，没想到高秘书居然把彭芸芸打发到了无人问津的档案室，说不定那里还有"小强"，不知道那个女人能不能受得了。

总裁办公室的门被敲响了，高秘书的声音出现在宇文澈的耳边："总裁，我能进来吗?"

"进来吧。"

高秘书关上办公室的门,走到宇文澈眼前,带着不安的情绪看着他。

"有话就说。"

"总裁,刚刚张佩琪小姐打电话给我,说是要把预约的时间提前。"

宇文澈眉头一皱:"她为什么要提前预约,你怎么回答的?"

高秘书无奈地交叉着双手:"总裁,我说不可以提前,但是张佩琪小姐很生气地把电话挂断了。"

"她现在正当红,说话肯定傲气,你就当这个电话她没打过好了。"宇文澈用冷漠的眼神瞧着高秘书,她重重地点着头。

彭芸芸休息了几分钟,又开始投入到工作之中,连午餐时间都省下来了,花了十分钟解决,希望在下午五点之前能得到高秘书满意的笑脸。

虽然老板是宇文澈,上司也是他,可是来宇文集团这两天,根本没见过他的面。所有的工作也是高秘书直接分配的,跟打杂的小妹没啥区别,虽然打杂领的是试用期的薪水,总体的福利比上一家公司好多了。

心有不甘,还是要默默地工作,就是因为这份执着,彭芸芸才能坚持下去。她自言自语地说:"我要努力赚钱,努力存钱,以后买个单身公寓和妈妈住,一定要买带电梯的,妈妈就不用每天爬楼梯了……"

她一边擦着柜子,一边嚷嚷着,丝毫没注意到唐御风在门口盯着她看。没想到这个彭芸芸做什么工作都是干劲十足的,看来澈少的担心是多余的。

"她真是自得其乐……"宇文澈在文件上,签上大名,交给了唐御风。

"是的总裁,我先出去工作了。"唐御风说着转身离开了。

宇文澈对彭芸芸是越来越好奇了,没想到她的干劲十足,不受环境的约束。工作是秘书,做的确是打杂小妹的工作,换成心高气傲的大学生,肯定满口怨言。

看来,看她不能光看表面,既然预约的人还没来,不如先去看看这个女人吧。

尽量不碰见其他下属,宇文澈选择了走楼梯,当他来到档案室的时候,很明显闻到了一股味道,空气中带着灰尘。眯着眼睛走进档案室的门,门把手一转,他闪了进去。

看着彭芸芸的背影,宇文澈抱着双臂,小有兴趣地瞧着眼前的女人,二十一岁在别人看来还是个青涩的大学生。但是在彭芸芸身上却有一种经历,就是这种丰富的经历让他无形之中被吸引了。

用袖子擦擦额头上的汗,彭芸芸忽然感叹一声:"好累……"

宇文澈盯着她的背影,露出自己都不经意的笑容,办公室里多了一个像彭芸芸这样的女人，或许以后还是个乐趣。

"你，你，你怎么在这？"

看到"小兔子"惊慌失措地指着自己的鼻子，宇文澈的笑意更浓了："怎么了，不想看到我？还是你害怕见到我？"

彭芸芸想到丢失的西装外套，干劲忽然不见了，她露出担心的表情，低着头说："那个……我会努力工作的，等我存够了钱，一定买一件一模一样的还给你。"

"哦？你要怎么存钱，要我给你几个月的时间才能存够？"宇文澈更加有兴趣了，没想到她到现在还记在心上。

彭芸芸的睫毛上投下了阴影，轻咬着下嘴唇，小心翼翼地抬起睫毛看着宇文澈，面带为难之色。

宇文澈看到她如此，突然意识到刚才的话里有为难的意思，他尴尬地咳嗽一声："时间就不限制了，你还是先存够钱再说吧。"

"谢谢你……不对，谢谢总裁！"

无形中拉开了两人的距离，男人不高兴地紧盯着她："你是不是讨厌见到我？"

"啊？没，我没有啊……我只是不知道要怎么说了。上次我不知道你是宇文集团的总裁，我也没想到自己会来宇文集团工作，所以……"

"OK，我知道了。我是你的老板，所以你和我说话有压力，这个我明白。"

宇文澈的话让她意识到眼前的男人也不算是个坏人，虽然他一直要求赔偿，却没有强迫自己，或许他已经看出来，因为经济实力的悬殊，买一件阿玛尼的西装可不便宜。

"总裁，我想知道你为什么喜欢穿阿玛尼的西装？这么贵，还不如把钱留下来捐给穷人，至少不会浪费。"彭芸芸唯唯诺诺地说着，偷偷地看着宇文澈。

"你是在教训我浪费金钱？我有钱难道不能享受吗？"宇文澈反问她。

彭芸芸词穷了，她低下头，脱掉手上的橡皮手套。意识到自己的工作还没有完成，她转眼下达了逐客令。

"总裁，很抱歉，我的工作还没有完成，不能陪你聊天了。"

宇文澈还想多说什么，却看到女人转身的背影，她拿着拖把在地上来回拖着。没看出来她工作挺卖力的。男人的手机突然响起了，他掏出来一看，眼神一暗。

"喂，你现在在哪……"

彭芸芸竖着耳朵听着宇文澈的声音，果然不能单独面对他，背后都汗湿了。没想到档案室里这么脏，已经拖了两遍还没有弄干净，倒是自己弄得腰酸背痛的。

宇文澈挂断电话，回头看着彭芸芸，她的手摸着腰，看起来很不舒服的样子。桶里面还有拖把，地上有两块脏的不能再脏的抹布。看来，高秘书给她准备的工作真的把她累惨了，不知为何，居然对她生出一丝怜悯之心，近似心疼的感觉。

"宇文总裁，原来你在这里啊，我找你半天了……"

一声娇嗔的声音出现在耳膜，宇文澈潜意识地皱皱眉头，优雅的转身，看到一身火红色迷你裙的张佩琪，大波浪的长发垂在胸前，让人眼前一亮。

红唇一开一合，让人容易遐想。宇文澈承认一开始他也被张佩琪蛊惑了，就是因为看到她火辣身材，在娱乐圈混的一线女明星，没有一个身材不好的。仔细看看她的鼻子和下巴跟以前又不同了。

"高秘书说你想见我，有事吗？"宇文澈公事公办的口吻让她一愣。

随之张佩琪笑着走到他身边，水晶指甲抚摸上男人强壮的胸膛。

"宇文总裁，你不会这么快就忘记我的名字吧，上次在拉斯维加斯你叫人家宝贝……"张佩琪的手很不安分，她试图寻找宇文澈的敏感位置，却不想引起了男人的不满。

"这里是公司，请你自重！"宇文澈不满意地皱着眉头。

张佩琪一看宇文澈的脸色不好，顿时笑着说道："我知道错了，你别生气。"

"你找我有事吗？"宇文澈是宇文集团的总裁，见过太多娱乐圈的女人，她们的目的一般只有一个，想要上位。像张佩琪这样的一线女明星也不例外，她们只想更红而已。

"我听说宇文集团要投资新电影，我已经读过剧本了，我想参演女一号，不知道宇文总裁给不给这个机会？"张佩琪说着，浓密的假睫毛上都在颤抖。

宇文澈推开她的身子，冷冷地说："张佩琪小姐，你是想要参演我投资的电影？"

"没错，我很想出演女一号，只要宇文总裁给我机会，我一定不会让你失望的。"张佩琪继续自己缠人的功夫，声音迷惑而娇情，眼神迷蒙而热切，这是她的本钱，也是诱惑男人的武器。

宇文澈知道彭芸芸还在档案室，万一他们的对话被她无意中听见了，肯定会造成误会。所以他放低了声音，扯住张佩琪说道："你认为语恩会让你出演吗？"

第八章
被 强 吻 了

张佩琪的眼神很僵，瞬间变得不可置信："难道霍氏也投资了?"

宇文澈点点头，随之放开了她的手腕："如果你不相信，可以打给你的经纪人问一问，我看你们的消息太滞后，连投资方都没搞清楚就自动请缨，张佩琪你真是太愚蠢了!"

"怎么可能……我没收到消息。"张佩琪变得手足无措起来。

"不知道不代表不是事实，你和语恩的关系很差，如果她知道是我让你参演的，一定不会让导演录用你的。你自己最好掂量清楚，不要给我找麻烦!"宇文澈说着，背着手臂，神态自若地看着抓狂的女人。

张佩琪盯着宇文澈，好一会才从刚才的消息中适应，她一旦面对宇文澈，什么都顾不得了，唯独霍语恩是她不能忽视的。但是霍氏集团怎么会插上一脚，难道……

"语恩知道我和你的事?"

"你以为她不会看八卦周刊，还是她身边的人不会嚼舌根? 张佩琪我警告过你，我们在拉斯维加斯的事不要让记者拍到，你是故意的吧?"宇文澈说着，眼神里都是冷酷，犹如千年寒冰一般的深不见底。

张佩琪毫无防备地打个喷嚏，全身冷飕飕的，她到现在才发现，眼前的宇文澈挺在乎霍语恩的，即使他们之间有商业联盟，可是他们在交往却是事实。

"自从半年前在庆功宴上见到你之后，我就陷进去了。只有爱情才会让女人无法自拔，难道你一点都察觉不到我对你的爱吗?"张佩琪轻声说着，虽然顾忌这里是宇文集团，又不想让其他人听到，到最后却还是忍不住说了出来。

宇文澈意识到让张佩琪来公司是个错误的决定，他推开张佩琪缠住的手，无情地说道："不管我和语恩之间怎么样，都跟你无关。你既然混到了一线女明星的行列，就应该遵守游戏规则。我们不过是相互利用而已，少在我面前说什么爱情，你不配！"

世界上最难过的不是我爱你，你不知道；而是我说了爱你，你却视而不见。张佩琪现在对这句话感同身受，她失望地收起自己的脆弱，强打着精神目视着宇文澈："我刚才不该说那番话，宇文总裁千万不要生我气，是我不对，不该不分场合。"

张佩琪的突然转变，让宇文澈很满意，这是她自己给自己找台阶下，省得自己多费唇舌找御风来解决了。

"没事的话你回去吧。"

"可是我还是想争取女一号的角色，希望宇文总裁给我机会。"

"张佩琪，你应该去找语恩，而不是我。"宇文澈说完瞪了她一眼，今天的张佩琪太不识时务了，居然跟自己叫板，这里是宇文集团，她到底还想闹到什么地步。

哐当一声，拖把掉到地上，宇文澈和张佩琪齐刷刷地朝后望去。

"对不起对不起，我不是故意的……"

彭芸芸没想到自己刚出档案室，就看到宇文澈和一个漂亮的女人在调情。应该用调情最为贴切，因为那个漂亮女人恨不得整个身子都压在宇文澈的身上，下午的时光里少了点灰尘，却多了些暧昧，眼前这是什么情况。

张佩琪面露尴尬，她疑惑地看着宇文澈玩笑的表情，心里思索着眼前年轻女孩的身份。看她一脸毫无戒备的样子，因为惊吓，朦胧的大眼睛忽闪着，看起来就是个单纯的丫头。

"宇文总裁，她是你的员工吗？"

宇文澈点点头，诧异地看着彭芸芸，到底刚才的话她听到多少。

"我……总裁我不是故意的，我正要去找高秘书，不知道您在外面。"彭芸芸生怕自己被宇文澈误会，这样一来在公司的日子肯定不好混，有高秘书在旁边监视就已经够惨了，还得罪总裁的话，接下来就要打包走人了。

"你的意思是，你没有听到我说的话？"

"嗯！我不说假话，我一直在里面拖地，什么都没听见。"彭芸芸说着拿着拖把和桶就想要从宇文澈眼前离开。

张佩琪无视员工的存在，继续对着宇文澈说着："我刚才说的事情就拜托宇文总裁了，不管怎么样，我都要试试，毕竟是个机会。"

"有些事情不要太坚持，张佩琪。"

彭芸芸的耳朵不得竖起来，她听见宇文澈叫那个漂亮女人张佩琪。难道她是当红女明星张佩琪吗？李文爱嘴巴里的那个绯闻女明星，她真的跟宇文澈有一腿吗？

这些想法很快烟消云散了，本来就跟自己无关的人，干嘛非要闯入自己的世界。就算宇文澈是自己的老板又怎样，如果他真的大方，就不会让自己赔钱了。想要那件阿玛尼的西装外套，她的心都凉了。

"彭芸芸小姐，你在偷听吗？"宇文澈无视张佩琪的存在，看到她忙进忙出的，拿着拖把自言自语，桶里面的水漫出来了也没有察觉。

"总裁，我……"

张佩琪受不了宇文澈的翻脸无情，当着自己的面和下属调情。虽然是故意泄露给八卦杂志的，她也不后悔，如果一个女演员没有绯闻，在娱乐圈里根本不能生存，很快就会被人遗忘，她可不想眼睁睁地看着其他女演员比自己红。

"宇文总裁，不管你答不答应，我都会亲自找语恩的，我相信我的实力绝对不比其他女演员差！"

宇文澈眯着眼睛怒视着张佩琪："我提醒过你，你没有强大的背景，想要一步登天不可能。你现在拥有的光环已经够多了，是我太纵容你了……"

张佩琪顿时紧张起来，她后退着，却不响撞上了出来的彭芸芸，两个人眼看着就要摔倒在地。宇文澈看到彭芸芸慌张地闭上眼睛，嘴角露出会心的笑容，伸出长手臂拉住了她。

"你可以睁开眼睛了……"宇文澈的身影很温柔，连他自己都不知道，为什么不去拉张佩琪，而是第一时间去扶着彭芸芸。

彭芸芸睁开眼睛，看到一脸无公害的脸似笑非笑，瞬间她的小脸蛋红了，因为害羞，也因为贴在男人的胸膛。小心脏毫不客气地狂跳起来，突然间看到放大的脸，没想到他长得很帅，还是那种冷冷的帅气。

张佩琪扶着墙壁，勉强站住了，幸好刚才推了她一下，要不然就摔了。

"总裁，你能放开我吗？"彭芸芸尴尬地盯着宇文澈，她的腰肢被男人紧紧握住，手腕也被他拉着，一副翩翩起舞的模样，顿时尴尬重生。

宇文澈玩味地刁难她："如果我不想放手呢？"

"啊？为什么，难道我得罪你了？"

"你说呢……"

张佩琪站在一边，看着打情骂俏的两个人，顿时气不打一处来，她最讨厌除了自己，还有其他女人缠着宇文澈。虽然宇文澈表面上是霍语恩的男友，但是宇文澈和她已经保持了三个多月的情人关系。眼前的小丫头算哪根葱！

"还不赶紧放开！"

　　彭芸芸听到张佩琪的声音，吓得急忙挣脱宇文澈。

　　宇文澈眯着眼睛盯着张佩琪嚣张的嘴脸，看来是他太纵容她了，让她在公司里对下属大吼大叫。彭芸芸看起来天不怕地不怕的，居然会对张美琪忌惮三分。

　　看见宇文澈冷冷的目光，张佩琪把这种怨恨发到素不相识的彭芸芸身上，指着她的鼻子骂：“你是哪来的小妖精，居然当着我的面勾引宇文总裁，你算什么东西！浑身上下就是个保姆的打扮，还想麻雀变凤凰……”

　　彭芸芸一愣，什么都没做，却被人骂，迎上了张佩琪的目光：“我虽然在你眼里是个保姆，可是我在总裁眼里却是个合格的员工，张小姐你虽然是明星，还没有保姆有素质！”

　　宇文澈惊喜地笑了，没想到“小白兔”摇身一变成了“大灰狼”了，还真是稀奇。他抱着双臂，兴趣正浓地盯着彭芸芸，此刻他涌现了一种很想多了解她的想法。

　　张佩琪更恼火了，就算在片场也没人敢这么对她说话。突然冲过去扯着彭芸芸的衣服，大声呵斥道：“你算什么东西！我在片场，导演也不敢这么对我说话，你真是欠揍！”说着，举起右手，眼看着就要打在她脸上，却被宇文澈挡住了。

　　“你以为你现在的地位是你努力得来的吗？如果不是我捧红你，你有什么广告和电影可接。张佩琪，我最后一次警告你，不要在我面前撒野！”宇文澈说着，冷酷的眸子里都是厌恶。

　　没想到宇文澈为了一个员工跟她发火，还是第一次看到他翻脸翻得这么快。她盯着彭芸芸，好看的红唇一张一合，怒视着他们，鄙夷地说道。

　　“不要以为你能代替我的位置，我告诉你，宇文总裁对女人的要求可是很高的，不是你这种发育不良的小丫头能招架住的。”

　　彭芸芸脸颊一红，她不是傻子，张佩琪说得话是什么意思，她很清楚。刚要从宇文澈怀里逃离，却看到突然放大的脸，唇瓣上一热，她惊恐地任由宇文澈吻上自己的唇，大脑一片空白。

第九章
暧 昧 举 动

张佩琪盯着宇文澈的举动，顿时没了反应，她不知道要用什么反应来表达震惊的情绪。宇文澈居然当着她的面主动亲吻一个女员工，而且还是上不了台面的小丫头，看着她的身板就知道，平民家庭出生，连一套名牌衣服都买不起。

宇文澈松开恍惚的彭芸芸，察觉到女人的惊恐，尴尬地咳嗽一声："你没事吧？"

彭芸芸的脑子到现在都没想通，宇文澈是什么意思。他和张佩琪吵架，为什么拿自己当垫背的。刚才突如其来的吻也是为了气她吧，不用说，肯定是这样。

"没想到宇文总裁的口味变得这么快，喜欢发育不良的小丫头，她有没有成年？"

"不好意思张小姐，我今年二十一岁了。"彭芸芸气鼓鼓地瞪着张佩琪，本来不讨厌她的，但是，刚才她说的话太让人生气了。

宇文澈本想开口解释一下，没想到彭芸芸先发制人。看起来这个女人带给他的惊喜还不止一两点。看来以后有机会多了解她，说不定上班会更加有乐趣。

张佩琪鄙夷地看着她："全身上下怎么看都像个保姆，我不屑跟你耍嘴皮子。"

彭芸芸撅着嘴巴嘲讽道："我朋友平时蛮喜欢你的，现在我为我朋友不值，如果她知道张佩琪小姐是个表里不一，还喜欢骂人，肯定会伤心死。"

"你少在外面胡说八道！"张佩琪着急了。

宇文澈心里很清楚，虽然张佩琪有时候作风不正，但是她对影迷倒是不错，为了维护自己的形象，没少花钱。彭芸芸居然拿影迷和人气打击她，亏得她想得出来。

"我现在是换口味了，我偏偏喜欢发育不良的类型……张佩琪，我可不想再看见八卦杂志上有宇文集团四个字。"宇文澈说着掏出电话，"御风，你赶紧来档案室。"

"宇文总裁……"

"行了，你今天话说得太多了，我不想再听了。"

彭芸芸盯着僵持的两个人，背过身去摸自己的唇瓣，上面还有宇文澈嘴唇的触感。柔柔的，软软的……等等，他说喜欢自己这种发育不良的类型？到底在想什么，初吻就这样没有了，还被他利用了，这个宇文澈，真是个坏蛋！

唐御风出现在档案室的门口，看到宇文澈、张佩琪、还有彭芸芸。他朝着宇文澈点点头，做出一个请的姿势："张小姐，我送你下去。"

张佩琪不高兴地瞪了彭芸芸一眼，无可奈何地走进电梯。

宇文澈没有再多看她一眼，转身把目光放在彭芸芸身上，看她的样子是在生闷气，而且气得还不轻。

"总裁您要是没事的话我进去擦桌子了……"

"等等！你这么着急走是生我的气？"

"我可不敢，您是总裁，想怎么做就怎么做，我哪敢说个不字。"

宇文澈听到彭芸芸不爽的声音，顿时偷笑着："还说没生气，我看你是太生气了，连说话都不看着我，我可是你的老板。"

彭芸芸猛地转身，怒视着宇文澈，粉红色的唇瓣上泛着光泽，她盯着眼前的老板，强压住自己的火气："我知道你是我老板，所以我甘心被人利用，既然你的目的达到了，为什么还不走？"

"你在生气？"宇文澈瞧着她的憋闷的笑脸问。

"我没有……"彭芸芸倔强地别过脸去。

"为什么不看着我？"宇文澈无公害地笑着。

"你长得又不帅，我为什么要看你！"彭芸芸说着决定不理会宇文澈的无理取闹，面对他，压力太大了，说什么都会出错，她才不要呢。

宇文澈这才意识到彭芸芸为什么这么生气了，他弯下身子，低着头说道："你认为我刚才在利用你气张佩琪是不是？"

彭芸芸一惊，心想他怎么知道自己心里在想什么。难道宇文澈察言观色，会读心术？

"我没有，是总裁你想多了。"

"是吗？我看看高秘书给你安排的工作做的怎么样。"说着宇文澈离开她身边走进了档案室。

"总裁，你先不要进去，我还没有打扫干净！"彭芸芸追在宇文澈的身后大声说道，忽然他站定了，她撞在了男人的脊背。

"啊！"

"你怎么了？"

宇文澈瞧着不停摸着鼻子的彭芸芸，她怎么总是冒冒失失的。

"我，我还没有打扫干净，再给我半个小时就好。"彭芸芸摸着鼻子说着，试图缓和刚才的冲击力。

"好吧，我在旁边等着，给你二十分钟打扫完毕，我要检查你今天的工作。"宇文澈说完，给彭芸芸让路，让她有足够的空间打扫卫生。

宇文澈的突然转变让她没来得及反应过来，手脚在第一时间做出反应，拿着洗干净的抹布重新把每个柜子都擦了一遍，虽然已经擦过两遍了，但是上面还是有积攒的灰尘，让她不放心。

男人的目光在她身边打转，没想到彭芸芸进入工作状态比他想到得还快，看来有些事情弄错了。宇文澈仔细回想着，第一次见到彭芸芸的时候，差点把她当成了霍语恩的影子，现在仔细一看，她们完全不同。

他和女友的交往都是规规矩矩的，甚至可以用举案齐眉四个字来形容。很少会有热情如火，情感浓烈的时刻，却在遇到彭芸芸之后发生了变化。

总是把她们两个人重叠在一起，而且时不时拿出来比较一番，宇文澈有时候都很困惑。不管怎么刁难她，让她做什么吃力不讨好的工作，彭芸芸都能自得其乐，今天也是这样，虽然被自己强吻了很生气，但是很快转移注意力当没发生过。究竟是她的心眼太宽容，还是她太能忍耐。

额头上的汗冒出来了，她随便在袖子上擦了一下，转身看着宇文澈说道："差不多了，总裁你可以检查了。"

宇文澈淡定地点点头，伸出一根手指，随便在柜子上摸了一下，手指上一点灰尘都没有。看来彭芸芸擦的很干净，这里很长时间没人进来打扫了，肯定一遍擦不干净。

彭芸芸倒是很较真，不随便马马虎虎交差算了，这种工作态度宇文澈很喜欢，很符合宇文集团做事风格。忽然他转身招招手让她过来，彭芸芸慢吞吞地走过去："总裁，是不是哪里不太满意？"

宇文澈摇头，面无表情，指着上面的文件夹："你看过了吗？"

"我，我刚才擦的时候，有文件不小心掉下来了，我是无意中看见的。"

"你对我们公司有什么看法？"

宇文澈放松地看着她，不过彭芸芸却是一脸紧张得不敢直视。

彭芸芸不知道宇文澈是什么意思，她倒是不紧不慢地说："我现在只是个试用期的小职员，虽然是秘书，但是很多办公室的人际关系我都不懂。更不要说文件上面的职场之道了，我还需要慢慢学习。总裁，我的看法您满意吗？"

宇文澈无奈地偷笑，还因为她已经忘记刚才发生过的事情了，没想到忙完了工作，现在又继续生闷气了，真是个可爱的"小兔子"。

"好吧，明天不要来档案室了，我会让高秘书分配其他工作给你。"

彭芸芸眨着眼睛，疑惑地望着宇文澈："难道今天的工作是总裁你安排的？"

宇文澈耸肩："我是让高秘书安排的……不过从底层做起对你以后的秘书工作会有好处。有句话说得好，吃得苦中苦，方为人上人。"

"谢谢总裁的教导，我真是太感激了。"

"不用客气，彭芸芸小姐，希望你以后在宇文集团能努力工作。"宇文澈说着伸出手，主动去握住她的手指。

彭芸芸一愣，随之脸颊一热，他总是喜欢取笑自己，到底哪里招他惹他了。

"看来彭芸芸小姐很容易脸红，今天我看到你脸红两次了。你是不是看到我心跳加速？"宇文澈调笑，看着一脸紧张的彭芸芸。

"我……我会努力的，宇文总裁。"

回想白天发生的一切，彭芸芸在床上翻来覆去睡不着，不知道要怎么做才能忘记白天发生的事。宇文澈的吻落在自己的唇瓣上，还当着女明星张佩琪的面，真是跳进黄河都洗不清了。

"哎……真是的，我怎么偏偏得罪宇文澈了，他偏偏还是自己的老板……彭芸芸你真是疯了，为什么要去宇文集团上班。"

在狭窄的小卧室里，彭芸芸自言自语地在床上滚来滚去，让她唯一想不通的是，堂堂一个总裁为什么担心自己的绯闻，而且还是跟一线女明星张佩琪有关。好奇地查了查张佩琪，她才知道，原来张佩琪是宇文澈一手捧红的，宇文集团的两支广告就是她拍的。

他们看起来不是一对，一点也不像，不管语气还是说话的内容，更像情人。算了，还是不想了，早点睡觉才是真的。彭芸芸打着哈欠，静止自己的脑袋胡思乱想。

幸好还来得及，还有十分钟到九点，打卡完毕之后，慢吞吞地走到办公室。彭芸芸想松口气，却被李文爱搂住了："怎么了，这两天适应新工作了吗？"

第十章
总 裁 癖 好

"是你啊……勉强适应了。"

"干嘛一副垂头丧气的样子，谁招惹你了说给我听听。"

彭芸芸摇摇头，委屈地板着脸，是宇文集团最大的人得罪她了，这能怎么办。宇文澈强吻的画面历历在目，她闭上眼睛，就忍不住全身抽搐，哎。保留了这么多年的初吻，一下子就没了，太委屈了。

李文爱还想说什么，看到迎面即将走来的高秘书，她附在彭芸芸耳边说道："高秘书来了，我先闪了，你自己小心点。"

"我知道了，你去吧。"彭芸芸平静地整理自己的办公桌，她知道高秘书一出现，自己的日子肯定不太好过，没办法，谁叫自己是新人，还在试用期呢。

高秘书穿着黑色的职业套装，显得异常低调，她随手从口袋里拿出一支笔走到彭芸芸面前："给我一张纸。"

彭芸芸一愣，急忙找到一个便利贴递给她，直勾勾地盯着高秘书在便利贴上写着咖啡和牛奶之类的东西。

"这个你要牢牢记住，是总裁每天需要的东西，上面的时间你最好记清楚，不管你手头上再忙，也不能忘记知道吗？"高秘书说着把便利贴贴在她抬头就能看见的地方，表情严肃，一点都不允许怠慢。

"没想到总裁还喝牛奶……"彭芸芸顿时喃喃自语。

"总裁喜欢什么，不喜欢什么，不需要你唠叨。只要你记住了，千万不要等着总裁去叫你。还有，喝咖啡还是喝牛奶，你要问清楚总裁想喝什么才能去冲泡。彭芸芸你要牢牢记住！"高秘书说着，眼神漠然地盯着她。

"知道了，我会牢牢记住的。"

"这还差不多，总裁说你昨天打扫档案室顺利通过了检查。我提醒你千万不要得意，你要记住自己是新员工，还在试用期，表现不好随时会被炒鱿鱼。"

彭芸芸默默地点头，她非常清楚高秘书说的话都是为她好，有些事情并不像表面那么简单。总觉得宇文澈明摆着针对自己，为什么会让高秘书找一些奇奇怪怪的工作给自己，虽然说秘书的工作涉及很广，但是也不用跟打杂小妹对等吧。

唐御风的目光很犀利，虽然他一直想保持低调，但是澈少的举动已经超过了上司对下属的关心程度。这个彭芸芸不过长得跟霍小姐有五六分相似，也不用太上心吧。

不过总裁的话没人敢不听，他还是走到彭芸芸身边把文件递给她："总裁让你半小时后把正确的文件交给他。"

彭芸芸一愣，抬眼看着严肃的唐御风点点头："我，我知道了，一定不会耽误总裁用的。麻烦你了，唐助理。"

唐御风没有好脸色地离开了，彭芸芸不过是个小角色，澈少会不会太在意了。

没想到宇文澈发善心了，居然没让自己去打扫其他地方，昨天一天可把她累惨了，现在才发现宇文澈也没那么冷血，难道以前都是误会？

"努力工作吧彭芸芸，你一定会得到认可的！"彭芸芸给自己打气，相信在宇文集团的工作生涯会是个转折点。

总裁办公室里，宇文澈仔细地品着咖啡，没想到彭芸芸对咖啡的冲泡拿捏得这么好。应该不是第一次给上司泡咖啡吧，她有工作经验，不过是咖啡牛奶的比例要拿捏好而已。

"都交代好了？"

进来的唐御风点头："是的总裁，都交代好了。"

"嗯，坐下尝尝咖啡怎么样？"宇文澈说着，眯着眼睛享受此时此刻。

唐御风好奇地端着咖啡杯放在嘴边，眉毛犹豫地皱在一起："今天的咖啡不是高秘书冲的吧？好像牛奶多了点。"

"没错……从现在开始，冲泡咖啡的事交给彭芸芸了。这是她泡的咖啡，我觉得别有一番滋味。御风，不要小看女人，她绝对不像你想象中的那么简单。"

"女人？是说彭芸芸？"唐御风一愣，没想到宇文澈居然还给她起了外号。

宇文澈面色一冷："御风，我只是对她好奇而已，你不要想多了。"

"我，我知道……"唐御风不敢多言，只好把心思都放在这杯咖啡里了。

"时间刚刚好！"彭芸芸盯着自己校对好之后的文件，满意地点点头。距离唐御风刚才说的半小时还有不到五分钟的时间，她急忙装订好，敲开了宇文澈的总裁办公室。

"进来！"宇文澈的声音很低沉，这让彭芸芸心里一紧。

唐御风迎面看到彭芸芸走进来，他随手把门带上，走了出去。

彭芸芸一愣，单独面对宇文澈，她心里不可能不紧张。怎么说单独面对老板，面对自己的"债主"，想到那件阿玛尼的西装外套，她就忍不住全身颤抖。

"你打算一直站着不说话吗？"宇文澈玩味地盯着女人，很想知道她此刻内心的感受，或许见到自己，就想到西装了吧。

"总裁，我把文件做好了，您看看吧。"彭芸芸说着恭敬地把文件放在他面前。

宇文澈却不为所动，他盯着彭芸芸，眼睛眨都不眨一下，打量起眼前的"小兔子"。没想到她战斗力惊人，还会泡咖啡，对办公软件掌握得很熟练。虽然没有亲眼看过，但是御风说的话和高秘书是一样的，他们的话不会有任何的偏私。

突然男人倾身向前，站了起来，故意弯着腰盯着彭芸芸低垂的眸子："你怕我？"

彭芸芸哪里想到宇文澈突然蹦出这句话，舌头在口腔里打个弯，半天没反应过来，她抬眼就看到是男人放大的脸庞，本能地往后退了一步："总，总裁，您要不要先看看？"

宇文澈离开办公椅，向她走去，"小兔子"却是一步步地向后退，生怕被他靠近。她越是这样男人的好奇心就越是被她挑逗起来，最后退无可退，彭芸芸背靠着墙壁，变得六神无主，小心脏紧张得越跳越欢快，男人的脸很快压了下来。

宇文澈看着眼前闭着双眸的彭芸芸，突然生出了玩味的想法，虽然对于他来说，眼前的女人浑身充满了吸引力，毕竟是在总裁办公室里，万一被人看见了，对他的威严来说，也会受到影响，所以只好眼睁睁地什么都不能做。

半天没有声响，彭芸芸还以为他离开了，不想刚睁开眼睛，就看到宇文澈的吻落在了额头上，顿时大脑又变得一片空白，什么都没有了。

"你……"

"你想说什么？是吃你豆腐，还是占你便宜？"宇文澈好笑地盯着她，双臂支撑在墙上，盯着她惊慌失措的笑脸笑着说。

彭芸芸不知道宇文澈是怎么回事，每次单独面对他，小心脏就不停地狂跳，而且不敢直视他的目光。似乎男人深邃的眸子里有深不见底的东西，一旦看进去就无法自拔了。

"总裁……我知道自己得罪你了，但是……我会尽快存够钱还给你一件崭新的西装外套，你以后能不能不要再折腾我了……"不管彭芸芸怎么想，他都认为宇文澈是为了那件丢失的西装找茬，要不然还能是其他原因吗？

第十章 总裁癖好

宇文澈眼神微眯着，盯着女人全身上下，下意识地后退了一步："难道，你以为我是个小气的总裁吗？"

"啊？我，我不是这个意思。"

"没错，你把我的西装弄丢了，按照原先的想法我是要你照价赔偿，而且是立刻，马上。但是我了解你的背景和经济条件不太宽裕，就没再逼你还钱。所以你不要以为我刚才亲你是在逗你玩。"

宇文澈一口气说完，觉得是不是说太多了。对于一个认识才几天的女人，还是自己的下属，需要这么认真吗？

"我……对不起，总裁，是我小心眼了。"彭芸芸听完他的话，大脑变得清清楚楚，跟宇文澈认识的时间非常短，不过关于他的传言早就听说了，至少他不是个说话不算话的人。

特意看了一眼办公室的门，他走过去刻意反锁了，宇文澈不知道为什么这么做，但是潜意识里却指引着他的一举一动。

彭芸芸见他不说话，也没注意宇文澈在门边的举动，还以为他是在生气。突然低垂着眼睛自言自语："总裁，我还等着您的签名呢，能不能先把工作做完，再说其他的事。"

女人一副委曲求全的样子，宇文澈因为清脆的声音而变得很讶异，彭芸芸带给他的惊喜又不是一天两天了，他反而已经习惯了她的小个性，有点较真，带点执着，有时候可能会天不怕地不怕的样子，让人觉得心疼。

宇文澈的内心会涌现奇特的想法，就算跟女友在一起，也没有因为细节的东西而特意去关心。遇到彭芸芸以后，很多事情都变得不太一样了，甚至超出了他自己的预料，难道彭芸芸无形中改变了自己？

"总裁……文件我做好了，是不是有问题？"彭芸芸紧张地看着他，似乎对于自己抱有自信的工作产生了怀疑，不然宇文澈为什么面带为难的表情。

"秘书的工作很繁琐，我们公司的秘书分三等，你知道吧？"

第十一章
察 觉 御 风

彭芸芸点头："总裁我知道，我的职位是秘书，是最初级的文秘，而高秘书却是最高级的高级文秘。"

"很好，看来你已经把我们公司的企业文化和等级制度都装到脑子里了。"宇文澈默许地看着她，彭芸芸很年轻，但是她的工作经历很丰富，不知道过去的她是不是一边打工一边上学。

彭芸芸的眼神珠波流转，浓密的睫毛垂下来，唇瓣上是粉红色的唇膏，一开一合之间引起无数的遐想。宇文澈清清嗓子，咳嗽两声，才算是彻底清醒，一时的意乱情迷，让他差点不能自拔。

"总裁，我以后会努力的，你可以相信我。"彭芸芸信誓旦旦地说着，丝毫没察觉到宇文澈的异样。

宇文澈回到办公椅上坐下来，抬眼看着彭芸芸："我签完字你可以出去了……你冲咖啡的技术是跟谁学的？"

彭芸芸笑着说："总裁，是我自己瞎琢磨的，不过高秘书说，总裁的咖啡一般是七分咖啡三分牛奶，我自作主张，往里面多加了半颗糖。"

"是吗？我说味道有些差别。"宇文澈若有所思。

"如果总裁不喜欢，我以后不会再加糖了。"

"我没说不喜欢。"宇文澈看着彭芸芸低眉顺眼的模样，心思一动。

彭芸芸惊异地看着宇文澈。

"公司的糖都是代糖，糖分很低，以后继续冲吧。"

"知道了，总裁，没事我先出去了。"

"去吧。"

虽然一点不了解宇文澈的为人，不过彭芸芸不是太害怕单独面对他了。现在成为了宇文集团的一员，秘书这个职位没有任何管人的权利，不过从心理上来说，她已经满足了。

每个月的薪水可以自由支配，只要存够钱还给宇文澈，剩下的都不重要。想到以后和妈妈能稍微轻松的生活，她已经很感激老天爷了。

"也只有你才相信老天爷，我还是比较相信星座。你看星座上说我这个月底会转运……"李文爱拿着手机，指着上面的星座运势，强拉着彭芸芸扭过头看。

"好了文爱，你看看就算了，千万别当真！"

"芸芸，你就不懂了，星座的学问很大的，就拿你来说吧，双鱼座就是敏感的星座，优点就是心思缜密，同情心强，为人特别善良。缺点就是很容易掉眼泪，容易走极端，对这个世界不抱希望。"

彭芸芸无可奈何地盯着她，筷子插在米饭上："李文爱小姐，你能不能让我把盒饭吃完再说你的星座秘籍？"

"好吧，一份盒饭我花了十分钟，你怎么半天还没吃完。"李文爱絮絮叨叨的，瞄着她盒饭里的青菜，顿时摇摇头。

"我不是不想浪费吗，怎么说一份盒饭至少十块钱，我今天吃的可是十二块钱的盒饭，青菜和青椒都要吃光。"

"你就是太省了……"李文爱还想说什么，看见彭芸芸不满的眼神，立刻闭上了嘴巴。

彭芸芸盯着饭盒里仅剩下的青椒，实在没办法，只好闭上眼睛把青椒放在嘴巴里咀嚼了两下就咽进肚子里。如释重负地盖上饭盒，放在一边，站起来摸着肚子。

"你啊，从小到大最喜欢做的事情就是省钱，从我认识你到现在一点都没变！"李文爱说着，仍旧低着头，却没有发现离她们不远的拐角处，有个人很认真地听着她们的谈话。

彭芸芸做着伸展运动，丝毫不介意她的话，反而轻松自若地晃动着小脑袋。

"这个世界上除了妈妈，也只有你最了解我了。"

"那当然了！我们的交情可不是盖的，现在还在一个公司上班，缘分啊！"

李文爱夸张的表演，顿时惹得彭芸芸开心地笑出来，似乎忙碌了一个上午的压抑心情全都得到了释放。

"听说你现在已经接手高秘书的工作了？"

彭芸芸没说是，也没说不是，只是轻松地解释："以前高秘书泡咖啡，现在交给我了。所以我每天都要看着时间点问总裁是需要咖啡还是茶，或者牛奶……不过总裁不太喜欢下午喝牛奶，这些琐碎的事我都记在脑子里了。"

李文爱想了想，突然低声说道："我听说昨天张佩琪来了，你看见没有？"

彭芸芸想把真话说出来，脑子突然蹦出来宇文澈的警告，只好尴尬地回答没有。虽然不想欺骗文爱，不过老板的话才是最大的，谁叫宇文澈现在是自己的衣食父母呢。

拐角处的男人嘴角轻蔑地笑了笑，没想到彭芸芸跟其他人一样，都是畏惧总裁的权利，不过也难怪，毕竟是新人，也很正常。到现在澈少还以为她跟其他职员不同，其实在他看来，半斤八两，没有根本性的区别。

"回来了……"宇文澈抬眼看到从外面回来的御风。

唐御风把手中的外卖放在办公桌上："总裁，你每天都吃快餐会不会不够营养？"

"快餐不是比中餐快吗，我要的就是快。"

"我刚才去拿外卖无意中听见了彭芸芸和一个同事的对话……"

宇文澈眼神一亮："御风，你不是喜欢瞎掺和的人，你是刻意去偷听的吧。"

唐御风尴尬地看着他就当默认了："是的，我是故意去偷听的，不过她们没发现我。"

"说吧，你听到什么了。"

宇文澈打开外卖，培根熏肉汉堡，外加一杯美式咖啡。的确是不错的组合，不过他眼神此刻盯着御风，很想知道他偷听到了什么信息。

"其实跟我预料中的一样，没什么奇怪的话题，不过彭芸芸跟其他人一样，对总裁也是毕恭毕敬的。我看她的个性完全不能跟语恩小姐相比，光是说话的气质就不是一个层次，我不懂总裁你为什么对她感兴趣……"

"御风，有些事你关心的太过头了。我什么时候对彭芸芸感兴趣了，你是不是误会了？"宇文澈说着，眉峰一挑，神情淡定。

唐御风知道自己的本分，所以知道什么该说，什么不该说。虽然他很好奇宇文澈为什么会对彭芸芸不一样，作为助理，他的关心应该在工作上，而不是总裁的私事上。

"对不起总裁，是我逾越了。"

"御风，你是担心我最近的绯闻太多会给集团造成不好的影响？还是你觉得我对语恩不公平，你想多管闲事？"宇文澈一字一眼地说着，喝着咖啡，淡漠的眸子里都是深邃。

唐御风意识到自己失言了，顿时低垂着眼睛，不敢看着宇文澈。虽然和宇文澈一起长大，却因为父亲是宇文家里的管家，多年来受到宇文老先生的信任，才能有机会和宇文澈一起上学、出国留学。

今天自己"多余"的关心，到成了宇文澈心情不好的源头，看来他是误会了。御风终于整顿好自己的心思，恭敬地道歉："是我没注意自己的言辞，对不起总裁，不会有下次了。"

"我说过了，没有别人的时候，你不要叫我总裁。"

宇文澈的脸上没有一丝怒气，反倒是有一丝笑容挂在嘴边，唐御风见到不经意的神情，反而诧异地望着他。

"总……澈少，周末要和霍小姐吃饭的事情您没忘记吧？"

"当然不会忘记，宇文家和霍家的饭局，我缺席了，肯定又会登上八卦杂志的头条吧。半个月没见到语恩了，不知道她气消了没有……"宇文澈的话说得很清楚，似乎是说给唐御风听的，见他身子一怔，却是不再言语。

咖啡已经见底，汉堡吃了大半，看了看手表，宇文澈的神态清醒了许多。最近御风的情绪越来越感性，到底是一番好意，难道他对语恩还念念不忘？

想到这些陈年往事，不禁口中生出叹息，如果御风不是管家的儿子，一切或许好办多了。说不定现在就是另外一番局面了，也不用偷偷藏着三个人的合影夜夜发呆。

"语恩，你到底知不知道谁才是真心的……或许你从来不需要真心，要的只是迎合父母的需求……"宇文澈喃喃自语，他的眼神停留在皮夹里的合影上，三个人大学毕业的合影，保留到现在，中间拥有单纯笑容的女孩就是语恩，不过那是以前的事了。

回到办公室的唐御风不知道刚才怎么了，虽然知道不是自己该管的事，毕竟他们已经多个月没见了。不知道霍小姐看到杂志上的绯闻会不会不高兴。

知道宇文澈是因为碍于长辈的情面才去参加什么晚宴的，如果是单独相处的话，肯定不会让任何人知道。更何况是霍家的人，本来就是商业上的联姻，他不得不承认，宇文澈对霍小姐的感情没有外面媒体报道的那么重。

本来想要放松一下的，不料高秘书把厚厚的文件一早就让人放在狭小的办公桌上了，彭芸芸盯着看，一瞬间竟然有抓狂的感觉。原本是高秘书的工作，现在全部交给她了，那高秘书要做什么。

"彭芸芸，你最好在下班前全部看完，我现在要整理数据，你千万不要弄错了，我待会要来检查。"高秘书长发披肩，依旧是公事公办的样子，面无表情。

"我知道了高秘书。"

第十二章
豪门饭局

彭芸芸除了这么说，也说不出其他的话了，不管是什么情况，什么复杂的工作，除了想办法解决，没有第二个方法了。这是李文爱说的，在宇文集团，不管是什么工作，就算一个人做不了，也不能当面违背下达工作的人，她牢牢地记住了这一点。

不过全身心都扑在了工作上，她也没有时间注意到其他人的举动，至于宇文澈走过来，她也没有察觉，反而是仔细地投入到工作之中。

唐御风站在宇文澈身后，不知道他为什么停下脚步，不过这次他学会了视而不见。

宇文澈盯着女人的背影露出了亲切的笑容，虽然从正面看隐约有些相似，但是从侧面看，还是跟女友长的不像，她就是彭芸芸，不是任何人的替代品。

替代品？为什么会这么想？

"总裁，您来检查工作吗？"高秘书眼疾手快地走到宇文澈身边，恭敬地点头。

"下班之前能做出来吗？"

"我依旧嘱咐彭芸芸了，总裁放心，我会辅助她的，毕竟是新人。"

宇文澈对高秘书的话很赞同，指着彭芸芸手边厚厚的文件，微微皱着眉头："她一个人真的行吗？"

高秘书知道总裁对彭芸芸的能力存在质疑，一开始她也以为这个新来的秘书不怎样，不过过去几天她都是按部就班地完成了所有的工作，真是没想到。

"总裁，一开始我对彭芸芸的能力也有怀疑，从昨天开始我就把工作断断续续交给她一部分，没想到完成的很不错，所以今天才会放心交给她做的。"

唐御风听着高秘书的话，顿时嘴角露出神秘莫测的笑，没想到一向喜欢挑刺的高敏，对彭芸芸都给了肯定的赞同，不知道宇文澈心里怎么想。

碍着是在办公室，宇文澈不好多说什么，省得被有心人听去了，对彭芸芸以后的人际关系造成影响。只好点点头，随即离开了办公室，唐御风按住电梯，他先走进去，封闭的空间里只要他们二人，片刻宁静之后，宇文澈先开口了。

"御风，你讨厌彭芸芸？"

唐御风一惊，随之靠在电梯墙上，用手指挠了挠眉毛尴尬地说："澈少，我没有。"

"是吗？为什么我看见你的眼神不太友善？"

唐御风一愣："我，我没有，只是……"

"有话就说，你知道我最不喜欢吞吞吐吐的。"

"虽然彭芸芸和霍小姐长得有几分相似，但不代表她们就是一个人，彭芸芸身上也许就是当年霍小姐的单纯和冲劲，不过她们是不同的两个女人。"唐御风憋着一口气，现在全都说出来，也算释放了。

宇文澈没想到御风心思缜密到这个地步，而且他到现在心里念着的还是霍语恩，到底他们是他太看重儿时的感情了，还是把语恩当成妹妹来负责了，还要负责她的终身幸福吗？

见宇文澈不说话，唐御风心虚了，莫非澈少生气了？

"御风，到现在你都不肯承认，为什么还要多管闲事？"宇文澈说着眼神里都是冷漠，深不见底的双眸打量着他，让人看不透。

唐御风的额头冒出虚汗，他说完就后悔了，他知道现在可不是后悔的时候，字里行间全都是为霍小姐着想，很难让宇文澈不多想。

"御风，你记住你姓唐，我们宇文家的事不是你能左右的。"宇文澈说完不等他反应过来就离开了办公椅。看来，彭芸芸的背景是一定要查的，他有一种奇怪的感觉，霍家和彭芸芸之间，肯定有着千丝万缕的联系。

"总裁我错了！"唐御风声音低沉，垂下了脑袋，眼睛里的光芒瞬间黯淡了。

"错在哪里？"宇文澈的声音非常冷清。

唐御风低着头，只能看到总裁的黑色皮鞋，上面的光亮不是一般的明亮，生生刺疼了他的眼眸，带着些许的无奈："我不该不遵守本分，插手总裁和语恩小姐的事。"

"还有……"

唐御风的额头都是汗水："还有，彭芸芸的事，我以后不会自作主张了。"

"嗯。"宇文澈这才清醒过来，对于唐御风的多管闲事，他只有一种心态，就是管的太多没有好处，只会让他们的上下属关系变得有隔阂。

"我不会再犯同样的错误了。"唐御风说完抬起眼睛，眼神里都是防备和低调，或许在总裁面前，他表现的全都是关心，尤其是对语恩小姐。

宇文澈的眼睛扫了照片一眼，或许这次的饭局对于自己来说，是个了解霍语恩真实心意的机会，他不能缺席，也不可以缺席。

彭芸芸一整天的工作总是忙忙碌碌的，对李文爱的话产生了奇怪的怀疑。怎么可能有时间做其他的事情。忙里偷闲这种轻松的事，根本不会在自己身上上演，不管宇文澈是不是想折腾自己，但是这个西装外套的钱，她从这个月开始就要攒下来了。

妈妈那边只好暂时撒个小谎了，也是没办法的事，工薪阶层和老板根本就是千差万别。有时候闭上眼睛，想象着买个彩票中个一百万就好了，没有一百万有十万也行啊。

白日做梦果真不可取，还是正正经经地工作才是真实的。光是想着这些也没用，尤其是眼前一直盯着自己的高秘书，让她一整天都如坐针毡。

"芸芸，你的报告以后要多注意，上面的标点符号也不能错，你自己看看！"高秘书趾高气扬地盯着她，同样是女人，眼神太过犀利让彭芸芸很明显的矮了一截。

"是，高秘书我知道了，不好意思，我下次会注意的。"彭芸芸说着眼睛里都是委曲求全的神色。

高秘书的高跟鞋发出声响，表情非常的严肃，生怕彭芸芸会反抗自己，她知道自己的权威，只能在新人面前呼来喝去的。不过彭芸芸还算是听话，没有违背过她的意思，总体上还算是满意的。

彭芸芸长吁一口气，正想松懈一下，却瞄到从总裁办公室出来的唐御风。他的样子跟刚进去不太一样，不知道他的身份除了助理和司机之外，还有没有第三个身份。

"彭芸芸……"唐御风走到她的眼前，站定了，居高临下，面无表情。

彭芸芸猛地站起来，眼睛眨着，睫毛忽闪着，肩膀僵硬地站直了。虽然唐御风不是宇文澈，但是面对他，跟其他职员不同。唯一与众不同的是，唐御风永远都是冷冰冰的，从来不在办公室多说一句废话。

唐御风的心情很不好，眼前的女人哪里知道，澈少刚刚在总裁办公室呵斥了他一顿，所以他现在是来主动示好的。

"唐助理有事找我？"

"彭芸芸，你现在是宇文集团的职员了，还是秘书的职位。我做为总裁的助理有责任提醒你，做好秘书的本职工作，其他的不要越线。"

唐御风的话越发让她听不懂了，什么叫越线，她什么时候越线了。谁叫他是助理呢，唐御风的话间接就是宇文澈的意思，既然总裁见她不顺眼，肯定是因为女明星张佩琪的事吧，那天的那个吻，真的很奇怪。

"希望你能明白，宇文集团不是其他公司，总裁的身边需要的是人才，不是女人。"

彭芸芸回想过来，咬住下嘴唇点点头："唐助理的意思我明白了。"

唐御风盯着女人看了一眼，虽然只有二十一岁，但是她太惹总裁注意了。不止是长相，就连姓氏也是一样。到底彭芸芸跟霍家有没有关系，或者她是霍语恩小姐的远房亲戚？脑子里胡思乱想起来，说完本想离开的，转身却看到高敏。

一直小心翼翼注意彭芸芸的高秘书，看到唐助理在她身边停留了两分钟，越发觉得奇怪，迈着潇洒的步伐，面带微笑："唐助理，是不是彭芸芸哪里做得不好惹总裁生气了？"

"没什么，彭芸芸的工作是你派给她的，要好好完成。"

唐御风的话很简单，说得也是冠冕堂皇，只有彭芸芸清楚他的真实意图。到底怎么得罪宇文澈了，如果是因为那天下午在档案室撞破了他和张佩琪的小暧昧，也不用变相的威胁吧。还让唐助理过来，一个小秘书至于他如此费心费力吗。

高敏疑惑地盯着她，双手撑在办公桌上，小小的方格间都是严肃的气氛。

"彭芸芸，你肯定让唐助理不满意了……你知道唐助理不满意代表什么吗？"

彭芸芸点点头，虽然心里很惶恐，但是她没有表现出来，毕竟刚来宇文集团，她不想得罪人，不过唐助理为什么总是跟自己过不去，难道全都是宇文澈的意思吗。

此时的宇文澈根本就不知道唐御风会为了他和霍语恩之间的感情，主动去找彭芸芸。此时的他心里想着明天霍家会不会全体出席饭局。虽然表面上说得是宇文家和霍家，两家人的饭局，其实很多公司重要的高层都会出面，到时候未必会出现他意料之中的事。

照片上的霍语恩仍旧一副大学生的模样，只不过这种单纯的心性已经随着她进入社会，进入霍家公司以后彻底改变了。

第十三章
霍 家 小 姐

　　之所以一直待在国外不想回来，其中一个最重要的原因是不想早点跟霍语恩订婚。他一直不想把婚姻当成交换的筹码，即使父亲有意拉拢霍家。但是宇文澈不是个任人摆布的木偶，既然想要拉拢霍家，那他就如父亲所愿，这次的饭局他铁定要参加。

　　位于市中心的南郊，金光闪闪的四个大字出现在新人的视线里，吸引着大学毕业生的眼球，霍氏集团是家族氏的企业，成为物流贸易的中流砥柱。

　　奢华的董事长办公室里，有一个年约五十多岁的中年男人，光洁的额头暴露在空气里，办公桌上的文件一个接着一个，逐渐淹没了办公桌最显然的位置。

　　时不时发出一声叹息，中年男人的眼神都变得混沌起来。此时正是下午四点钟，午后的阳光越发的没有力量，他活动筋骨，感到肩膀上一阵酸涩，刚要伸手去按摩，却听见敲门的声音。

　　"进来。"声音浑厚且低沉，依旧充满活力。

　　一身藕粉色香奈儿裙装的年轻女人出现在眼前，乌黑的大波浪秀发垂在胸前，小巧的鼻子，樱桃小口里吐出一句话来："董事长……"

　　抬眼看着漂亮的女儿出现在眼前，霍东青眼角的鱼尾纹上染上了笑意："不是让你多休息一天吗，怎么又来上班了。"

　　听上去话是责怪，但是霍语恩听来却是无比的关心和宠溺，她绽放笑容如盛夏的鲜花一般，动作优雅大方，款款而来。

　　走到霍东青面前，一边给他按摩肩膀，一边说道："爸，我听二叔说，您最近总是背着我们吃药，我带你去医院检查一下吧。"

"不用了，你二叔大惊小怪，我都是五十多岁的人了，谁没个小病小灾的，不要大惊小怪。公司这么多事情等着我去处理，你有时间还是来公司帮帮我的忙才是真的。"霍东青是个把事业看得比健康还要重要的人，一点小病吃些药就够了，根本不用去看医生。

作为女儿的霍语恩很清楚他的意思，知道爸爸的脾气谁都劝说不了。今天也是仗着女儿的身份，换做其他人，肯定早就发火了。

"既然爸爸说没事，那你每天一定要按时吃药，我可以不逼你去看医生。"霍语恩知道察言观色，再继续说下去，只怕爸爸不高兴了。

霍东青这次变得舒心多了，他全身放松地享受着女儿的按摩，突然说道："明天晚上我们两家的饭局你要打扮得出众些。"

"知道了爸爸，我已经准备好了。"霍语恩知道这次的饭局是个机会，因为绯闻的事没少闹心，她已经很长一段时间没见宇文澈了。

他出差一个月，回来只顾着忙公司的事，就连电话也很少打。女人的自尊心和矜持一直让她没有主动去找过他，这些都是妈妈教的，不能太顺着男人了，不然以后嫁过去会吃亏。宇文家也是个规矩异常繁多的家族，这些她早就从妈妈季文媛那里得知了。

"你妈妈最近在做什么？"

没想到爸爸会主动问起妈妈，霍语恩心里小小欣喜了一会，温柔地说道："妈妈每天早晨出去锻炼身体，按照医生的嘱咐，喝喝茶，散散步，现在心情变得轻松多了。"

"是吗？没想到她会听医生的话。"霍东青说着眼睛微微眯着很享受女儿的按摩，不过想到家里的太太季文媛，他的脸上一丝笑容都没有。

霍语恩很是失落，还以为爸爸听到这番话，会对妈妈有所改观，没想到事情超出她的预料，没有起到任何效果。

"爸爸，晚上回去吃饭吗？"

霍东青没有回答，只要闭上眼睛就能想到季文媛冲着他大呼小叫的样子，想想身上都是凉意。一个不知道温柔的妻子有什么值得想念的，还不如眼前的女儿心疼自己。

"语恩，你希望爸爸回去吃饭吗？"

霍语恩走到霍东青面前，重重地点点头："爸爸，我希望你和妈妈能够和好如初。"

听到女儿的话，他并不震惊，只是对季文媛早就失去了耐心，不管霍家怎么改变，他的主导地位是不会因为任何人的一句话而轻易改变的。

回到霍家别墅的父女二人，互相看了一眼，还是霍语恩先开口："爸爸，妈妈知道你晚上回来吃饭，亲自下厨做你喜欢吃的红烧狮子头，估计也快做好了。"

"我们进去吧。"霍东青没有发表过多的感言，他只觉得做女儿的都比做妻子的要用心。女儿是他看着长大的，有些事情不能当着女儿的面，即使发火也不能被第三个人看见。

刚进门，客厅的水晶奢华吊灯显然地出现在眼前，整个风格偏向中国风的装饰，不过其中添加了现代的元素，倒是合情合理的装潢。

霍东青坐在客厅里，打开电视机，换到财经新闻频道，带着兴趣看着。霍语恩看着爸爸并无不高兴的样子，悄然出现在厨房里。果然看到妈妈在等待着菜出锅。

"妈，爸回来了。"

季文媛已经是五十岁的人了，眉目之间却没有苍老的神态，一身的居家打扮倒是不失水准，肩膀上一块真丝披肩，衬托出她是这个家的女主人之态。

"你不知道做这道菜费了我多少心力，只要你爸爸喜欢就好。"

霍语恩笑着说："放心吧，爸爸今天心情不错，公司的事情已经处理完了，不会影响吃饭的心情。"

季文媛这才放心地把视线投在锅里的这道菜上，对于她来说，霍东青回来吃饭就已经是个妥协了。他们最近半个月来吵吵闹闹的也够了，继续闹下去传出去名声也不好，更何况明天是霍家和宇文家的饭局，也不能让亲家看笑话。

"妈，我先出去准备一下，你尽管放心，我会哄着爸爸的。"

"去吧，妈妈也只有你了。"

季文媛盯着女儿，心里也算是安慰多了，失去丈夫的爱不算什么。只要孩子是跟她一心的，其他的就没什么好怕的。嫁到霍家这么多年，生了一儿一女，偏偏儿子的心性跟他爸爸一样总是外冷里热，语恩就不一样，都说女儿贴心，这个女儿果真没有白疼。

因为是霍夫人亲自下厨，霍东青也卖个面子给她，先前闹得不愉快的事情就当过去了。看在女儿为了今天的晚饭忙碌了好几天，也让她心安了不少。

"爸，您先上楼休息吧，这里有我和妈妈就行了。"霍语恩说着，眼睛盯着季文媛。

看到霍东青上楼去了，她的心思也算是安下来了，不管怎么说，这几年越发的脾气见长，只要心中有气总是忍不下来。

"语恩，你哥哥在加拿大暂时回不来，这个家还好有你在。"

霍语恩看着妈妈，矫情地说："哪有这么严重，爸爸的脾气你不是不知道，是说来就来，以后妈妈在爸爸面前说话还是转个弯的好。"

季文媛气不打一处来地说："你以为我想跟他置气，我还是为了我们这个家吗。他的眼里只有公事，根本不把我放在眼里，哎……"

"好了妈妈，爸爸只是太忙了，等他忙完这个月就好了。"霍语恩搂着她的肩膀，试图安慰她的情绪。

"嗯，我们要好好打扮打扮，明晚的饭局千万不能被其他人压下去了。"季文媛说着，眼神里冒着得意的光芒。

没人知道宇文澈是一种什么心态，他远远地就看见了霍先生和霍太太，霍语恩肯定也在不远的地方吧。拿着一杯香槟酒，并不打算早点过去，虽然是两家的饭局，但是那些商场上的老前辈每一次都会出席，俨然变成了一个交流大会了。

想到昨天偷偷地观察彭芸芸的一举一动，他的嘴角忍不住露出一丝笑容。他的一举一动早就被不远处的霍语恩看得一清二楚了。

今晚为了见他，特地选好了酒红色的晚礼服，为了突出大方稳重的效果，她特意选择了保守的礼服，只是露出了该露的地方，并没有惹起其他人的关注。不过因为她是霍家唯一的女儿，所以走到哪里都是瞩目的焦点。

"霍小姐，你身上的礼服真是大方又优雅……"

"是啊，谁不知道霍小姐穿衣最能体现名媛淑女的标准。"

霍语恩听到这些，头脑都要发晕了，每次参加饭局，都是被一群并不熟悉的人夸赞，脸上挂着虚假的微笑，外人一点都看不出她的真实情绪。

宇文澈倒是看得一清二楚，不是她遮掩的太好，而是因为他们认识的时间太长了，根本不需要猜来猜去。被陌生人包围着的感受，太不舒服了，还要忍受他们是带着目的的夸赞，这些虚伪的人明明就是想套近乎，看来很快她就要找个借口离开了。

"对不起，我还有事，先失陪了……"霍语恩注意到投在身上的视线，她嘴角绽放着微笑，心知肚明这道视线是谁的。

宇文澈看着提着晚礼服的裙摆，款款而来的佳人，淡淡地说道："你这次连五分钟都无法忍耐，真是辛苦。"

霍语恩看着宇文澈，嘴角害羞一笑："既然看到我被人围住，为什么不去救我？"

第十四章
疑 是 故 人

　　"你是在说笑吧，你这么聪明还需要我去救你吗？语恩，几天不见你连说话的方式都变了……这是话里有话的意思吗？"宇文澈眉眼一挑，直勾勾地盯着她，一点温柔都没有。

　　"澈，我们不是几天不见，我们已经半个月没见了。要不是这个饭局，你是不是不打算来找我？"霍语恩说着，脸颊上都是脆弱的神态，似乎在埋怨宇文澈忘记女友的存在。

　　宇文澈到底是男人，对于女人的技巧还是很在行的，他笑着说："哪有，我要是不重视你，也不会穿这套西装来了。"

　　霍语恩抬眼打量着他，的确如此。宇文澈今天晚上穿的是一个月之前她挑选的阿玛尼西装，还是高级定制的，只有这一套。今天的饭局，他穿着这套西装出现，间接证明了他是带着心意来的。

　　"澈，我很想你……"

　　宇文澈看着渐渐靠在自己身上的霍语恩，神情没有任何改变，只是眼底多了一丝男人的柔情。他空出一只手搂着霍语恩的肩膀，平静地说："你现在每天都去公司，还有空想我？"

　　"我说得都是真的，你也太狠心了，出差半个月只有几通电话。"霍语恩回想她在八卦杂志上看到的绯闻，心里就生疼，想到他和张佩琪在一起，嫉妒的火焰瞬间就燃烧了。

　　宇文澈盯着不远处的霍东青，手的力气更大了，平淡地说："语恩，周一的合作会议你会出席吧？"

霍语恩一愣，随之才清醒过来，宇文澈说得是宇文集团和霍氏集团的合作，在此之前需要按照惯例开个会，一方面是尊重彼此的合作，一方面是让媒体都看清楚两家公司的合作其实很理性，而且彼此关系很融洽。

抬眼看着男人，霍语恩轻启朱唇：“我作为爸爸的助手肯定会准时出席的。”

“是吗？那我会很期待你的表现。”宇文澈的宽大的手掌托起霍语恩的下巴，在她的唇上印上一个吻。

周一上午的例会是宇文集团多年来的惯例，作为新职员的彭芸芸，还是第一次参加公司的会议。她抱着笔记本坐在会议室最后面的位置，相隔一排的距离她看见了好友李文爱。

“没想到公司的会议室这么大，比大学的礼堂还大……”她喃喃自语，得到其他同事一致的眼神。

李文爱的手里拿着速记本，笑嘻嘻地说：“时间长了你就习惯了，这是总裁定下的规矩，每一个办公室的员工都要来参加。”

彭芸芸若有所思地点点头，打开笔记本看见上台的宇文澈。果然还是穿西装最起眼，尤其是他消瘦的肩膀和挺拔的身材，不知不觉欣赏起来，心里多了一份忐忑。

半个小时的会议结束了，作为秘书的彭芸芸，工作才刚刚开始。她正要去影音室，不想却看见宇文澈迎面走来，低声说：“十分钟以后送三杯咖啡进来。”

惊慌失措之下，她恭敬地回答：“是的，总裁。”

唐御风撇了她一眼，跟在宇文澈身后走进了办公室。

说是十分钟，其实现在就要准备，彭芸芸只好放下手里的文件，直接去了茶水间。三杯咖啡也不需要十分钟的时间，少糖多奶而已，她很快把咖啡杯放在托盘里敲响了总裁办公室的门。

得到允许后走了进去，看见沙发上坐着三个人，其中有宇文澈，对面一个年过五十的中年男子，精神坦然。他身旁是一位优雅的小姐，二十多岁，美丽大方。

轻轻放下咖啡，彭芸芸看着宇文澈说道：“总裁，您的咖啡，没事我先出去了。”

“嗯……报表要及时做出来，我期待你的表现，彭芸芸。”

宇文澈的话音刚落，坐在对面的霍东青身子一僵，下意识地瞧着眼前的女秘书，露出质疑的目光。当她从眼前走过的时候，侧脸很像一个熟人，他的眼神诧异地看着她离去的背影，显得心事重重。

霍语恩没有察觉到爸爸的异样，专注地看着宇文澈：“宇文总裁，我们继续吧……”

宇文澈轻轻点头："霍小姐可以继续了。"

一路上心事重重的霍东青，并不为这次见面的结果而感到高兴，和宇文集团合作的事早就在他意料之中，结果也是一样。

宇文澈身边的小秘书叫彭芸芸，她长得……脸色渐渐变得难看起来，手心直冒汗，回到霍氏董事长办公室里，拿起手机脸色阴沉地说道："我要查一个人，她现在是宇文集团宇文澈的秘书，叫彭芸芸……我要知道她的身世背景，家里有什么人……"

霍东青有一种奇怪的预感，这个叫彭芸芸的女孩子绝对不简单。因为她长得不止和女儿有几分相似，她的感觉和背影太像一个人了，一个故人。

彭芸芸下班回家，发现妈妈并不在厨房里，而是坐在卧室的床边发呆，手里面还拿着一张照片。她疑惑地推开门走进去："妈妈，你怎么了？"

彭小茜听到女儿的声音，胡乱擦拭了一下眼角，装出一副没事人的样子："芸芸回来了，妈妈这就去做饭。"

看到她的脸上很平静，不像有什么事，彭芸芸也放心了。一边看着妈妈做晚饭，一边跟她说公司的趣事。彭小茜心不在焉，只是想到下午遇到一个年轻人，问她认不认识霍东青先生，她一整天心都悬着。

"好香啊！外面的盒饭都不好吃，还是妈妈做的爱心晚餐最好吃！"彭芸芸笑容绽放在唇边，丝毫没有发觉妈妈不安的心。

彭小茜看女儿长大了，心生安慰的同时，也在担心一件事。没想到那人真的找上门来了，而且让她措手不及。

第二天的傍晚，按照私家侦探给的地址，霍东青来到了这栋破旧的居民楼，看着外面年久失修，不禁心生愧疚，没想到她们母女俩一直住在这里。

用力地敲着门，霍东青整理一下身上的西装，门打开了，当两人的眼神碰撞在一起，似乎回到了二十二年前的那个秋天。

彭小茜身子一怔，倒退两步，眼眸里都是不可思议，她没有让他进来，也没有说话，只是愣愣地站在门内看着霍东青。

"小茜，你还要躲我到什么时候？"霍东青的声音里有不安，有愧疚，还有后悔。

男人虽然不年轻了，但是说话的口气跟年轻时一样，彭小茜退让一步让他进来。

"请喝水……家里也没有像样的茶叶……"

霍东青的眼神直勾勾地盯着她，思绪万千，不禁冷冷地问："为什么不告诉一声就要离开，你带着孩子过了这么多年，你想让我愧疚到死吗？"

彭小茜听完他的话，眼角里充满泪水，垂下头暗自伤心。

"我知道，我知道是我对不起你们，要不是无意中在宇文集团看到芸芸，我还不知道你们母女俩已经回来了……我们的女儿长大了，长得很漂亮。"霍东青从私家侦探那里得知了一切，间接证实了这一切。

彭小茜一愣，泪眼婆娑地望着他："你见过芸芸?"

霍东青点头："霍氏的地位什么事情查不到，你还要继续瞒着我吗? 当年是不是季文媛威胁你离开我，是不是?"

"我……你不要逼我。"

"小茜!"

霍东青坐到她身边，轻轻地搂着她的肩膀，两个人千言万语都无法说出口。

彭芸芸拿着手机，心情很好地打开家门，却看见一个陌生男人搂着妈妈，惊慌之下手机掉在地上。"啪"的一声引起了霍东青和彭小茜的警觉，他们看到彭芸芸也是一惊。

"妈妈，他是谁? 你们怎么会……"

彭小茜一惊，随之不安地看了霍东青一眼，不知道要怎么解释才好。

霍东青盯着彭芸芸，带着一丝歉疚的笑意说："芸芸，你认识我吗?"

彭芸芸觉得面熟，想到那天在总裁办公室里的中年男人，惊讶地说："你是……那天在总裁办公室里的人，你是霍先生?"

"看来你对我有印象。"霍东青说着瞄了彭小茜一眼。

彭芸芸看着妈妈疑惑地问："妈，你们是朋友吗?"

霍东青笑吟吟地说："孩子，我姓霍，你也姓霍。没想到你长这么大了……"

觉得他的话很奇怪，彭芸芸打量着霍东青，不安地看着她："我姓彭，我不姓霍。妈妈，他到底是谁?"

"我是你亲生爸爸。"

彭芸芸万分惊讶，她不相信地看着彭小茜："妈，他真的是我爸爸吗?"

彭小茜点点头，当是默许了。

"霍先生，夫人刚才来电话了，让您早点回去。"突然司机从外面走进来。

霍东青眉头一皱，看着小茜和女儿笑着说："走吧，跟我回家吧。"

"不太好吧，你太太在家。"

"没关系，有些事情我想当面问清楚。"

彭芸芸的眼前是一栋豪宅，她还是第一次来有钱人住的地方，带着不安，看着霍东青。搀扶着彭小茜，看到妈妈慌张的眼神，一起跟着霍东青走了进去。

管家迎面走来，霍东青冷冷地问："夫人呢?"

"夫人在厨房。"

"就说我带客人回来了，让她出来见一见。"

管家看了一眼彭小茜和彭芸芸，便离开了客厅。

第十五章
身 世 之 谜

季文媛很快从厨房里走出来，穿着居家的衣服，一边整理着。看到霍东青平静的脸色，笑着说："不是有客人来吗?"

"是我们的故人，你看看认不认识……"

她在看见彭小茜的一瞬间，脸上的血色消失不见，取代的是苍白的神色，她的脚死死地站住，大声嚷道："这个女人怎么会在这?"

彭芸芸疑惑地看着季文媛，握着妈妈的手，感受到她不安的神态。咬着下嘴唇，盯着季文媛气急败坏的样子。

霍东青的眼睛里都是冷酷的目光："我忍了你这么多年，今天我想知道一件事。当初是不是你去威胁小茜，你到底做了什么?"

季文媛冷冷地看着丈夫，大声笑起来："霍东青，你背着我和坏女人在一起，还敢质问我……是我当初找人去威胁彭小茜，还绑走了她的女儿，要不是这样，她怎么会离开你，离开这个城市。不过我没想到彭小茜还敢回来，你难道不怕我让你们母女俩消失吗?"

"你明明知道小茜生下了我的孩子，还是不肯放过她们，你这个毒妇!"霍东青一脸的厌恶，他朝夕相处了二十多年的女人，竟然蛇蝎心肠。

彭芸芸感觉妈妈的身子一晃，她猛然惊吓，扶着彭小茜坐下来："妈，妈，你不要吓我，你哪里不舒服?"

霍东青看着彭小茜，心中更加愧疚了，要不是因为他，她们母女也不会过这种日子。他面无表情地瞪着季文媛："你这个疯女人，简直丧心病狂!"

刚刚从外面回来的霍语恩全都听见了，她身子僵硬，扶住身边的宇文澈，心情很复杂。哪里想到回到家就会碰上这种事，而且还被身边的男人听见了。

宇文澈的眼神里都是心疼，他远远地看着彭芸芸扶着她妈妈坐在沙发上，一脸的落寞，看来她自己都不知道自己的身世。

"爸，妈，你们说得都是真的吗？"

季文媛诧异地看着女儿，没想到女儿会在这个时候回来，而且她身后还有宇文澈。顿时心情大受打击，万一传出去，她的名声都会受到影响。

霍语恩转身注视着霍东青："爸……"

"你不要叫我爸！你看看你妈妈做的好事！"霍东青不留情面地说道，随之走到彭小茜身边，盯着她惨白的脸色。

彭芸芸的心很纠结，她说不出来的难过，没想到自己的亲生爸爸居然是霍氏集团的董事长。以前她总是在想，肯定是爸爸太穷了才会丢下她的，肯定有不得已的苦衷。但是今天，她才明白事情的真相……太残忍了！

"芸芸。"彭小茜心疼地看着女儿，却发现她手指冰冷，不发一语。

霍东青正要说什么，却看见彭芸芸不解的眼神。

"我讨厌你们！居然骗了我二十多年，我不相信！"彭芸芸说着跑了出去，不顾宇文澈诧异的眼眸，离开了霍家。

"芸芸！"彭小茜大叫一声，晕倒在地。

霍东青大惊失色，大叫起来："管家，立刻打电话给张医生……"

霍语恩四处寻找宇文澈的身影，却发现他不知不觉地离开了，失神之下，她搂着全身发抖的妈妈，眼睛里茫然一片。

宇文澈在街口看到蹲在地上哭泣的彭芸芸，刚刚知道她的身世，为她小时候的遭遇和经历感到心痛。这一刻他才知道，这段日子已经让他不可自拔地爱上了彭芸芸，或许从他们第一次见面，缘分就悄然出现了。

"不要哭，你还有我，我会一直陪在你身边。"

彭芸芸的眼神爬满了整个脸颊，她看了宇文澈一眼，搂着他放声大哭。

看她哭累了，宇文澈抱着她走进车里，一路上都很安静。他们来到一家五星级酒店，一直抱着彭芸芸，生怕她哪里不舒服。

被抱在怀里的彭芸芸，失神地看着眼前的男人为她所做的一切。

"你为什么要对我这么好？"

宇文澈身子一怔，深邃的眼眸瞬间淹没了她，附在她的耳边轻声说道："芸芸，我发现我爱上你了……"

彭芸芸漂亮的眼眸深处都是惊讶，她不禁问道："你已经有女朋友了。"

宇文澈眼神一暗："芸芸，一开始我就想引起你的注意，没想到后来我控制不住自己的感情……我陷入了你的倩影里，第一次有这种感觉，想要去呵护你，照顾你，不让任何人伤害你。你能不能给我一个机会，让我照顾你？"

没想到一直高高在上的宇文澈大总裁会说出煽情的话，彭芸芸看着头顶上昏暗的灯光，她的身子慢慢放松了。脸颊上的绯红惹得男人喉咙干渴，下腹一紧，他情不自禁地吻上女人的唇瓣，柔软如盛开的花朵一般美好。

"芸芸……"

彭芸芸的嘴角露出一抹笑容，似乎已经不再为身世难过了。一直不敢靠近宇文澈的身边，不想现在他们却面对面地说着真心，这一切真是命中注定的缘分吗？

宇文澈的大手抚摸着她漂亮的眼睛，小巧的鼻子，粉色的唇瓣，光洁的下巴。一个个吻落在了这些可爱的地方，心里某个深处在叫嚣着，他的吻越来越急切，越来越激烈，脸庞已经染上了火红的颜色。

"宇文澈……"因为哭泣精神不济的女人，被他的吻折腾的意乱情迷，连这一声低喃在男人听来都如天籁。

"叫我澈……芸芸，我喜欢你……"宇文澈的动作越来越疯狂，这一刻他似乎期待了好久，虽然和彭芸芸认识的时间很短，但是他今天真的很想要她。

"澈……"

从来没有这方面的经验，彭芸芸的脸颊更红了，她不得不承认，她的心在不知不觉中已经倾向宇文澈。身子很软，好像躺在棉花上，身上的男人，帅气的脸庞是属于他的，潜意识里她伸出双臂紧紧抱住他，这一刻她真的需要男人的温情。

这个夜晚他们激情似火。这个夜晚是属于他们的。热情如火的娇躯，宇文澈的心里只有一个想法，要一辈子握着女人的手不放开，哪怕事后她不愿意，他也不会后悔今晚的决定。

翌日，霍家大宅，豪华精致的房间里，霍语恩阴沉着脸，盯着梳妆台上的镜子，脸色铁青。手机还握在手里，忽然，她愤怒地把手机扔在地上，摔烂了。

开着白色宝马车在凯利大酒店外面的马路口等待着，带着黑色墨镜，穿着白色连衣裙的女人，板着一张面孔，等待着从酒店里面出来的人。

一觉醒来，觉得全身酸疼，长长的睫毛忽闪着，床上的人儿紧蹙眉头，慢慢睁开了眼睛。她盯着陌生的天花板，这里是哪里，家里的天花板哪有这么豪华。她想起来，身上的酸涩感让她瞪大了眼睛。

掀开被子发现身子赤裸，她突然想到昨天晚上发生的事情。意外得知了身世之谜，无法接受从霍家跑出来……遇到宇文澈，然后是怎么来到酒店的她记不起来了。

等一下，彭芸芸机械地扭过头，看到男人棱角分明的脸颊，脑袋里敲响了警钟。肯定是的，昨天晚上自己着魔了，竟然和宇文澈在一起，接下来的事她虽然记不清楚，但是看到地上散落的衣服，她面红耳赤地冲进卫生间里穿戴起来。透过门缝，悄悄地偷看着沉睡中的宇文澈，她蹑手蹑脚地打开了房间的门。

彭芸芸紧张兮兮地按下电梯，双颊上红扑扑的，到现在她都不敢想象昨晚的疯狂缠绵。她真是疯了，和宇文澈居然，居然……不敢往下想，羞死人了。

走出电梯，她给妈妈打电话，刚刚走到路口，等待着红绿灯。电话通了，彭芸芸抱歉地开口说道："妈妈，我是芸芸，昨天……对不起让你担心了……"

霍语恩隐忍着，她无法想象他们在酒店里过了一夜，她的嫉妒心就忍不住地在叫嚣。凭什么，一个私生女凭什么要抢走属于她的一切，愤恨地踩下油门，朝着彭芸芸开去。

拿着手机的彭芸芸被突如其来的车子吓住了，因为冲击，手机飞了出去，身子摇摇晃晃在车头前面闪过，大眼睛不相信地盯着车里面的人。

躺在地上的彭芸芸睁着眼睛，身子躺在地上一动不动，好痛！全身动不了。怎么会……为什么会是她……她为什么要开车撞自己？

惊慌失措的霍语恩顿时清醒过来，撞到了人要赶紧离开现场才对。手指颤抖地握着方向盘，扫了一眼躺在地上的彭芸芸，扬长而去。

手机里，彭小茜的声音很急切："芸芸，芸芸你没事吧……"

彭芸芸的漂亮眼眸，渐渐地闭上了，她的意识渐渐远去了。

医院急救室里，医生和护士慌乱的步伐声无法掩盖急救的声音。

"病人被车撞到，现在意识涣散。"

"赶紧急救！"

一阵慌乱中医生大声问道："通知病人家属了吗？"

"车祸现场有捡到一只手机，应该是病人的。"

过了很久呢，她的世界安静下来，耳边迷迷糊糊听见一个声音。

"芸芸……我是妈妈……睁开眼睛看看妈妈吧……"

第十六章
四 年 之 后

四年后。

国内机场通道口出现一个带着彩色太阳眼镜的小男孩，一身黑色皮衣的打扮，立刻吸引了路人的注意。靠在行李箱的拉杆上，漫不经心的神情里，配上可爱无辜的大眼睛，像足了最近惹火的综艺节目里的小萌娃。

"好像台湾的小童星……"

"好可爱，好萌啊！"

不少行人停下脚步向他看，没见过这么酷的小男孩。看着只有三四岁的模样，举手投足之间都是小童星的架势。

不远处，一抹天蓝色的倩影出现在小男孩的视线里，看见她一脸的狼狈，手里面还握着手机，絮絮叨叨的，好像在和谁讲电话。

"我们到了，在机场……嗯，我们家的小宝就在我身边呢……"

小宝的大眼珠子在她身上打转，突然大声喊道："妈妈你去哪里了？"

正在讲电话的彭芸芸顿时变了一个表情，笑容从脸上退去，一字一句地说："小宝，妈妈在飞机场怎么跟你说的，下了飞机不要乱跑，要听外婆的话，你做到了吗？"

"对不起妈妈……"

彭小茜推着拉杆箱笑容满面地搂着外孙，心疼地说："好了，你就不要再说宝宝了，一个三岁的孩子知道什么。"

"妈，你不能再宠着他了，都快把他宠坏了。"彭芸芸说着，一张精致的脸蛋上留露出不经意的苦笑。

"孩子是第一次回到故乡……不知道这里变没变……"彭小茜说着，一股奇怪的气氛在二人之间传播着。

彭芸芸知道妈妈的意思，四年没回来了，物是人非。人和以前一样，没有丝毫变化，但是心境却早已不是四年前的天真单纯了，更何况现在还有了小宝。

彭小茜的眼神正好对上不远处的熟悉笑脸，指着那个人说："芸芸你看，那不是文爱吗？"

彭芸芸顺着妈妈的手指的方向看去，果然是李文爱，一袭米色风衣，整个人更加有气质了，时间是一个缓冲剂，足够改变一个人的风格。

李文爱上去就给彭芸芸一个大大的拥抱，看着她依旧钟爱牛仔裤，搭配天蓝色的针织衫，整个人和四年前几乎没有区别。要不是她身边站着一个可爱无敌的小男孩，真的看不出来彭芸芸已经是三岁孩子的母亲了。

"你就是小宝吧？"

小宝忽闪着大眼睛好奇地看着李文爱："妈妈，她是你的朋友吗？"

彭芸芸点点头："是啊，她是文爱阿姨。"

"文爱阿姨你好……我叫彭振轩，今年三岁了，妈妈和外婆都叫我小宝。"

李文爱听着奶声奶气的发嗲声，顿时受不了地抱住了他："真是太可爱了！"

彭小茜在一旁笑不拢嘴，看来小宝走到哪里都是一样的惹人喜欢，真是个乖孩子。

"芸芸，你真不够意思，要不是我一直唆使你回来，你肯定就在外面扎根了，这里可是你的故乡。更何况事情过去这么久了，你也该释怀了吧……"李文爱的声音故意放低了，她看到彭芸芸脸上不自然的表情。

文爱说得没错，事情是过去了，但在她的心里这件事还没完。当年要不是身体受到伤害，后来调养的好，也不会有精力生下小宝了。离开的时候她哪里知道肚子里已经有了孩子，思想斗争了很久，才下定决心把孩子生下来，这一切都要感谢妈妈的支持。

"我没事了，我不是回来了吗……"彭芸芸装作不在乎的样子，一脸轻松地说着。

李文爱从口袋里掏出一张名片和一个资料袋："这是给你的，东觉视觉工作室的招聘资料和岗位申请，我觉得其中一个工作很适合你，你明天抓紧时间去面试吧。"

彭芸芸惊讶地看着她："我上个周末只是随便问了一下，你动作也太快了吧！"

"那当然了，我是谁啊，我可是东觉视觉工作室的总监助理。"李文爱说着得意地冲着彭芸芸露出大大的笑容。

东觉视觉工作室，只是业内对这家传媒公司的简称。也是李文爱从宇文集团辞职离开后的工作，一直做到现在总监助理的职位，到现在已经是第三个年头了。

"你介绍你们公司给我应聘，会不会有同事背后嚼舌根？"

李文爱不自觉地摇头："你可别忘了，我手里也是有点小权利的，便宜外人还不如便宜自己人。你现在上有老下有小，一家三口人的开销也不小，早点工作才是真的。我可帮你想好了，我们工作室文字编辑的工作很适合你，不然，这个剧务助理也不错。"

彭芸芸仔细听着，不知不觉走出了机场，看见眼前停着一辆粉色的奥拓车，顿时称赞到："没想到你现在也是有车 E 族了，文爱。"

"我觉得奥拓挺好的，小巧方便，省油省时间。小宝，你觉得阿姨的车子好不好？"

小宝的眼睛都是疑惑，看着外婆的笑容，妈妈的笑脸，还有一脸期待的文爱阿姨，迫于压力点了点小脑袋。

李文爱开心地大叫："芸芸，你儿子真识货！"

彭芸芸看着妈妈，感慨良多，这四年来都是妈妈在照顾自己，自从有了小宝，事情变得多起来，她工作赚钱养家，妈妈一心照顾孩子。一家三口人互相扶持才走到今天。

回到梁城，过去的回忆涌现在脑海里，让她最担心的不是儿子，而是那个宇文澈。过去了四年，不知道他变了没有。

李文爱见她不说话，想找个话题引起她的注意。

"还记得我们以前常去的大学城吗，现在已经重新规划了新区，市政府作为投资项目，打算重点搞建设。"

"是吗？"彭芸芸依旧不在意地听着她讲的新闻。

"其实有件事我想告诉你，希望你有个心理准备。"

彭芸芸疑惑地看着自己的好友："你说吧。"

"我知道你和霍家的事，这件事跟霍家有关，跟我以前的老板有关……"

"你是说宇文澈和霍语恩吗？"彭芸芸已经有心理准备了。

李文爱尴尬地点头，手紧紧握着方向盘，看到前方的红灯停了下来。从后视镜里看到彭小茜和小宝在玩耍，她凑到彭芸芸耳边说："他们两个人要结婚了。"

虽然做足了心理准备，真的听见这个消息，她还是震惊了。原来宇文澈和霍语恩已经交往到结婚的地步了。没想到他最后还是和别人在一起了，心中一抹苦涩涌上心头。

奥拓车重新行驶在高架桥上，四周都是新建的高楼，远远地望过去，很多新颖的写字楼屹立着，彭芸芸显得心事重重。

忽然她被不远处的大屏幕吸引住了目光，她看见了一对熟悉的面孔，郎才女貌的站在一起，摆着优雅的姿势绽放着明朗的笑容。

李文爱看了彭芸芸一眼，安慰着说："那是我们工作室给他们做的广告，告诉民众他们即将结婚的消息，同时免费给他们的集团做宣传。"

"是吗……真是一举两得。"

彭芸芸淡淡地看着大屏幕上的男人，四年了，宇文澈没有任何改变，依旧做着宇文集团总裁的位置，和霍氏集团的千金大小姐交往。眼下他们即将结婚了……目光落在小宝的身上，看到儿子天真可爱的模样，她的心都在颤抖。

夜幕降临的梁城蒙上了一层神秘的色彩，在市中心豪华酒店里，男人的举手投足，都吸引着异性的目光。一个倩影出现在他身边，惹得其他名媛淑女心生嫉妒。

没有人不认识他们，手里拿着香槟酒的男人就是宇文集团的总裁，宇文澈。而挽着他手臂的优雅女人正是他的未婚妻，霍语恩。

二人亲密地交头接耳，说着悄悄话，宾客的焦点都投给了不远处的年轻男女。最近，梁城的人都在关注宇文集团和霍氏集团即将合并的消息，所以他们才会被媒体团团围住。

"宇文先生，听说你下个月要迎娶霍小姐是不是?"一个年轻的女记者问道:

"霍语恩小姐，你现在可是梁城身价最名贵的名媛了，请问你有什么秘诀吗?"

宇文澈冷酷的眸子放眼全场，却没有看见他想见到的人，不过随口一句话，反而造成了万人空巷的轰动。看来这次玩笑开大了，缠在手臂上的纤细手指却是温软了，余光扫在霍语恩身上，却发觉她优雅地轻启朱唇，打算回答记者的问题。

"我很感谢各位记者朋友对我的关注，希望大家今天玩的开心……至于我和宇文先生之间的婚约，暂时不能告诉大家。"

霍语恩知道宇文澈不喜欢八卦消息，更加讨厌媒体乱写一通。上次他们去郊区爬山，一路被狗仔队跟踪的事情还没有完全消除，这次她学乖了，一定要在婚礼之前营造良好的正面形象，不让宇文家有意见。

宇文澈默认了她的举动，看来这几年霍语恩的变化很大，渐渐回到了过去的温柔个性，而且大多数时间都很温驯，拿她跟小猫咪做比较，她很少有发脾气的时候。

今晚的出席无疑是给各大媒体面子，很少在一起亮相，宇文家和霍家同时出现在版面上的头条，肯定会引起与众不同的群体效应吧。

不知道她能不能看见? 男人的眼眸里闪过一丝复杂的情绪，香槟突然一饮而尽。

第十七章
疑 惑 不 解

东觉视觉工作室的标志做的很醒目，很少有人会用帆船做为工作室的标志，代表一家公司的形象和文化。

彭芸芸来上班的第一天，已经对工作室有好感了，现在和李文爱一起工作，两个好朋友的办公桌离得很近，虽然职位各不相同，却增添了不少亲近感。

文爱是总监助理，而彭芸芸却是文字编辑，其实工作不在乎职位，只要薪水合适，福利适中，不用勾心斗角，工作的前途还是大大的。

"芸芸，你先看下样稿，这是后天一家大型卖场的现场贺词。还有这一份是今天必须要完成的稿子，有什么不明白的，你直接问文爱吧，她以前也做过这一块。"

彭芸芸在工作室认识的第一个人就是眼前的慧姐了，看起来大不了自己几岁，说话颇有领导的风范。穿衣的风格很是随意，怎么舒服怎么穿，钟爱铆钉靴子，不喜欢八卦和明星，最喜欢的就是工作。

"知道了，慧姐。"

李文爱见尉迟慧离开了，抱着保温杯走了过来，迈着小碎步，行为很是小心。

"第一天上班她就给你布置了工作，看来来者不善。"

"我倒不这么认为，她可是我的顶头上司，第一天来上班就有工作做，说明她仔细看过我的简历，认可我的能力。为了不让她失望，不让好朋友你失望，我可要打起精神努力工作了。"

彭芸芸的态度很轻松，整个人好像重新活了一遍，压根看不出过去经历过的大风大浪。李文爱稀奇地拍了下她的肩膀，放低了姿态："芸芸，我觉得你今天有点怪。"

"是吗？我很好，不用担心。现在不管是谁都不能打扰我的新生活，谁想破坏我跟谁急。放心吧，他们结婚八竿子跟我打不着的关系。"

这番话是说给李文爱听的，多年的老友，担心和关心都写到脸上了。四年没有回来，连工作都是她找的，不努力的话，不是太不给力了。与其活在过去，还不如实在点，向毛爷爷看齐的好，家里还有个小宝整天要吃饭呢。

"好吧，你心里真这么想才行，省得我看见你发呆就往坏处想。"

彭芸芸的确不愿多想宇文澈的事，好友知道所有事情，时间都过去这么久了，早就学会把事情咽在肚子里了，只有闭上嘴巴才是真道理。

"不用担心，我现在把全部精力都用在工作上，争取这个月就能拿到全勤奖金。"

李文爱盯着墙壁上的 A3 纸，上面写的是工作室最近的奖惩制度，排在第一行的就是全勤制度，而且是在加班的基础上多加了一个福利。

"看来我的担心太多余了，为了新工作加油吧！"

彭芸芸抿嘴一笑，潇洒地甩甩马尾辫继续投入到工作中去了。

夕阳渐渐落入在余晖的光热之中，城市变得喧嚣起来，忽然一辆宝马轿车出现在工作室对面的停车处。

年轻司机下车打开了后车门，出现一双限量版的高跟鞋，爱马仕的包包很是闪亮。霍语恩的视线落在了工作室的招牌上，红唇边的酒窝显得更加的美丽大方了。

"小姐，需要我跟你进去吗？"

"不用了，你在车里等我吧。"

"是，小姐。"

霍语恩出门一定要把自己打扮得引人注目，这是她虚荣心的表现，目的是想吸引更多人的注意，只有这样，才会让她感觉到自己的存在。本来让司机来拿就行了，但是她却不想错过和宇文澈第一次拍摄的录影带，更何况还是订婚录影带。

李文爱看着手里的录像带，整齐地把它们放在一个盒子里，正准备给总监送过去。没想到刚走到门口就听见一个女人的声音。

"如果我们结婚的话，当天的录像带也麻烦你了，我想要你们工作室最一流的团队来拍摄可以吗？"霍语恩说着，不停地摆弄着手指上的水晶指甲。

"当然可以了，如果霍小姐需要我们的服务，我一定让你满意。"

"高总监，有你这句话我就安心了。"

高杰的脸色变得更加沉稳了，听到敲门声喊道："进来。"

李文爱拿着录像带走到高杰身边，余光一瞄，顿时惊呆了，正襟危坐的人不是霍语恩吗，她怎么会在总监的办公室。

看到李文爱失神的样子，高杰从她手里接过录像带："霍小姐，您的录像带。"

"包装的很大气，麻烦你了高总监。"霍语恩说着，轻声低喃着，手指抚摸着盒子上的酒红色花纹。

李文爱下意识地担心她会看见芸芸。虽然她们都姓霍，彼此却是情敌关系。

"总监，我先出去了……"

"李助理，你带霍小姐出去吧，我还要去老板办公室。"

霍语恩看了一眼李文爱，觉得她有点眼熟，却说不上来在哪里见过。

高杰笑着说："我就不送你了，霍小姐。"

"没关系。"霍语恩说着拿着录像带先一步走了出去。

李文爱没有看见彭芸芸，悬着的一颗心总算放下来，她挤出一个笑容："霍小姐我送你出去吧。"

此时的彭芸芸抱着一摞子文件从影印室里走出来，生怕文件掉在地上，走的很慢。当她听到文爱的声音，急切地说："是文爱吧，帮我个忙，文件太多了。"

霍语恩听见声音，身子一僵，回头看了一眼，没想到就一眼，却让她的脚动弹不得。怎么会是她？明明就是活生生的彭芸芸，还以为她消失了，当年找了私家侦探，在梁城查不到她的行踪，没想到四年后竟然突然出现在自己面前。

李文爱垂着脑袋，最不想发生的事情偏偏就发生了，她尴尬地说道："霍小姐，我帮您按电梯吧……"

"不必了，我看见一个旧相识，暂时还不想离开。"霍语恩的声音冷冷的，不带一丝感情，大步一迈，走到彭芸芸身边。

有种不好的预感，李文爱先一步冲到彭芸芸身后，低声说道："是霍语恩。"

彭芸芸讶异的程度并不比霍语恩少，当她的眸子迎上女人的目光，两个人顿时惊讶地看着彼此。

没想到回到梁城见到的第一个故人就是霍语恩，她想过无数次的相见，却偏偏不是眼前这种。此刻她怀里还抱着文件，完全一副为了毛爷爷奔波的无产阶级。眼前的霍语恩依旧从容大气，白色的皮草很适合她，大波浪的卷发足以证明她的身份和地位。

"你是彭芸芸吗？"霍语恩想了好久，才稳定情绪问了一个问题。

彭芸芸诧异地点点头，笑着说："霍小姐你好，我是彭芸芸。"

没想到她能装作什么都没发生过，视若无睹地打招呼。回想四年前彭芸芸在眼前倒下的情景，霍语恩就忍不住颤抖起来，连手指都是冰凉的。

"没想到你居然还敢回来，难道你还以为自己能代替我的位置成为霍家小姐吗？我告诉你，不要白日做梦，霍家的大小姐只有我一个人，你算什么东西！"

彭芸芸听见她的话感觉莫名其妙，这个霍语恩太奇怪了，自己什么时候得罪她了，为什么一见面就放狠话，而且还是一副恨不得自己消失的模样。

李文爱没想到霍语恩的口气嚣张成这样，毕竟还在工作室，她作为助理不好说什么。只能眼巴巴地看着芸芸，希望她能好好解决一下。

"霍小姐，这里是我工作的地方，如果你还有话要说，我们可以去外面。"彭芸芸说着把文件放在一张办公桌上，平静地面对她。

霍语恩疑惑地打量着她，她的态度这么友善，难道她不记得四年前的车祸吗？或者她根本就不知道撞到她的人是谁？

"霍小姐？霍小姐？"

"算了，我不想跟你计较，更不想看见你，彭芸芸你好自为之！"霍语恩心中忐忑，拿着录像带匆忙离开了工作室。

李文爱长吁一口气，手臂搭在好友肩膀上："还好没有出乱子，我刚才真担心！"

"你担心我会跟她吵架还是打架？"彭芸芸不自觉地摇头，抱着办公桌上的文件走到了最里面的办公桌上。

"幸好霍语恩的声音不大，刚才又没人，要不然我真不知道该怎么办了。"

彭芸芸整理着文件，反而轻松地说道："既然回来了，有些人早晚都是要见的。早点见，心里早点有准备不是很好吗？"

李文爱惊讶地看着她，手指摸上了彭芸芸的额头："没发烧啊！芸芸，你怎么能这么淡定，你不担心她以后会找你麻烦吗？"

"麻烦？我不怕，怕就怕她不找我麻烦。"彭芸芸想到霍语恩惊慌的眼神，心里就舒坦，看来她到底还是害怕了，看来这一切都是命中注定。

从工作室慌慌张张地走出来，霍语恩的步伐再也不能保持淑女了，她回到车里，大口地喘着气，心跳得很快，让她平静不下来。

司机见状，疑惑地问道："小姐你怎么了？"

霍语恩想到彭芸芸一脸无辜的样子，眸子一暗："去查一个人，东觉视觉工作室的职员彭芸芸，我想知道她的一切。"

第十八章
家 有 小 宝

贴心的小宝，穿戴整齐准备出发了，身后跟着外婆彭小茜，一身帅气的皮夹克引起小区里爷爷奶奶们的关注。

"带着外孙出去玩啊。"

彭小茜点点头："是啊，孩子在家待不住，我带他出去转转。"

"好福气啊！孩子乖得很。"

小宝笑嘻嘻地看着爷爷奶奶们，脸颊上露出大大的微笑，握紧了外婆的手说："外婆，你知道明天是什么日子吗？"

彭小茜被外孙的话问住了，疑惑地想了半天愣是没想出来。

"嘿嘿，外婆忘记了哦，明天是妈妈的生日。"小宝矫情地说着，手指头挠了挠头发。

"对了，明天是芸芸的生日，我都忘了！还是我们宝宝厉害，连妈妈的生日都记得清清楚楚的，不像我老糊涂了。"彭小茜说着抱起小宝亲了几下，眉眼里都是笑意。

小宝笑嘻嘻地搂着外婆："宝宝过生日要吃生日蛋糕，妈妈过生日也要吃生日蛋糕。外婆我们去买生日蛋糕给妈妈吧。"

"好啊，我们宝宝真懂事！"彭小茜看着外孙，心里甜丝丝的。

傍晚时分，祖孙俩来到一个叫豆豆甜品坊的店里，吧台下面的玻璃柜里摆放着各式各样的生日蛋糕模型，他们看得眼花缭乱。

彭小茜看着导购员说："我想定个生日蛋糕。"

"要漂亮好吃的那种生日蛋糕！"小宝说着，忽闪着大眼睛看着导购员。

"好可爱的小朋友……阿姨，我们店里的蛋糕花样和种类都很多，我带您去看看吧。"说着导购员从吧台里面走了出来。

一辆白色的保时捷在豆豆甜品坊门口停下来，唐御风向后看了一眼："澈少，到了。"

"知道了。"说着宇文澈从车里下来，一身阿玛尼限量定制的黑色西装，衬托出他得体的男性身材。

导购员看见他进来，大声说着："欢迎光临！"

"一个小时前我打过电话，糕点做好了吗？"

宇文澈的声音很低沉，惹得导购员心里一惊，急忙把装好的糕点交到他的手里。

"先生，一共四十块。"

把一张绿色钞票递给她，转身正要离开，却撞上一个孩子。

小宝被撞疼了，蹲在地上不停地摸着小腿，发出呜咽的声音。

宇文澈眉头一皱，想要离开，却看见孩子睁着一双似曾相识的大眼睛，疑惑地看着自己。他心里一惊，这孩子好像在哪里见过，眉目之间像极了一个人。脑海里浮现女人姣好的面容，仔细看着这个孩子，竟然长相酷像自己，嫣然就是自己小时候的模样。

"叔叔，你撞到我了。"小宝看着宇文澈，撅着小嘴巴。

"小朋友，你叫什么名字？"

"我不告诉你，外婆说不能告诉陌生人我的名字。"

宇文澈顿时石化了，看来小男孩的防备心还挺重。

听见声音的彭小茜抬起头来，正好看见宇文澈的背影，小宝绕过男人走到外婆那里，完全无视大人的注意。

"先生，找您的钱。"

"不用了……"说完宇文澈推开门走了出去。

唐御风站在车前看见宇文澈走了出来，察觉到他奇怪的表情，疑惑地问："澈少，你怎么了？"

宇文澈想到刚才的孩子，心里一紧，冷冷地冲着唐御风说："你进去看看那个孩子。"

"孩子？"唐御风不知道宇文澈的意思，迷茫地看着他。

"赶紧去！"宇文澈不耐烦地嚷着。

当唐御风走进豆豆甜品坊，看见一个中年女人带着一个三四岁的小男孩冲着他走了过来。当他仔细地扫过孩子的脸颊时，身子变得僵硬起来，长得跟澈少实在太像了！

彭小茜没有注意到身边人奇怪的表情，笑容满面地拉着小宝离开了甜品坊。

宇文澈阴沉的眸子一直没有离开眼前的一老一小，他很想知道那个孩子的父母究竟是谁。天底下哪有长得如此相似的孩子，而且像的不是别人，正是宇文澈他自己。

唐御风回到车子上，回头迎上了宇文澈深邃的眸子，声音低沉地说："澈少，我见到那个小男孩了，大概三四岁的样子……跟你长得很像。"

"你也觉得像……去查，明天给我答复。"宇文澈说完，眯上双眼，陷入了冥想之中。

唐御风小声地答应着："我一定查清楚那孩子的底细。"

男人脑海里生出一个女人的模样，他依稀记得，那个女人有一双机灵且漂亮的眸子，虽然装成一副对待任何事物都冷漠的样子，却对工作抱着满腔的热情。她发自内心地笑容，娇弱光滑的脸颊，看到这笑容的人，身心就会有莫名的愉悦。

那个孩子，看起来只有三四岁，不管是眉眼之间，还是粉色的唇瓣，都是熟悉的。宇文澈突然睁开眼睛，难道那孩子……不可能的，如果她回来了，为什么不找自己。而且到处都是自己即将结婚的消息，难道她都不会嫉妒吗？

手心里是柔软的被褥，卧室里的灯都关上了，只留下一盏小灯，隐隐约约，昏暗的灯光。额头上都是汗水，男人的眼眸瞬间失去了刚才的冲动，心情变得烦躁起来。

连续三天都没有好好睡觉了，午夜时分总是会被梦境惊醒，说不上是噩梦，也不是梦魇，让宇文澈不得安睡的却是四年前消失的彭芸芸。还有他不曾正视的车祸。

"总裁早！"

宇文澈穿着崭新的墨绿色的高级定制西装出现在宇文集团的写字楼里，他的眼眶里有红血丝，脸上面无表情，心情极度烦躁不安。对员工亲切打招呼的声音，他都自动过滤掉，装成什么都没听见。

"总裁，您昨天下午要的季度报表。"张秘书在一旁小心观察着总裁的心情，看见他没有表情的脸，声音也变得唯唯诺诺起来。

"唐助理……"宇文澈径直走进办公室，看见张秘书放下报表离开了，随即唐御风急切地走了进来。

看见宇文澈不耐烦的表情，唐御风心里有数，他关上总裁办公室的门说道："昨晚我就派人去查了，孩子的照片我是偷拍的，已经发过去了，总裁您放心。"

"放心？一天不知道孩子的父母是谁，我根本没心思工作！"宇文澈说着，不安地松着脖子上的领带，背对着唐御风，突然觉得无所适从。

唐御风没想到宇文澈对一个孩子如此上心，就因为孩子的长相跟他颇为相似吗？

"总裁，其实那孩子未必跟你有关系……"

"御风，我知道你想说什么。不管有没有关系我也想查清楚，说不定可以找到她的下落。"

唐御风知道宇文澈嘴里说的她是谁。过了四年人都没有出现，如果那孩子跟她有关系的话，为什么不早点出现，非要等孩子长大了才出现，其中又有什么目的。说不定那孩子只是长得相似而已……

宇文澈的心却因为想念她，变得更加迫切了，他整理好情绪转过身看着唐御风："这件事情不能被第三个人知道，你要保守秘密。"

"放心，我知道这件事的严重性。"唐御风想到霍语恩，如果那孩子真的是彭芸芸的，那么消失了四年的女人重新回到梁城，绝对不简单。加上她和霍家的事情，又是剪不断的血缘，到时候肯定很麻烦。

"霍语恩那里你要注意自己的言词，不能被她察觉到奇怪的地方。御风，我不想节外生枝，你应该知道我的想法。"

唐御风背后冷汗袭来，他重重地点了下头。

宇文澈的目光落到了季度报表上，此时他的脑子里想到的全都是彭芸芸，究竟她现在人在哪里，为什么四年了都找不到她的下落。

东觉视觉工作室的仓库里，一个身材高挑的女人踩在梯子上，找寻着什么东西。扶着梯子的女人只能眼巴巴地看着她在梯子上乱动。

"芸芸，你小心点，可别踩空了。"

"你不是不知道我现在急死了，不是说好放在办公室的柜子里吗，怎么随便丢到仓库里……"彭芸芸无奈地找寻着每个大箱子，心烦气躁的。

李文爱忽然叹气说："我哪知道，你来之前我们一个同事辞职了，她的职位就是你现在的职位。这些纰漏全都是她搞出来的，为了不让总监发现，可能都丢到这里了。"

"算了吧，有些人对工作不认真，就代表她对自己人生不负责……总算找到了。"彭芸芸伸出胳膊擦了擦额头上的汗珠，扶着梯子下来了。

"真的找到了？"李文爱惊呼一声。

彭芸芸点点头："你看不就是这个吗？"

"凯利酒店的宣传纪录片一直都是我们工作室负责的，不过上个季度他们的负责人却换了一家工作室接替。为了这件事总监还受到了老板的斥责，一个季度的奖金都扣掉了，你说我记得清不清楚。"李文爱说完把杯子递给彭芸芸，无奈地垂着脑袋。

"虽然不清楚我们工作室跟凯利酒店的矛盾在哪，不过我想试试看。"彭芸芸说着，仔细地看着每个季度的宣传广告语和策划，心里有着其他想法。

第十九章
恍 如 隔 世

李文爱不解地看着好友："你不会吧！干嘛给自己找麻烦啊，你可是新人。"

"就是知道自己是新人，才想卖力工作，为公司多争取大客户。"

"芸芸，我偷偷告诉你哦，其实总监跟凯利酒店的负责人闹翻了，根本没办法重新合作，我看你还是不要给自己找事了。"李文爱知道彭芸芸的性格，不过这件事太麻烦了，总不能让总监跟酒店负责人道歉吧。

彭芸芸歪着头笑着说："我觉得道歉也是一门学问，我不会放弃的。"

李文爱无奈地耸肩，真不知道她是怎么了，非要把一个失去的客户找回来，这不是给自己找事吗。

第二天的下午，彭芸芸下班后去了凯利酒店，这是一家五星级的大型酒店，实行会员制，一般客人是不能轻易入住的。

"不好意思，我想找你们酒店的负责人。"

"请问你有预约吗？你是我们酒店的会员客人吗？"

彭芸芸摇头："我是东觉视觉工作室的人，我是专程来拜访你们酒店经理的。"

前台小姐互相看了看，疑惑地打量着她。

"经理不是跟他们工作室闹僵了吗？"

"是啊，这个女的胆子真大，难道她不知道吗？"

彭芸芸想要无视她们的话，却发觉自己做不到，只是尴尬地笑着："请问你们酒店经理现在在哪？我可以在大厅里等。"

前台小姐偷笑着，指了指客厅里的椅子："我们经理出去了，不知道什么时候回来，小姐你要是想等，我们也不拦着。"

"谢谢你……"彭芸芸预料到她会这么说，挤出一个生硬的笑容走到客厅椅子上坐下来。她已经做好了等待的打算，而且她相信酒店经理是个敬业的人，肯定不会现在就下班。

凯利酒店第四层就是经理办公室，此时张经理正在招待一个重要的客人。他把一份文件交给对面坐着的宇文澈，小心翼翼地征求他的意见。

"宇文总裁，你看企划书怎么样？"

唐御风站在一边，眼睛却盯着企划书上的文字，一刻都不敢怠慢。

坐在正中央位置的宇文澈，露出了心不在焉的情绪。本来不打算来凯利酒店的，要不是关系到这个季度的业绩问题，酒店还有宇文集团的股份，他只好勉强来一趟了。

"唐助理你觉得呢？"

唐御风看着宇文澈的眼睛，张经理的眼色不慌不忙地转移到他的身上。

"总裁，我已经提前看过了，不过有些细节的东西需要您做决定。"

宇文澈依旧没有笑容，不过他看张经理的眼神柔和多了。合上文件站起来："就这样吧，方案我会仔细看的。"

张经理如释重负，笑容满面地看着宇文澈："麻烦宇文总裁了，我送二位出去。"

此时的彭芸芸却是耐心地等着经理出现，作为酒店的负责人，张经理肯定还在工作。前台小姐虽然不松口，硬说他出去了，但她有一种预感，这个人就在酒店里。

她打量着四周的环境，凯利酒店的服务在酒店业都是首屈一指的。至于为什么前台的工作人员对自己不友善，大概是因为工作室的原因吧。当她们听见工作室的字眼，脸上很明显带着鄙夷和不信任，看来这些都是经理灌输的，不待见工作室的人。

"不用送了，张经理。"唐御风说着挡在宇文澈身前。

张经理恭敬地给他们鞠躬，笑呵呵地目送他们。

不远处就是凯利酒店的大门了，宇文澈每个月都会来这里，一半是为了工作，一半却是怀念那个夜晚的激情。就是在凯利酒店，那一夜给他留下了一生都不能忘记的记忆，乃至到今天，回忆都不曾模糊。

唐御风看了宇文澈一眼："澈少，我们回公司吗？"

"直接回家吧。"宇文澈觉得很疲惫，每一次看见张经理，他的心情就会受影响，大概是因为四年前彭芸芸意外出车祸，突然消失的"后遗症"吧。

前台小姐看见张经理走过来，小声地在他耳边嘀咕着。

彭芸芸看见一个穿西装三十多岁的男人出现在前台，她觉得自己要等的人已经出现了。抓起包包大步走了过去："请问你是张经理吗？我是东觉视觉工作室的彭芸芸，能耽误您几分钟的时间吗？"

声音很清澈，跟四年前的声音一模一样。虽然距离不近，对声音敏感的宇文澈还是听见了女人的话。这一刻他等待了四年，原来四年的时间可以让记忆变得深刻，让刚开始的爱情变得浓烈。男人僵硬的肩膀，第一次坚定地转了过去。

唐御风疑惑地盯着宇文澈，看他的动作很怪异，表情也不对，好像发现了什么大人物一样。如此惊讶又带着期待的眼神，视线直勾勾地盯着不远处的一抹白色身影。

张经理诧异地看着彭芸芸："我不认识你，我们酒店跟你们工作室早就没有业务往来了，你可以走了！"

"张经理，我知道您对我们工作室有意见。虽然我是新职员，但是我是带着诚意来的，希望你能给我一个机会，给工作室一个机会。"彭芸芸知道眼前的经理不好对付，不过既然坚定了想法，就要好好做下去，决不能半途而废。

"我给你们机会？哼！当初可是你们高总监放弃了合作机会，现在你找上门来，不是给我难堪吗？"

彭芸芸听到张经理的抱怨，反而松了一口气，看来这个经理对以前的事还是没有释怀，如果从这件事上突破的话，说不定还有转机。

"张经理，我向您保证，只要耽误您五分钟的时间……"说着把文件拿出来递给了张经理："这是我针对凯丽酒店做的宣传广告的计划书，希望你能看一看。"

张经理皱着眉头，疑惑地看着彭芸芸，露出一个坏笑，故意装成接手文件的样子，"啪"的一声，文件掉在地上。

声音很清脆，落在地面上的声音足够引起大厅里其他客人的注意。彭芸芸没想到张经理有意刁难自己，她告诉自己沉住气，带着微笑蹲下来，捡起了文件。

"澈少，你要过去？"唐御风看见了女人的侧脸，察觉到她的身份。

宇文澈听见他的话却不做任何回应，义无反顾地直接走到了女人的身后。

张经理一看宇文澈又回来了，突然变了一张脸，谄媚地说道："宇文总裁，您怎么又回来了，是不是忘记拿什么东西了？"

彭芸芸脸色一变，听见经理的话，却是不敢乱动，握着文件的手臂更加紧了。

宇文澈盯着熟悉的身影，兴奋异常，看见张经理为难彭芸芸，他的心也不好受。当时第一个反应就是想帮她解围。

"只要进来凯利酒店就是客人，张经理，你的态度太恶劣了。"宇文澈的声音低沉有力，灼热的视线一直没有离开女人的身影。

"是我疏忽了……彭小姐是吧，刚才我态度不好，对不起。"张经理察觉到宇文澈是有意帮着这个年轻女人，只好退了一步道。

彭芸芸没想到会在凯利酒店巧遇宇文澈，过去四年她设想过无数次相遇的地点，唯独没有想过会在这里遇见他。还是自己被人刁难的时刻，他居然帮自己解围，这种狗血的场景只会在偶像剧里出现，为什么却在现实中上演，难道真的是命中注定？

"没……没关系，是我打扰张经理的宝贵时间，我才应该道歉。既然张经理没时间的话，我下次再来拜访好了，再见……"彭芸芸说着急忙把文件装进包包，不敢回头看宇文澈一眼，打算离开。

宇文澈看着女人慌乱的脚步，不紧不慢地跟上去。一旁的唐御风观察彭芸芸的表情，看来她也没想到会在酒店遇见澈少，说明这一切就只是巧合而已。

"你还要躲我到什么时候，难道你不应该给我一个交代吗？"

彭芸芸听见男人的话，有一瞬间的犹豫，但是她担心大于解释，只好加快了步伐。推开酒店的门走了出去。

宇文澈的眸子更加阴沉了，他没想到四年后的彭芸芸居然讨厌自己，哪怕听见声音也会视而不见，究竟四年前发生了什么，她出了车祸为什么都没有联系自己，到底是什么原因让她落荒而逃……这些问题时时刻刻折磨着他，让他夜晚不得安睡。

"御风，你去拦住她！"

听到宇文澈话里的意思，唐御风无奈地狂奔出去，终于在停车场的出口处堵住了彭芸芸的去路。

"你让开！"

唐御风摇头，眼睛瞪着她："澈少想见你，你必须跟我回去。"

彭芸芸本来做好了心理准备去见任何一个人，但她在听见宇文澈声音的瞬间就变卦了。她知道自己内心深处还在挣扎，根本无法坦荡地面对他。

宇文澈早已按捺不住内心的躁动了，御风果然没让他失望，还是追到了彭芸芸。他看见女人目光游离，就是不肯抬起眼睛，心情顿时低落到冰点。

"上车！"宇文澈冷冷地说道。

唐御风打开车门，等待着女人上车，却迟迟不见她有反应。

第二十章
按 耐 不 住

坐在保时捷里的男人，心情很差劲，他不等彭芸芸拒绝，伸出长手臂把她拉了进来。女人重心不稳，撞上了男人强壮的胸膛，顿时车里一阵寂静，只剩下彼此的心跳声。

"澈少，现在去哪？"唐御风知道回宇文家是不可能了，他看着宇文澈说话。

宇文澈的眼里心里，看到的都是女人的回避，彭芸芸的身上有一股奇特的清香味。不同于霍语恩的香水味，更让他不可自拔。

"去附近的公园……"

唐御风把保时捷停在一个相对不显眼的位置，离开了驾驶位，留下足够的空间给宇文澈和彭芸芸。

剩下他们两个人，更多的却是尴尬，一男一女之间波涛暗涌，暧昧的气息在二人之间传递着。宇文澈没想到彭芸芸见到自己就想跑，生怕彼此见到面，让他更气愤。就算是普通朋友，也不必撒腿就跑吧。

"你好像还欠我一个解释，彭芸芸。"

听见宇文澈的声音，她的心情已经不紧张了，虽然不知道男人想干什么，但她已经接受了眼前的事实。

跟男人之间的距离很近，哪怕是他的呼吸声都听得一清二楚。彭芸芸想到四年前第一次见到宇文澈的时候，他们也是坐在车里，不过那时候却不是这辆保时捷。

"你想要什么样的解释？"

宇文澈见她总算正面回答自己了，扳过女人的身子，盯着她单纯的眸子发呆，依旧是四年前清丽的脸庞。偏偏在凯利酒店相遇，男人把他们相隔四年后的相遇叫做缘分。

握住女人的手，是温软的，触感依旧如初见般美好。彭芸芸的眼神似乎在躲闪，也不太适应他的碰触，宇文澈突然笑了，笑得很阳光，女人突然间愣住了。

"我想你，四年来一直想着你……"

男人突如其来的告白，让彭芸芸的心跌入了温暖的海洋里。女人的自尊心得到了满足，很轻易地被男人挑起了过去的回忆。虽然过去了四年，但是她也一样，无法忘记四年前那一夜发生的事情。

宇文澈的头靠在女人肩膀上，内心好像受到折磨一样的窒闷，贪婪地嗅着女人身上的清香。这一刻他觉得自己很圆满，开心得无法用语言表达，尽管身边已经有了霍语恩的陪伴，他还是觉得内心很空虚。

彭芸芸想到昨天霍语恩对自己的刁难和警告，她觉得很无趣。听从妈妈的话，放下以前的事情好好过日子，但现实似乎不能让她如愿了。现在又巧遇宇文澈，她的心很忐忑，生怕眼前的平静生活会被打扰，下意识地想到了小宝。

"我们好好说话行不行？"

宇文澈一愣，随之放开她的腰肢，抬起女人的下巴："怎么，不喜欢跟我亲近……四年过的好快，本来我已经不报希望了，没想到老天偏偏给了我一个惊喜。"

他的表情很丰富，彭芸芸有些诧异，没想到绯闻缠身的宇文澈，最近这几年安分守己地奔事业。要不是文爱把这些消息开玩笑似的说给她听，到现在彭芸芸都还不相信。

"看傻了？既然现在不怕我了，你是不是要告诉我四年前的车祸是怎么回事？"

彭芸芸没想到宇文澈连当年自己发生车祸的事都调查清楚了，她的脑子里突然混乱起来。别过头去，显然不想回答男人的问题，一直刻意回避着，当时的记忆虽然很模糊，但她却清晰地记得，那个开车人的模样。

宇文澈见她不太高兴提起当年的事情，紧张地从女人身后搂住她："如果你不想说我也不勉强，但是你要告诉我四年前你去了哪儿，为什么我怎么找都找不到你。"

没想到四年后的宇文澈居然关心起自己的一举一动了，彭芸芸清楚地认识到现在的处境，她抬眼看见了不远处站着的唐御风，他和宇文澈的关系很亲密。这些事情宇文澈都是让唐御风去查的吧。

彭芸芸依稀记得，当年出了车祸，做完手术在医院休息几天后出了院。妈妈带着没有完全康复的自己，悄然离开了梁城，没有告诉任何人。

"以前的事我不想再提了，对不起……"

宇文澈发觉女人的情绪发生了很大的变化，眸子里没有神采，没有了以前简单快乐的个性，好像这四年发生了很多事情，把她身上的快乐因子都给磨光了。

抱着女人的手臂收得很紧，他不敢松手，生怕下一秒钟彭芸芸就会不见了。久别重逢，宇文澈的心情格外兴奋，脑海里想到昨天在甜品坊偶遇的小男孩，温和地说道："我想知道你有没有结婚？告诉我，这对我很重要！"

彭芸芸突然如释重负了，原来宇文澈说了这么多都不是重点，他只是想知道自己有没有结婚。忽然挣脱男人的手臂，扭过头盯着他炯炯有神的眼睛："我结婚没结婚对宇文先生一点都不重要，重要的是你快结婚了。"

宇文澈听到女人冷冰冰不带一丝温度的话，身子一怔，尴尬地说："我知道你看见公司的宣传广告了，其实……"

"其实你和霍小姐就要结婚了，这是好事，我为你们感到高兴。"彭芸芸平静地说，心里却忍不住的失落。

"我和别人结婚，你真的会高兴吗？"宇文澈的声音里都是愤怒。

彭芸芸露出笑容，一只手臂放在车门上："一个是我朋友，一个是我同父异母的姐姐，宇文集团和霍氏集团的结合会让你们两家的事业如日中天。我也是姓霍的，为什么不高兴。"

宇文澈没想到四年后的彭芸芸居然会说出令他伤心棘手的话。难道她真不知道这四年来自己是怎么过的吗？哪怕有一点蛛丝马迹都不会放过，最后得到的都是查无此人的消息，他也是不得以才放弃的。

"你是在怪我没去找，是不是？"宇文澈几乎是在吼叫。

"宇文先生，我没这个意思，既然你们快结婚了，还是好好准备婚礼吧，我跟你之间没什么好说的。"彭芸芸说完，飞快地打开车门，急切地跑着离开了。

男人的视线追逐着女人奔跑的背影，宇文澈不知道彭芸芸是怎么了。为什么四年后的她看见自己就像面对一个陌生人一样。

四年前的彭芸芸全然不是眼前的陌生女人，她的一个眼神，每一句话都透露着陌生感，宇文澈顿时被失望的情绪笼罩了。

唐御风大步走到车前，低着头看着宇文澈颓废地闭上双眼，想要说些什么，最终还是没有说话。

彭芸芸一直狂奔，总算没有看见身后有人追着她才肯停下脚步。她大口地喘气，自己都不知道为什么说那些话，足够让宇文澈生气的话。明明心里并不想祝福他们，说出来味道完全变了样，根本不是她的本意。

一辆出租车在她身边的马路上停下来，她想都没想直接钻了进去："师傅，去四福路。"

此时天色完全暗下来，彭小茜在厨房忙着做饭，狭窄的客厅里只有小宝，他的大眼睛一直注视着桌子上的生日蛋糕，好奇地看着墙上的钟。

忽然门铃响了，小宝兴奋地从沙发上跳到地上去开门，当他看见彭芸芸回来了，大声嚷嚷着："外婆，妈妈回来了!"

彭芸芸抱起儿子，走到沙发上坐下，看见儿子心情也变好了。这时彭小茜系着围裙从厨房走出来："芸芸，今天怎么这么晚回来?"

"我下班以后去拜访一个客户，所以回来晚了……"彭芸芸想到宇文澈，心中一紧，看着小宝熟悉的眼睛，心情忽然变得沉重起来。

"祝妈妈生日快乐!"小宝突然大声喊着。

彭芸芸还没来得及反应，彭小茜就把生日蛋糕拿到她面前了："你看看，你自己的生日都忘了吧，我差点都忘记了，还是昨天宝宝提醒我今天是你的生日。"

"真的吗? 是宝宝告诉外婆妈妈的生日?"彭芸芸开心的同时，搂着儿子惊讶地说着。

小宝说着打开蛋糕盒子，笑嘻嘻地看着彭芸芸："妈妈，我是不是很厉害?"

"是啊，我的儿子最厉害!"彭芸芸一边说着，搂着妈妈的肩膀，眼眶里含着泪花低声说道："谢谢妈……"

彭小茜被外孙的兴奋感染了，笑着说："你现在为了我们一家人的生活奔波，是妈妈谢谢你才对。宝宝是不是?"

小宝贴心地抱着彭芸芸，在她脸上亲了一下："妈妈辛苦了! 宝宝在家里听外婆的话。"

"真是妈妈的乖儿子!"

等到儿子睡着了，彭芸芸才起身去了卫生间洗漱，她从卫生间出来的时候看见妈妈房间里的灯还亮着，轻轻推开门走了进去。

彭小茜带着老花眼镜坐在床上看着信，眯着眼睛。

"妈，你还没睡啊……"

"芸芸，你快来，下午邮递员送来的信你看看。"

彭小茜带着一丝兴奋，彭芸芸好奇地从她手里接过信纸。

"这个是陈阿姨写给你的，没想到你们一直都用写信联络对方，现在很少有写信的了。"彭芸芸说着坐到了床上。

第二十一章
偷 拿 照 片

"是啊，我们都是老朋友了，陈阿姨可是看着你长大的。"彭小茜说着，鱼尾纹更加深刻了，满脸却是止不住的笑意。

彭芸芸看着妈妈脸上的皱纹，心里很不是滋味。主动抱着彭小茜的脖子，撒娇地说："妈妈对不起，不是为了我，你也不用这么辛苦。"

"傻孩子！妈妈不辛苦，有你，有小宝，我每天过得都很充实。"彭小茜知道女儿是心疼自己了，不免感同身受起来。

"放心吧，我的新工作已经步入轨道了，我一定会努力工作，让您和小宝都过上衣食无忧的生活。"彭芸芸拍着胸脯保证。

"妈妈当然相信你，我的女儿最知道心疼人了！"彭小茜嘴里说着，想到芸芸每天忙碌的工作，心里面更多的是心疼。

彭芸芸想到下午遇见了宇文澈，心里总是不安。他跟霍语恩结婚的事情梁城的百姓都知道。跟他注定有缘无分，她也不想去强求，更加不想打破眼前平静的生活。她默默祈祷，希望不要节外生枝。

宇文集团总裁办公室，唐御风拿着一个信封走了进去。迎面却看见了霍语恩的身影，他惊讶地打着招呼："霍小姐，您来了。"

一身西瓜红真丝裙打扮的霍语恩笑着说："我来找宇文总裁，他怎么不在办公室？"

唐御风看了看空荡荡的办公椅："要不然我去帮你找找总裁吧，刚刚他还在。"说着他把信封放在抽屉里，笑着走了出去。

霍语恩疑惑地偷看他的举动，等到唐御风出去了，她小心翼翼地打开抽屉，看见一个信封，拿在手里似乎很有重量。小心盯着门把手的方向，她把信封里面的东西掏了出来，没想到都是照片，而且照片上拍的都是同一个小男孩。

"为什么御风会去查一个小男孩……"她自言自语，抽出一张照片仔细看了看，脸色突然改变了，原本带着血色的脸颊，此时却变得苍白起来。

照片上小男孩的脸拍得清清楚楚，孩子的长相跟宇文澈有几分像，霍语恩心里出现一个大胆的设想。

唐御风正要去洗手间，却迎面碰见了从里面出来的宇文澈。

"总裁原来您在这！"

宇文澈疑惑地扫了唐御风一眼："你怎么来了？"

"霍小姐来了，在办公室里等您。"唐御风说完紧跟在宇文澈身后。

推开总裁办公室，宇文澈果然看见了优雅姿态的霍语恩，她坐在沙发上玩手机，一副淡然的神情。

"怎么不说一声就过来了……"

霍语恩抬眼对上宇文澈冷静的眸子，心中一跳，淡淡的笑容浮现在嘴角。踩着黑色高跟鞋走到他的面前："是你说的，我想来看你随时都可以，你不会忘记了吧？"

唐御风尴尬地低下了头，看来总裁是忘得一干二净。

"抱歉，我最近太忙了，说过的话记不太清了。下次你来的话提前给御风打个电话，省得我不在公司你白跑一趟。"宇文澈说着，冷静地扫了她一眼，视线全都落在了文件上。

"好吧，下次我会提前打电话确认的，不过要麻烦御风了。"霍语恩说着，长长的睫毛上闪着不一样的亮色。

"霍小姐客气了。"

宇文澈显然没有时间跟霍语恩多说几句，他的心里只有工作。唐御风看在眼里，想到刚才放在抽屉里的信封，附在宇文澈耳边低声说着。

霍语恩无聊地坐回沙发，捡起沙发上的手机继续摆弄着，她的耳朵却是仔细地听着他们二人之间的谈话。

"上午我可能没有时间，御风你带霍小姐四处转转吧，也好让她了解我们宇文集团。"宇文澈嘱咐着唐御风。

"霍小姐，我带您四处看看吧，总裁还在忙。"

霍语恩站起来，看着埋头工作的宇文澈，无奈地跟着唐御风离开了总裁办公室。

从抽屉里拿出信封，里面的照片着实让宇文澈兴奋了。还附带着一张调查结果，他认真地看着每一个字，原本寒冰一样的脸孔，渐渐变得柔情起来。好心情让他的工作也变得轻松起来，心里得意地想着，有了这些证据，这一次彭芸芸找借口也跑不掉了。

唐御风在前面带路，霍语恩的心思却飞到了刚才小男孩身上了。那个孩子跟宇文澈是什么关系，他为什么要御风去查孩子的底细，他变得冷淡是因为那个孩子的原因吗？这些让女人的心情变得压抑起来，她绝对不会让任何人阻碍她嫁给宇文澈。

彭芸芸不可以，那个孩子也不可以……等一下，彭芸芸和那个孩子不会有关系吧？

大胆的设想令霍语恩失去了参观宇文集团的兴趣，她停下脚步抱歉地叫住了唐御风。

"我突然想起来公司还有事，今天就不参观了，改天好吗？"

唐御风诧异地望着霍语恩，却是木讷地点点头："好吧，霍小姐我送你到楼下。"

回到车子里，手心的冷汗让她瞬间变得惊慌起来，掏出手机拨打了一个电话号码："叔叔是我，您现在有时间吗？"

拿着包包直接去了八楼，走进办公室她的心情才算好起来，对着眼前忙着看文件的霍东严温和地说："我想麻烦叔叔帮我查一个人。"

谄媚的笑容一直是他的活招牌，没想到侄女亲自找上来，霍东严当然会帮忙了。他摊开双手对着女人说道："语恩啊，你要查什么人？有照片或者资料吗？"

掏出那孩子的照片放在他面前，这是霍语恩偷偷带出来的，宇文澈根本不知道。她面无表情地盯着霍东严："叔叔，这个孩子的资料我急着要，越快越好！"

"语恩……这个孩子跟你有关系吗？"此刻的霍东严听完霍语恩的话，打着如意算盘。

"放心吧叔叔，我不会让您为难的，只要查到这个孩子的背景，我一定在爸爸面前帮你说好话。"霍语恩太清楚二叔的想法了，虽然他是爸爸的亲弟弟，不过关系不太好。

霍东严放心地拍着胸脯："包在我身上，侄女你就放心吧。"

霍语恩的心情渐渐缓和下来，想到彭芸芸出现在工作室，她的心就忍不住的怀疑起来。看来这个女人一直没有死心，四年前如此，四年后还是得不到教训。如果她敢靠近宇文澈的话，就不要怪自己不客气了！

阴谋的眼光里都是算计，霍东严惊奇地发现，平时样子淑女的侄女也会有狠的一面。正好他可以抓住这个机会，说不定对以后在霍氏集团站稳脚跟有好处。

男人纠结的心情是因为重新见到了彭芸芸，更加纠结的是那个孩子的母亲居然是彭芸芸。四年来她究竟过得是什么样的生活，独自带着儿子的女人肯定没少遭受世人的白眼吧。

"没想到那一夜却让我们有了爱的结晶……怪不得你看见就要逃，是因为孩子吧……"宇文澈有气无力地喃喃自语，神情很是沮丧。

站立在一旁的唐御风盯着他，心里更加沉重了。本以为澈少下个月和霍语恩小姐能顺利结婚，没想到彭芸芸偏偏出现了，而且还带着一个三岁的孩子。现在更加证实孩子是澈少的，下个月的婚期计划看来要作罢了。

"御风，你查到彭芸芸现在工作的地方吗？"

发呆的他立刻走上前去："是的，彭芸芸小姐现在是东觉视觉工作室上班。"

"原来她在工作室是上班，我记得订婚的录像是他们工作室负责拍摄的吧？"宇文澈心里琢磨着要不要亲自去找她。

"是的，澈少。"

宇文澈若有所思，拿起西装外套，嘴角有了笑意。跟女人相识，是因为她弄脏了阿玛尼的外套，没想到现在他有了一个见面的借口。

"走吧，我们去东觉视觉工作室。"

唐御风一愣，呆呆地跟在宇文澈身后走了出去。

东觉视觉工作室的总监办公室里，高杰疑惑地看着彭芸芸，打量着她淡淡的笑容。不过是个新人，没想到业绩做得超出他的意料，到底是李文爱推荐的人，果然有点实力。

"这个案子你为什么想去跟？难道你不知道我们工作室跟凯利酒店负责人闹僵的事吗？"高杰故意为难彭芸芸，很想知道她会怎么回答。

刚才进来就已经知道总监会发难，彭芸芸提前都想好了，她缓缓地说道："我是无意中从李文爱那里听到的，而且其他比我有资历的同事也说过这件事。不过总监，凯利酒店的合作终止表面上对我们工作室损失不大，但是工作室却会失去一个好的宣传平台。"

高杰惊异地盯着彭芸芸出了声："哦？你有什么计划？"

彭芸芸稍微放下心来，把准备好的计划书递给他："总监，这是我昨天写的计划书，您先看看吧。"

利用十分钟的时间，高杰总算看完了彭芸芸的计划书，他不得不同意李文爱的观点，眼前的女人天生就是吃这碗饭的，计划书写得是相当的不错。

"我看过了，有的地方需要修改，大致方向是对的，就按照你的计划去做吧。"

彭芸芸感激地站起来："谢谢总监给我机会。"

第二十二章
绑 架 小 宝

李文爱在外面焦急地等着彭芸芸，高杰肯定是因为凯利酒店那件事找她。不知道芸芸能不能搞定这件事。虽然高杰是总监，但是他的脾气不算霸道，出于对工作的热情，要求可能会严格一些，今天还是芸芸第一次单独面对他。

"你在等我吗？"彭芸芸看见发愣的李文爱。

"你终于出来了……怎么样了？他有没有为难你？"李文爱拉着彭芸芸走到办公桌边，察觉到她不经意的淡定。

"文爱，你不要小看我，事先我也是有准备的。"彭芸芸把计划书递给她。

李文爱好奇地打开一看，担心的神情不见了，只有如释重负的笑容。

彭芸芸坐在椅子上，打开电脑里的文件夹说道："我也没想到坚持就能成功，要不是总监告诉我，凯利酒店的经理亲自打电话给他，我到现在都不能确定计划书能不能实施。"

"是啊，我还以为那个经理是来告状的，担心死我了……"

"我最近一下班就去凯利酒店，连续去了四次，酒店前台跟我都熟了。当时就想着只要再坚持一下就好了，什么事都不会太容易是不是。"

李文爱拉着彭芸芸的手低声说着："看到你现在努力工作，我放心多了。"

彭芸芸笑靥如花："看来过去几年我一直没让你放心啊。"

"可不是……呵呵，不过以后我就不担心了。"

两个人看着彼此微微一笑，没有察觉到她们身后站着一个沉静的男人，当他的眼神透过李文爱的背影，看到彭芸芸微笑的侧脸，内心许久变得不再平静。

唐御风在一边说道："要不要我去找彭芸芸小姐？"

"暂时不要,我们直接去找高总监吧。"宇文澈说着,特地绕过她们,去了总监办公室。

高杰的电话刚挂,宇文澈就来了,他感慨今天是什么日子,居然能看见宇文集团总裁亲自光临工作室。双手急切地握住男人的手,专业的笑容里都是小心:"宇文先生你好,没想到您会亲自来工作室。"

"高总监,我是路过来看看……"

宇文澈话音刚落,唐御风把带过来的文件递给他。

高杰见文件露出狐疑的笑容:"宇文先生,这个是?"

"是婚礼的清单,高总监应该很熟悉了,看看有什么需要改进的。"宇文澈说完,仔细打量着周围,目光如炬地盯着他。

"没想到宇文先生会亲自计划结婚,如果霍小姐知道了肯定很开心。"

宇文澈疑惑地扫过他的脸:"高总监已经见过语恩了?"

"是啊,前几天霍小姐来工作室拿录像带,宇文先生不知道吗?"

唐御风想到彭芸芸,眼神一暗,不知道霍语恩小姐是不是见到她了。

宇文澈没想到霍语恩已经来过工作室了,那她是不是见到彭芸芸了。回来一句话都没说,她是想隐瞒来过工作室的事吗?

高杰站起来,准备送宇文澈离开。当他们走到距离彭芸芸不远的地方时,宇文澈故意惊讶地嚷着:"这不是彭芸芸小姐吗?这么巧!"

听见声音,彭芸芸身子一僵,她撇了一眼,没想到还真是宇文澈,高总监也在,而且是面带疑问地盯着自己。

"宇文先生你认识彭芸芸?"

宇文澈笑得很有深意:"我上次去凯利酒店正好碰见彭芸芸小姐,没想到她在你们这儿工作上班。"

"原来如此。"

彭芸芸知道他是故意的,是故意当着高总监的面挑明这件事。宇文澈葫芦里卖的什么药,居然让工作室的人都听见,越是想低调,就越是做不到,她很生气。

李文爱无奈了,宇文澈什么时候来的,她都不知道。

"这样吧,彭芸芸你去送送宇文先生,他可是我们工作室的大客户,你一定要打好关系。"高杰察觉到宇文澈的笑容,他似乎对彭芸芸很有兴趣。

"是,总监。"

三个人走进电梯,离开了被人瞩目的工作室,彭芸芸一声不吭地靠着墙壁站着,不发一句。死死地盯着宇文澈,心里对他很是窝火。

"彭芸芸,你在生我的气吗?"

唐御风自动装成什么都没听见的样子，垂着脑袋。

"我哪敢生宇文先生的气，您可是我们工作室的大客户。"彭芸芸说话故意拉长了声调，心里一刻都不想看见他。

宇文澈一点都不生气，反而觉得彭芸芸独自生闷气很可爱，他看见电梯到了，抓着女人的手腕大步走了出去。

"放开我！宇文澈你这个坏蛋，快放开！"

唐御风哪里想到澈少会做出这个举动，顿时石化了。

宇文澈顾不得路人的眼神，把彭芸芸压在车上："你不想知道我来工作室的目的吗？"

她别过头去："我当然知道……恭喜你下个月结婚，宇文先生。"

男人嘴角的笑容很灿烂，原来在她心里还是在意的，宇文澈握住她的手亲热地说："你放心，除了你和儿子，我谁都不会要。"

彭芸芸惊讶地看着他，舌头突然打结了，咽了一口唾沫说道："你，你刚才说什么？"

宇文澈冷峻的脸庞上都是玩味的笑容，忽然他搂住了女人："我知道这些年你辛苦了，一切都交给我，很快我们一家三口就会生活在一起了。"

"宇文澈，你胡说什么！我是不会答应的！"彭芸芸惊慌失措地逃离了男人的怀抱，她现在脑子很乱，只想找个地方好好想想。

看着落荒而逃的女人，宇文澈的心更坚定了，这一次他绝对不允许她再离开了。

唐御风疑惑地看着离开的彭芸芸，不禁为霍语恩小姐担忧起来，如果她知道宇文澈没心思跟她结婚，真不知道会闹出什么事情来。

正在办公室等消息的霍语恩一刻都闲不住，她不止一次想过是怎样的局面。造成现在的局面都是因为那个孩子，如果他长得跟宇文澈不像的话，也不会生出这么多事情了。

"霍小姐，这是霍经理让我送来的。"一个年轻的助理把一个资料袋递给她。

霍语恩冷冷地应着："放着吧，你回去告诉霍经理谢谢他。"

"我出去了，霍小姐。"

带着忐忑的心情打开了资料袋，没想到叔叔的动作还真快，找他去查孩子的背景是对了。

霍语恩认真地看着上面的文字，当她看见孩子父亲不详，母亲是彭芸芸的时候，她惊恐不已。

"怎么会……那孩子居然是彭芸芸的儿子？不可能，绝对不可能……"她心里有一个想法，那个四年前的早晨，她亲眼看见彭芸芸慌慌张张地从凯利酒店走出来。难道是那天晚上让她怀上了宇文澈的孩子吗？

霍语恩跌坐在椅子上，她最不想看见的事实居然出现了，这是调查后的真相。她突然笑起来，笑自己太笨太傻，宇文澈的心或许早已不在自己身上了，从四年前开始，他的心里就有了彭芸芸。

不甘心，她慌张地掏出手机："叔叔，我是语恩，我想麻烦你一件事，我们当面谈吧。"

霍东严盯着面无表情的侄女，看来调查结果让她非常生气，不过那个三岁的孩子跟宇文澈长得太像了，很容易让人猜测到霍语恩找他的目的。看来这一次不简单，侄女让他来肯定是要帮忙的，至于帮什么忙，他大概也猜到了。

霍语恩思考了很久才下定决心："叔叔，我可是你唯一的侄女，如果我以后生活不幸福，你也不会放着不管吧？"

"语恩，有人欺负你吗？告诉叔叔，我帮你教训他。"

霍东严在霍氏集团见惯了那些人，自然了解侄女的反应，那个孩子的妈妈叫彭芸芸，她也姓霍，难道跟大哥有关？

霍语恩突然防备地打量着周围，确定没有其他人才低声说道："我是一个女人，有些事情我一个人办不到，只要叔叔肯帮忙，事成之后我一定感谢你。"

"说吧，想让我帮什么忙？"霍东严的脸上流露着一丝神秘笑容。

傍晚的城市总是惹人瞩目，晚霞的美景成为了城市百姓喜欢的自然风光。市中心的街角花园里，彭小茜带着小宝一起坐在草地上玩耍，丝毫没有注意到身边的威胁即将来临。

"外婆，妈妈几点下班？"

"好像六点下班……怎么，我们宝宝想妈妈了？"

彭小茜抱着外孙，眼里都是宠爱的笑容，他可是家里的心肝宝贝。不管生活多艰难，只要看见小宝，所有的艰难都消失了，心里只剩下了感激。回想当年，坚持让芸芸把孩子生下来了，不然现在哪有眼前的天伦之乐。

小宝眼神微眯着，打着哈欠："我想妈妈给我买糖吃。"

"宝宝想吃糖啊……外婆带你去买一个好不好？糖吃多了对牙不好。"

"好啊，宝宝只要一个。"

彭小茜四处寻找着超市小卖部之类的地方，却在花园拐角处看见一家小店。她拉着外孙走过去："有棒棒糖卖吗？"

小宝的眼球被身边小朋友的皮球吸引住了，他松开外婆的手走了过去。

一辆白色面包车里突然走出来一个穿着黑色衣服的男人，他迅速抱起小宝回到了面包车上。意识到是陌生人的怀抱，孩子大声叫起来："外婆……"

　　黑衣男捂住孩子的嘴巴不让他出声，声音却惊动了彭小茜，她转身没看见外孙，却看见孩子被抱进一辆面包车里，惊恐地大叫着："来人啊有人抢孩子！救命啊！我的小宝……"

第二十三章
成 功 解 救

彭芸芸这边刚刚下班，正在收拾办公桌上的东西准备回家，手机却响了起来。看见手机上来电显示是妈妈，她愉快地接听了："喂，妈妈我现在正打算回家……什么？你说什么？"

李文爱听见她慌张的声音，好奇地走到她身边，看见脸色苍白、六神无主的芸芸，腿脚一软，差点跌倒，慌忙上去扶了她一把。

"芸芸，阿姨说什么了？"

彭芸芸双眼放空，紧张兮兮地收拾好包包："小宝……小宝被人绑架了。"

"啊？"李文爱顿时全身发软。

开着车子回到住的六福路小区，几乎是用跑的回到家里。推开门就看见彭小茜坐在沙发上垂泪。

"妈，到底发生什么事了？小宝真的被绑架了？"此时彭芸芸跟热锅上的蚂蚁一样。

彭小茜抬眼看见女儿，发现李文爱也在，心里更加伤心了。

"阿姨，你先别着急，还是说说事情的经过吧。"李文爱见芸芸也是泪眼朦胧，孩子好好的怎么会被绑架。

擦擦眼泪，彭小茜握着女儿的手回忆着："芸芸，事情是这样的。下午我带小宝去了街心花园，知道你快下班了准备回去。小宝想吃糖，我带他去附近的超市买，没想到一转眼的工夫，孩子被人抱走了，我喊救命，面包车开得飞快，我追不上……"

听完她的话，彭芸芸更加一头雾水，她心里虽然着急难过，还是很疑惑。她看着李文爱："这件事你怎么看？"

"我觉得太奇怪了，你们回来没多久，孩子就被人绑架了？有谁跟你们过不去，非要拿孩子出气，芸芸你说呢？"

"文爱说得没错，我现在怀疑是有人故意针对我们家……"彭芸芸一边抹去眼角的泪，一边回想着回到梁城以后，见到了哪些人。

李文爱严肃地看着彭芸芸，心里也捉摸不定。

悦耳的音乐声响起来打破了沉闷的气氛，彭芸芸猛然惊醒去找手机，扒开包包看见一个陌生的号码，心中一紧，接通了电话："喂……"

"你是彭芸芸吗？你的儿子在我们手里。"

彭芸芸大惊失色，瞪着妈妈慌张地说："你们为什么要抓我儿子，我根本不认识你们！"

李文爱和彭小茜对视了一眼，紧张地看着她。

"喂！喂……"彭芸芸无奈地垂下手臂，放下了手机。

彭小茜紧张地问："是绑匪打来的电话吗？"

"没错，他们让我一个人去，要不然会对小宝不利！"彭芸芸面带愁容，心里面很乱。

李文爱犹豫地说："要不要我开车送你过去？"

"不行！他们说不想看见第二个人，必须我自己去。"彭芸芸说着，把钱包从包包里面掏出来，装进口袋里，手里握着手机看着彭小茜："妈你放心，我不会让小宝有事的。"

李文爱担忧地握了一下好友的手："你放心，我会陪着阿姨的。"

"芸芸啊，你和小宝都要平安回来。"

彭芸芸想了想对着李文爱说道："我觉得这件事并不那么简单，如果一个小时以后没有看见我回来，文爱你就报警吧。"

彭小茜担心的眼神看着女儿离开的背影，重重地叹气。

霍语恩在孩子面前转悠着，她带着困惑和嫉妒不满，盯着他看。

小宝没想到会被陌生人带到一个偏僻的小公园里，还被一个陌生阿姨盯着瞧。他不哭也不闹，不觉得有什么危险存在。

"你叫什么名字？"霍语恩弯下腰，冷冷地问着。

"妈妈说，不能随便跟陌生人说话，也不能说自己的名字。"

听着孩子奶声奶气的声音，倒是有几分小大人的感觉，霍语恩看着他高挺的鼻梁，薄薄的嘴唇，跟宇文澈像极了。眉眼之间却让她想到了彭芸芸。

黑衣男子从外面走进来，低声说道："霍小姐，我打电话给孩子的妈妈了，我想她很快就会来了……"

"嗯，这样吧，你们留下一个人就行了，待会人来了，没有我的命令不准进来。"霍语恩说着，满心的期待。

小宝没有感觉到害怕，坐在椅子上，他知道妈妈一定会来的。眼前的漂亮阿姨不像是坏人，看她跟妈妈眼睛长得好像，好奇地盯着她看。

霍语恩感觉到孩子的目光，疑惑地说："你看着我干什么？"

"漂亮阿姨，你和我妈妈眼睛一模一样……"

霍语恩紧蹙眉头，孩子说的话一点都没错，本来彭芸芸就是她同父异母的妹妹，五官相似很正常。只可惜，他是彭芸芸的孩子，这个女人太有心计了，早不出现，晚不出现，非要在自己和宇文澈结婚之前出现，她不能就这么算了。

彭芸芸让出租车停下来，短信上的地址就是这里了，她疑惑地盯着破旧的房间，心中更加奇怪了。这里不是五年前离开时住的房子吗，那个时候和妈妈还讨论过要不要搬家。绑架小宝的人居然会主动约在这里，难道是巧合吗？

一个穿着黑色衣服，带着黑色墨镜的男人迎面走来："你是彭芸芸吗？"

"我是……我儿子在哪？"彭芸芸急切地问道。

"跟我进来，小姐等你很久了。"

当彭芸芸走进过去的家，看见了在椅子上坐着的小宝，她惊喜地大叫着："小宝，妈妈来了……"

"妈妈！"说着他跑过去抱着了彭芸芸。

霍语恩从里面走出来，冷冷地说："彭芸芸，我们好久不见！"

抱着儿子抬眼看着她："霍语恩，怎么是你？"

"你出去吧。"霍语恩对黑衣男子说道。

彭芸芸不解地望着她，搂着儿子的小身子，心里很忐忑。

"你很好奇为什么是我吧，既然你不肯来找我，我只好主动找你了。"霍语恩说着，抚摸了一下孩子的脑袋。

"你不要碰我的孩子！"彭芸芸说着抱着小宝倒退了几步，一脸防备地看着她。

霍语恩冷哼一声，在房间里走来走去，黑色的长裙衬托着她的格格不入。

"如果有人想夺走我最心爱的东西，我一定让她双倍偿还！而你，彭芸芸，既然走了为什么还要回来……你回来了，居然还带着一个要债的！"霍语恩指着她怀里的孩子，目光如炬，狠狠地嚷着。

彭芸芸心里惊慌失措，看来霍语恩已经知道了小宝的身份，她只能紧紧抱住孩子，不让他受到伤害。

"说吧，你要多少钱才肯离开梁城，离开宇文澈身边。"

"我看你是误会了，我没有告诉宇文澈，也不会破坏你们的感情。霍语恩，你们既然都快要结婚了，为什么不肯相信宇文澈对你也是有感情的？"

霍语恩的手握成拳头："如果没有你的话，我会努力让宇文澈爱上我。偏偏你出现了，还是我同父异母的妹妹，为什么？你为什么要抢走我所拥有的一切！没有你彭芸芸，我会生活得很幸福，都是你，你跟你妈妈一样贱，都喜欢抢走别人的幸福。"

彭芸芸听着她的训斥，心里很窝火，一边想着要带孩子走，一边还要应付霍语恩，她匆忙之下靠近门边："我，我不知道你说什么，我没想过要抢走你的东西……"

"你以为你能平安无事的离开吗？来人！"霍语恩大叫。

只见黑衣男子从外面走进来，抓住了彭芸芸的肩膀。

"你想干什么？"彭芸芸挣扎着。

霍语恩说着交叉着手指，一副似笑非笑的表情，狠狠地说："我不想看见他们，把他们从梁城给我赶出去。"

"是，霍小姐。"

唐御风开着车子在路口停下来，他四处寻找彭芸芸的身影，没想到跟丢了。看见不远处一个老式破旧的小区，外面写着即将拆迁的字样，他走了过去。

"放开我！你这么做是犯法的！"彭芸芸一边大声说着，一边抱着孩子被人推着走。她怎么都想不到，四年后的彭芸芸居然心狠手辣地绑架孩子。她不是大家闺秀吗，为什么为了宇文澈什么都干得出来。

"妈妈……"小宝害怕地躲在彭芸芸的怀里，不敢乱动。

唐御风看见彭芸芸抱着孩子不自然地走着，手臂被身后的男人拉住了。怎么看都觉得奇怪，他想到澈少的嘱咐，一个箭步跑了上去。

"放开她！"

彭芸芸惊讶地看着眼前突然出现的男人，唐御风怎么会在这里？

黑衣男人死死拽住女人的手臂："你是什么人？"

"我让你放开她，如果你想得罪宇文集团的话，尽管试试！"唐御风说着凶狠地瞪着他，一副不达目的誓不罢休的表情。

"宇……宇文集团？"黑衣男子想了想松开彭芸芸的手臂，回头跑了。

唐御风看着彭芸芸狼狈的样子，关心地说："你没事吧？"

"没事……小宝你没受伤吧？"

"妈妈！我怕！"

被儿子紧紧搂住的彭芸芸，眼泪飚了出来，幸好没事，没事就好了。

唐御风低声说着："你们跟我走吧，澈少在等你。"

"我不去，我要带孩子回家，妈妈还在家里等着我们。"彭芸芸说着绕开唐御风，抱着小宝朝着路口走去。

"彭芸芸小姐！"唐御风无奈之下，只好给澈少打电话。

李文爱看着时间一点点过去，一个小时已经到了，芸芸还没有回来。盯着电话犹豫地说道："阿姨，我们要不要报警？"

第二十四章
他 的 心 声

“要不然我们再等等吧……”彭小茜心里也着急，一个小时对她来说简直度日如年。

“好吧。”李文爱在门前来回走着，心里依旧无法放心。

彭芸芸抱着小宝敲响了房门，大声喊着：“文爱！妈妈！我们回来了……”

李文爱听见声音，焦急地打开了房门，看见彭芸芸和小宝平安无事，大叫着：“阿姨，芸芸回来了，小宝也没事了。”

彭小茜一愣，站起来看到回来的女儿和外孙，一颗悬着的心放了下来。抱起小宝感慨着：“外婆担心死了，小宝啊，我的心肝宝贝。”

“外婆……”小宝贴心地紧紧搂着她的脖子。

唐御风站在门口，看着她们重逢后的喜悦。想到那个黑衣人，他一点都不像专业的绑票人，听见宇文集团就跑了，很明显早就知道彭芸芸跟澈少的关系，看来这件事情不简单。

“御风，她们人呢?”宇文澈从楼下走上来，一身正统的黑色西装，挺拔的身材衬托着他的王者风范。

“澈少，她们在里面。”唐御风推后一步，让他进去。

当宇文澈看见三个女人抱在一起，中间还有个孩子，他说不来是惊讶还是疑惑。没想到有人从他眼皮底下把孩子绑走，这件事情要查清楚才行。

“芸芸!”

听见声音的彭芸芸诧异地转过身，看见宇文澈突然出现在自己面前，惊讶地动弹不得。

李文爱也没想到宇文澈会来，没想到他身后还站着一个人……他不是唐御风吗？宇文集团的总裁助理。

彭小茜对宇文澈的印象很模糊，不过看女儿的反应，大概知道眼前的年轻人是谁了。她牵着外孙的手走到沙发上坐下来，小宝好奇地睁着大眼睛看着他。

这是宇文澈第一次近距离的看着小宝，他作为孩子的爸爸，心里的感触特别强烈。俯下身子轻轻摸了一下儿子的头发："小朋友，你认识我吗？"

小宝摇摇头："叔叔你是谁啊？"

宇文澈只是笑笑，却没有回答孩子的话。

李文爱拉着彭芸芸发凉的手，小声说着："你不打算告诉小宝吗？"

"我……我不知道。"彭芸芸的心情很复杂，看来唐御风之所以会出现，是受了宇文澈的指示，没想到男人一直盯着自己，要不然今天也不会顺利带小宝回来了。

宇文澈站直了身子，看着彭小茜："阿姨，我是宇文澈。孩子被绑架的事我都知道了……御风，你看见绑架的人了吗？"

唐御风从门边走过去，低头说道："那个人穿一身黑色，不像是专业的绑票人。我见他挟持着霍小姐，就亮出了宇文集团，他很惊慌地就逃跑了。"

"为什么不去追？"宇文澈冷冷地问。

唐御风为难地看着彭芸芸："是我疏忽了，我只顾着看霍小姐有没有受伤。"

彭小茜心中豁然明朗，原来是宇文澈派人一直注意着芸芸，要不然今天发生的事情也没这么快解决。她笑着说："宇文先生，真是太感谢你了！"

宇文澈听见感谢的字眼，嘴角露出淡淡的微笑："这是我应该做的，阿姨你不用跟我客气。芸芸的事就是我的事，更何况……"他的目光紧紧盯着彭小茜怀里的小宝，心中感慨万千。

"我们出去说吧，宇文澈。"彭芸芸察觉到妈妈疑惑的眼神，她不想被误会跟他之间有什么，虽然他是好意，但是让唐御风去监视自己的动静，太卑鄙了吧。

彭小茜尴尬地说着："宇文先生，你来了，也没啥好招待的，喝水吗？"

"不用了阿姨，我跟芸芸出去说话好了。"宇文澈说着转身盯着女人，看着她走出家门，随后跟在她身后走了出去。

唐御风见宇文澈和彭芸芸走了出去，默默地跟在他们身后。

李文爱无奈地坐下来，看着彭小茜耸肩："阿姨，小宝回来就好了。芸芸的事就让他们自己解决吧。"

"也只能这样了……"彭小茜说着，脸色却流露出担心来。

从房子里走出来，呼吸到新鲜空气的彭芸芸第一次很想发火，对方还是宇文澈，她知道自己没有立场，却还是不高兴。

"你居然派人跟踪我，真没想到宇文澈的大总裁对我一个小人物感兴趣……"

"女人，你错了，你在我眼里可不是小人物。"

宇文澈的眼眸里都是温暖的笑意，跟四年前不同的是，他想用最好的一面对待彭芸芸。女人带着孩子，又要养活一家三口，以前的日子肯定不好过。他想想心里很心疼，单薄的娇躯里，究竟有多么倔强的性格。

不喜欢男人直勾勾的目光，似乎想要看透自己，彭芸芸尴尬地嗯了一声："你没见过女人吗，干嘛老盯着我看？"

"因为你好看，所以我才会盯着你。"

彭芸芸惊奇地看着宇文澈，男人的睫毛长长的，随着嘴角的笑容更加不能让人拒绝他的善意，刚才的话没听错吧，男人是在夸赞自己？

宇文澈主动牵起女人的手来："告诉我，绑架孩子的人你认识吗？"

唐御风听见澈少的话，心里也在质疑，他的感觉和澈少是一样的。彭芸芸回到梁城的时间很短，不可能在短时间里跟人结下梁子。

想到霍语恩，她微微皱了皱眉头，如果告诉宇文澈的话，他们之间的关系肯定会恶化。毕竟霍语恩是同父异母的姐姐，虽然她不怀好意地绑架了小宝，幸好最后平安无事。她正视男人的目光，摇摇头："我不认识。"

宇文澈打量着她带着忧郁的眼神，大手抚摸上女人的脸颊，和煦的目光里都是对她的关心："放心，以后我会陪在你和孩子身边。"

"宇文澈你说什么？"彭芸芸惊慌起来。

俯下身子，贴在女人的耳根子边轻轻低喃："你打算隐瞒我到什么时候，你的孩子不就是我的孩子吗……"

"我……宇文澈，孩子是我的，跟你没关系！"

宇文澈知道她又在闹脾气了，肯定是埋怨自己没有尽到当父亲的责任。

强拉住女人侧过去的身子，矫情地抱着她："好了，我知道你四年来受了很多苦，为了生活，为了家辛苦奔波。我答应你，以后我会弥补你们母子俩，也会好好孝顺你的妈妈。你看行不行？"

彭芸芸第一次听见男人的温柔软语，如果不是考虑到霍语恩的话，她可能会默认。可是如今，她不能自私地把宇文澈留在身边，更何况他们彼此并不了解。推开男人强有力的臂膀，垂着脑袋喃喃自语："给我一点时间，宇文澈。"

"好，我会给你时间让你考虑清楚。"宇文澈说完，带着爱怜的神情在女人白皙光洁的额头上印上一吻。

此时有个人却着急地如热锅上的蚂蚁。黑衣男子低着头等待着端坐在椅子上女人的训斥。他也是按照原来的计划做事的，只不过最后有个人出现打断了全盘计划。

"那个人真这么说?"霍语恩姣好的脸庞此时都是心烦意乱。

"是的,霍小姐。他把宇文集团抬出来,看来是宇文澈的人。"

霍语恩想了想,眉头一紧:"他有什么特征?"

黑衣男子想了想:"身高不到一米八,人很年轻,说话的时候声音很低沉。"

"那就对了……没想到是唐御风打乱了我的计划……他怎么会突然出现的。"霍语恩自言自语地站起来,心中依然焦虑,难道宇文澈已经知道彭芸芸回来了?她猛然惊醒,如果真的是这样,就能解释唐御风为什么会出现救走他们了。

脚步声从门外慢慢逼近,黑衣男子无奈地擦拭着额头的汗珠,退后几步。

"是不是计划没成功?"

霍语恩轻声叫道:"叔叔你来了。"

霍东严笑呵呵地看着侄女:"这次不成功不代表下次不成功,好侄女,放宽心。"

"叔叔说得对,这次是计划不周详,下次一定会成功!"霍语恩说着,阴沉着脸,原本姣好的淑女模样,瞬间变成了阴谋者。

绑架的事很快被遗忘了,很快又恢复了平静的生活。彭芸芸依旧只有上下班,宇文澈好像消失了一样,没有再出现,好像他说的话就是随便说说一样。

"男人就是靠不住……"

李文爱听见她嚷嚷着,好奇地凑过来:"一个人自言自语什么呢。"

"没什么,我不是想着计划书的事吗,总监让我修改修改。"彭芸芸说着尴尬地吐着舌头,模样很是可爱。

"我还以为某人没出现,你着急了!"

"文爱,你胡说什么!再说我可不饶你了。"

李文爱突然笑嘻嘻地打量着她:"我们芸芸啊,好歹正值青春,多好的脸蛋,我猜男人见了你肯定都会温温柔柔,客客气气的。"

"李文爱,几天不见,你口才见长啊,不如改行去当主持人吧。"

"主持人我蛮有兴趣的,可惜现实中没有。"

彭芸芸无奈了,摊上一个喜欢拿自己取笑的好友,真是太无奈了。

"放心,我猜,不出几天他会自动出现在你面前,等着吧。"

第二十五章
柳 暗 花 明

彭芸芸只好闭上嘴巴，她的余光撇到了从总监办公室出来的高杰，急忙戳了戳李文爱，大声叫着："总监。"

李文爱转身看到高杰点点头。

扫了她们一眼，高杰公事公办的口吻说道："你们跟我进来。"

面面相觑，不知道高杰会同时找上她们，带着忐忑跟在他身后走进了办公室。

"这里是我们工作室新开发的方案，里面还有一份新型的合约，现在最需要的是找到肯投资的投资方，我想听听你们的意见。"高杰说着递给她们一人一份。

彭芸芸仔细看了看，发觉这个投资方真的不好找，同行业的话肯定比较容易，但是竞争又是相对的，人家也没理由过多的投资进去，以后培养一个对手。

李文爱跟好友互相看了一眼说道："投资方最好是涉及传媒行业的，不过本市传媒行业的大公司不多，需要点时间。"

高杰点点头，盯着彭芸芸："你的意见呢？"

"总监，李助理的话我同意，只不过……同行的可能性不太大，没有人想培养一个对手。我看还是从传媒行业之外的公司入手吧。"

李文爱听到她的话，若有所思地点点头："总监，芸芸说得也在理。"

"在理是没错，不过我觉得文爱的观点更适合，毕竟本行业还是有慧眼识珠的投资者。你们两个分头准备吧，我希望本周内能看见你们成绩。"高杰说完摆摆手让她们出去。

彭芸芸和李文爱一先一后走出了总监办公室，总算松了口气。文件直接放在办公桌上，有气无力地看着彼此。

"文爱，总监刚才给我脸色看，是不是我不该说出实话？"彭芸芸拉着她在身边坐下，无力地看着文件。

"我哪知道，不过比你早来工作室上班，稍微了解总监的脾气。不过你说得也是现实，总监不会不高兴的，没关系的芸芸。"李文爱说着，又看了一遍文件里的方案和合约。

她的脑海里闪过高杰严肃的模样，虽然不往心里去，可他毕竟是自己的上司，怎么可能没有一丝畏惧呢。

拿到方案的当天下午，两个人就分别出发了，目的地不同，方向也不同。在工作室门外分手，彭芸芸准备去市东区的奇佳百货公司，在公交车站台等候的空隙，把公交卡拿出来等候着。

怀里抱着的都是各个公司的简介和业务分类，如果这几家公司下午能拜访完的话，就不用加班了。想着答应了小宝带他去吃汉堡薯条，彭芸芸的心就多了一份坚持。

从公交车里下来，奇佳广告的牌子出现在视线里。

"彭芸芸加油！你今天一定能成功！"

霍语恩生病了，突如其来的重感冒让她下不了床，陷入了昏睡的状态之中，在梦里都不能安生。想到那个孩子，想到彭芸芸，想到宇文澈，她感觉自己就快被逼疯了。

"语恩，妈妈进来了……"季文媛端着一碗暖暖的粥，走了进来。

看见旗袍打扮的妈妈，霍语恩有一种想要倾诉的感觉，抱着季文媛的腰莫名的忧伤。

"好孩子，你怎么了，哪里不舒服？"

"妈妈，我的心，心里不舒服……"

季文媛疑惑地看着女儿，抚摸着女儿的卷发："是不是公司有人欺负你，告诉妈妈，我帮你出气！"

霍语恩摇摇头："不是公司的事，是因为宇文澈，我担心他不会跟我结婚。"

"怎么可能，最近不是在选日子吗，最快下个月你们就能结婚了。傻孩子，生病了不要胡思乱想。"季文媛说着，不免为女儿的多愁善感失笑着。

"我没有胡思乱想……如果没有碰见彭芸芸，我也不会担心了……"

"你说你碰见谁？"季文媛身子一怔，准备去拿粥的手放了下来。

霍语恩干渴没有血色的唇瓣一开一合："妈妈，彭芸芸回来了。"

季文媛听见女儿的话，惊慌失措地站起来。她在房间里来回踱步，不安地说："她怎么突然回来了？四年前不是消失了吗，到底怎么回事？"

"妈你听我说……我也不知道她为什么会回来，还带着一个孩子回来，我现在心慌得不得了。你说，宇文澈要是知道那孩子是他的会不会不要我了？"霍语恩哭诉着，她是真的担心，急切地拽住季文媛的旗袍。

"什么？孩子都有了？"季文媛跌坐在床边，眼珠子一转，低声问道："你确定孩子是宇文澈的？"

霍语恩眼眶里含着热泪，忐忑不安地点着头。

"事情变得越来越复杂了……除了彭芸芸和她的孩子，你见到彭小茜了吗？"季文媛反而更担心自己的处境，她跟刚才的温柔相比，现在已经六神无主了。

"我没有见到她，我只见到彭芸芸和她的儿子……"霍语恩想来想去，还是没有把绑架的事情说出来，她担心会挨骂。

季文媛掂量了事情的分量，目光如炬，神秘地在女儿耳边说了一些话。

"监视她们有用吗？"霍语恩对妈妈的主意不放心。

"傻孩子，我们不主动出击的话，这个家的女主人很快就换成彭小茜。我知道你爸爸这几年都想着她们母女俩，我是不会让她们进门的，哼！"季文媛说着，看着女儿语恩，她更加意识到一个问题，现在还威胁到女儿的幸福，她更不能手软了。

天色渐渐暗下来，彭芸芸从最后一家公司出来的时候已经没有了奋斗的力气。没想到现在有能力的投资公司这么难缠，还没有把方案拿出来就推三阻四的，看来高总监安排的工作真不好完成。

低头看着文件上的合约项目，她不小心撞上了一个人："啊……好痛！"

"小姐，是我应该喊痛才对吧？"

彭芸芸抬眼看见了一个年轻男人，穿着黑色西装，理着不常见的小平头，神情很是惊讶，一副大男孩的模样。

"对不起啊，我不是故意的。"

揉着下巴的年轻男人突然笑了："我当然知道你不是故意的，走路记得看路……没想到现在的女孩子都是工作狂。"

彭芸芸听着他的唠唠叨叨，无意中看到撒到地上有一张名片，她弯腰要捡起来，看着上面的名字念起来："傲世集团广告部总监，姜傲风。"转眼一看，那个年轻男人不见了，看来名片是他的，没想到年纪轻轻的就是广告部总监了，真厉害！

手臂里夹着的是工作室的重要业务，下午一点收获都没有，还是先问问文爱那边的进展吧。同行业的话或许会有点希望吧，彭芸芸心中默念。

"怎么会这样，不是说传媒行业会对这个感兴趣吗？"

李文爱有气无力地坐在床边："你还说呢，我一开始也是自信满满的，谁知道跑了一下午根本就是白费力气，累死我了！"

彭芸芸无奈地盯着名片上的名字，随口问道："文爱，你知道傲世集团吗？这家公司大不大？"

"傲世集团？我知道啊，规模很大的一家公司。你怎么突然问起这家公司了，我们的计划里可没有傲世集团。"李文爱翻个身，趴在床上。

"我下午从最后一家公司出来，无意中撞到一个人，这张名片是从他身上掉下来的。这个人就是傲世集团的总监，你说巧不巧？"

"给我看看……"李文爱惊讶地从她手里拿过名片。

彭芸芸站起来，伸个懒腰："我是这么想的，或许我可以去拜访一下这个人。"

"傲世集团听起来是不错，不过你也不认识这个人，冒失的过去行不行啊？"

"我也不知道，明天去看看不就行了。"

小宝急急忙忙地跑进来，鼓着腮帮子细细地说着："妈妈，阿姨，外婆说吃饭了……还做了宝宝喜欢吃的糖醋排骨。"

彭芸芸捏着儿子的小脸蛋："是吗，我们宝宝要多吃点！走吧文爱，我们吃饭去。"

心中带着一丝忐忑，眼前就是傲世集团的大楼，双手抱紧了文件，她带着自信心走了进去。

"小姐你好，我是来找广告部总监的彭芸芸，我有预约。"

前台小姐脸上化着精致的妆容，带着专业的微笑说："你是东觉视觉工作室的？"

"是的。"

"不好意思，姜总监去总部参加一个会议去了，还没有回来。"

"原来是这样，那我能在这里等吗？"

"当然可以。"

"谢谢！"

彭芸芸没想到今天出师不利，预约的时间是在半小时之后，她刻意来早了一些就是为了观察傲世集团的主题风格。

一个小时后姜傲风风尘仆仆地走进了公司，当他余光撇到了前台前一抹蔚蓝色的身影，有一种时曾相识的感觉，更让他讶异的是那个女人居然坐在椅子上睡着了，看起来似乎很累的样子。

前台小姐急忙鞠躬，小心地戳着她的手臂："彭小姐，彭小姐你醒醒，我们总监回来了。"

女人睁开眼睛的瞬间，姜傲风已经想起来她是谁了，虽然昨天匆匆一瞥，但是他们撞到一起的画面，忍不住让男人眉梢一挑。

眼前的男人跟昨天一样的打扮，只是嘴角带着笑意。彭芸芸拍了一下脑袋，没想到等着等着睡着了。急忙把名片双手承上："姜总监你好，我是东觉视觉工作室的彭芸芸。"

"原来是你啊，冒失鬼。"

第二十六章
八 卦 缠 身

彭芸芸抬眼，手里的名片被抽走了，原来，姜傲风还记得她。

"姜总监你好，昨天不好意思。"

"没关系，没想到你是东觉视觉工作室的职员。可惜我现在时间有限，你有空的话跟我一起走吧。"姜傲风这是第二次见到她了，总觉得彭芸芸给他的感觉很亲近，对她的来访倒是很有兴趣。

"如果姜总监不嫌我麻烦的话，我可以等你回来。"彭芸芸已经做好思想准备。

姜傲风淡淡地笑笑："走吧，在前台等着不太好。"

没想到作为广告部的总监一个上午竟然忙到没时间喝口水，而且办公室里来来往往的，彭芸芸都看不过来。没想到傲世集团的业务水平这么强，不知道宇文集团现在发展得是不是更厉害。

姜傲风抬起手腕看了一眼："没想到已经十二点多了……霍小姐，不好意思让你久等了。我只能给你二十分钟的时间可以吗？"

彭芸芸长吁一口气："当然没问题。"

距离傲世集团不远处的一辆黑色轿车里，有人小心地盯着从里面走出来的人，照相机对准了目标人物仔细地拍照。

"谢谢你姜总监，没想到我的努力没有白费。"彭芸芸主动伸出纤细的手指握住了姜傲风的大手。

男人的眼神变得惊讶，随之微笑起来："我也很希望能跟你们工作室合作。"

"姜总监，我下午会给您答复的，谢谢你给我们一个互利共赢的机会。"

姜傲风看着彭芸芸嘴角边的酒窝，皱了一下眉头，这个酒窝，这种笑容，似曾相识。这一刻感觉更是强烈，好像在哪里见过。

"叮铃铃……"手机发出刺耳的声响。

"喂，霍夫人……是的，我已经拍到了，对方是傲世集团的人……我会密切监视彭芸芸的，您和大小姐都放心吧。"

季文媛安心地挂断电话，脸上的微笑更加冷酷了，手里端着碧螺春，轻声笑着："语恩你放心吧，只要钱到位，那帮人会好好帮我们做事的。"

霍语恩翻阅着杂志，卷发自然垂落在肩上，丝毫没有因为妈妈的话而放松下来，想到彭小茜和她的女儿，心里就很嫉妒。

"妈妈，我不想看见宇文澈和彭芸芸在一起，你一定要帮我。"

"彭小茜生的女儿跟她一样都是小贱人！想要觊觎你的幸福，我就是付出全部也不会让她们得逞！语恩，我已经让他们把拍下来的照片洗出来，用匿名的方式寄给宇文澈。"

季文媛的表情很是镇静，霍语恩得意地笑着，看来是时候她要出马了。

宇文集团总裁办公室里，背对着门的宇文澈，盯着手里的照片，冷冷地皱起眉峰，他这么相信彭芸芸，没想到她居然背着自己跟其他男人来往。两个人谈笑风生的模样，深深刺痛了男人的心。

"总裁，您要的报表我放下了……"唐御风发现宇文澈奇怪的举动，办公桌上的几张照片吸引了他的注意力。

"那些照片你看看。"

"是，总裁。"

唐御风这才发现照片上的人是彭芸芸，她笑得很亲切，对方是一个年轻男人，穿着西装拿着公文包，应该是个白领吧。

宇文澈阴沉着脸，所有的表情都消失了，眼眸深处都是不信任，指着照片上的男人："你去查查这个男人的底细……照片是匿名送到办公室的，你去查清楚，到底是谁做的。"

"总裁，你是怀疑彭芸芸小姐和照片上男人的关系吗？"唐御风有一种奇怪的预感。

"去查清楚，我要知道彭芸芸身边所有陌生男人的资料，不要让我再说第二遍！"宇文澈说完，非常不悦地盯着他。

"好……我知道了，我现在就去办。"唐御风无奈地离开了总裁办公室，还是第一次看见总裁这样的表情，真让他大吃一惊。

宇文澈捶着办公桌，目光如炬："彭芸芸，我绝对不会让你离开我！"

彭芸芸总算是看到事业的进步了，凯利酒店的宣传广告文案拷贝了一份给文爱，现在是高总监直接负责这个案子，看他的态度，很明显比以前要耐心多了。

"芸芸，你让我看到了坚持的意义。"

"文爱，你不用给我戴高帽子，我受不起。"

李文爱的脸色从严肃变得轻松起来，一杯香气扑鼻的咖啡出现在彭芸芸眼前："我给你的福利，赏个脸呗。"

"是你给我泡的咖啡？我太受宠若惊了……"彭芸芸说着，带着期待的心情尝了一口。

"高总监说我泡的咖啡喝着很爽口，你喜欢的话我天天帮你泡一杯。"

彭芸芸笑容灿烂地点点头，"还不错，不过咖啡还是不要喝上瘾的好。"

李文爱拉过椅子坐在女人身边："我说真的，我都快绝望了，没想到那个傲世集团倒是给了我们希望，你的机会也太好了！"

"是啊，要不是我撞到他，也不会捡到他遗失的名片，更不会认识姜总监了。"彭芸芸也觉得人和人的相识本来就是缘分使然，就像认识姜傲风。

没想到她们当天讨论的话题，却成为了第二天的八卦杂志头条。高杰看着娱乐报纸上女人的身影，变得不太高兴，他可不想工作室的员工跟什么未来接班人扯上关系。

李文爱敲门进来："总监，你找我？"

"你看过报纸了吗？"

"报纸？什么报纸？"

高杰把娱乐报纸递给她："你看看吧。"

李文爱以为高总监找自己是工作的事，没想到看见娱乐报纸上的头条新闻，她的脑子瞬间炸开了锅。版面赫然写着"傲世集团未来接班人和神秘女子幽会"的字眼，更让她诧异的是，神秘女子不是别人，正是好友彭芸芸。

"总监你是知道的，芸芸只是去工作的。"

"我知道，但是媒体不知道，他们也不会理会事情的真假，难道你不清楚吗？"高杰说着，办公室电话响起来，在他的示意下，李文爱拿着报纸走出了办公室。

彭芸芸的眼睛都盯着报纸上的新闻，她气不打一处来。现在的八卦记者乱写一气，根本不顾新闻的真实性，只要关注度。要不是被姜傲风连累的话，也不会在工作室里得到同事疑惑的目光。

"哎！没想到他居然是傲世集团未来的继承人，芸芸你也太巧了吧！"李文爱的手臂落在好友身上。

"我和他前后只见过三次面，只是为了工作，我哪知道他是傲世集团未来的继承人。我现在都被他连累了你还傻笑！"彭芸芸不高兴地看着报纸，心想，万一被宇文澈看见了，会不会节外生枝。

注意到彭芸芸的困惑，李文爱放低了身段，小心观察着其他同事的眼神并小声说："你不要担心了，媒体就喜欢胡说八道。我担心的是，宇文集团的那位……"

没想到文爱跟自己想到一块去了，彭芸芸尴尬地眨着眼睛，垂下了眼帘："其实我最担心的就是他的反应。"

"要不然你主动去找他吧，顺便解释一下。"李文爱见好友不为所动，还以为她是面对宇文澈会害怕，紧接着说道："大不了我陪你一起去。"

"不用了文爱，我自己去就行了。"

其实彭芸芸心里压根没想过去解释，根本就是无中生有的事，干嘛还要解释。老话说得好，解释就是掩饰，宇文澈的性格，她也不清楚，不敢胡乱做决定。

带着忐忑和身心疲惫回到了公寓，只顾着低头换拖鞋，却没有注意到家里来了一个意外的客人。

"妈，我回来……"

男人的皮鞋出现在她垂下的视线里，当彭芸芸换好了拖鞋站直了身子才发现，眼前的男人居然是宇文澈，他居然不请自来。

"谁叫你来的？"

女人的态度很显然惹得宇文澈很不痛快，下一秒，小宝抱住了彭芸芸的大腿，一边撒娇，一边吃着饼干，嘴角边都是巧克力。

"妈妈，你回来了！"

彭芸芸弯下腰抱起了儿子，无视宇文澈的存在，径直走到厨房。

彭小茜正在做菜，她把三个鸡蛋打碎放在碗里，用筷子快速地搅拌着，顺带撒了点盐进去。案板上放着切好的西红柿，锅里的油还没热，她的余光瞄到了女儿，转身笑着说："宇文先生来了，我留他吃晚饭，你不介意吧？"

彭芸芸看着妈妈询问的眼神，也不好说不同意，放下小宝便主动接过妈妈手中的铲子。

"我来炒菜就好了，你上了一天的班很辛苦……"

"不碍事，你带着小宝出去吧，我来炒菜就行了。"彭芸芸不想跟宇文澈待在一个空间里，她尴尬得会窒息的，还是躲在厨房里炒菜比较好。

晚餐是四菜一汤，西红柿炒蛋，上海青炒蘑菇，红烧土豆片，糖醋排骨和紫菜汤。宇文澈盯着彭芸芸端菜的熟练动作，连眼睛都不眨，生怕错过了女人贤妻良母的一面。

小宝看见晚饭有这么多好吃的，兴奋地拍手叫好："好多好吃的，宝宝好开心！"

第二十七章
不 请 自 来

彭小茜不好意思地看着宇文澈，夹了一块排骨放在他碗里："我们家没啥好招待的，宇文先生你多少吃一点。"

"阿姨你说得太客气了，这些都是芸芸亲手做的，肯定很美味。"宇文澈特地把"美味"两个词语说得很重，目不转睛地看着女人。

彭芸芸不想理会男人的注意，她看着小宝吃饭，还要帮他夹菜擦嘴，小孩子吃饭本来就很麻烦，吃到一半吵着要出去玩，前前后后花了不少时间哄着。

宇文澈看着女人耐心地哄着孩子，心里涌现一股暖流，这种良好的家庭气氛在他的家里很少出现，从小就被教导要规矩的吃饭，连家规到现在都能倒背如流。看见小宝以后，他下定决心，绝对不让自己的儿子守这些破规矩，太麻烦了。

彭小茜注意到宇文澈的眼神离不开女儿和外孙，心里也知道个大概，虽然芸芸一句话都不说，但是当妈的哪有不了解女儿的，看得出来他们之间的误会很深。

晚饭过后，彭芸芸主动去洗碗，却被彭小茜推了出来，还让她好好照顾宇文澈。在家里吃完了还不走，真不知道他还想怎么着。

"我们谈谈吧。"

宇文澈走到了女人的房间，打量着狭窄的空间，只够摆下一个单人床的，墙壁上斑驳的影子衬托出生活的清贫，看得他心里一阵唏嘘。

"宇文先生，你不请自来是不是该走了？"彭芸芸掐着腰盯着他，一副泼妇的形象，打量着男人，二人之间的距离太远了。

宇文澈知道她不高兴，只不过眼前的一切已经由不得他了。

"我还没有告诉小宝我就是他的亲生爸爸，你应该知道我的顾忌。"

彭芸芸讨厌他强加在自己身上的一切，宇文澈不需要告诉她，事情该怎么做。她冷冷地说了一句："我现在不会告诉小宝他的爸爸是谁，对孩子以后的成长不好。"

"你真的为了孩子考虑，还是为了你和姜傲风的未来考虑？"

"宇文澈你说什么？"

宇文澈冷冷地扫了她一眼，女人因为气愤肩膀都在颤抖。他猛然站起来说道："我看见你跟傲世集团未来接班人的合照，怎么，想要傍上姜傲风这颗摇钱树，把我撇得一干二净，我不会放你走的，你死了这份心吧！"

彭芸芸没想到他这么看自己，难道在男人眼里，自己就是这种人吗？

"宇文澈……你，太过分了！"

看得出来女人很生气，宇文澈眉心皱了一下，忍耐着不让自己心软。如果她真的对姜傲风有兴趣，生气的人应该是自己才对。

小宝看电视看困了，大声叫着妈妈。彭芸芸一刻都不想看见宇文澈，匆忙走了出去。远远地就看见儿子揉着眼睛，精神很差的样子。

"是不是想睡觉？我们洗脸睡觉好不好？"

身后的宇文澈的眼神很温柔，他自从见到儿子以后，心中的那份迫切更加殷勤了。忍不住幻想以后他们一家三口的幸福生活。可是眼下……

"妈妈，我想睡觉。"

彭芸芸抱起孩子去了彭小茜的卧室，宇文澈跟在她身后，不同的是，这是主卧室，还是双人床，怪不得孩子会跟外婆一起睡了。

"你好好照顾孩子吧，我回去了。"宇文澈说完，大步流星地离开了。

顺着男人离开的背影，她不免想到很多往事。现在最好的方式就是不见面，不用弄到两个人都铁青着脸。彭芸芸深深地叹着气，慌神地盯着睡着的小宝，她居然流泪了。

彭小茜收拾好了推门进来，看见女儿伤心的眼神，抚摸着她的头发："孩子，是不是心理难受？难受你就哭吧。"

"妈！"彭芸芸激动地抱着彭小茜，感激妈妈什么都没问，紧紧地抱住最亲的人才是她最大的精神财富。

第二天刚到工作室，彭芸芸就看见很多人在自己的办公桌前小声议论着，她还不知道发生了何事，就被李文爱拉到一边问话去了。

"芸芸我问你，你和那个姜傲风真的没什么吧？"

"文爱，你胡说什么呢，我跟他就只是工作关系，能有什么事。"

"可是大清早的有花店的人送花给你，还说是姜总监送的。"

彭芸芸惊讶地看着她："你说的都是真的？"

李文爱神秘地晃着身子："现在整个工作室的人都知道了，你注意点！"

她回到办公桌前，还真的看见了一束鲜花，里面有百合，有满天星，上面还有一张卡片，上面只有一行字：送给彭芸芸小姐，花代表我的歉意！姜傲风。

其实也没啥，她主动递给李文爱看看，只听见她大声喊着："大家不要好奇了，是姜总监为了绯闻的事情跟芸芸道歉的，他们只是工作关系，都散了啊！"

"文爱，你胆子还真大，也不担心被高总监看见了。"彭芸芸急忙从她手中把卡片夺过来，扔进了抽屉里。

"放心，既然是姜总监道歉送来的话，一定没问题，我去工作了。"李文爱说着，露出了轻松的笑容。

可在彭芸芸眼里，道歉也不一定要送花来，姜傲风的举动的确是年轻人才会干的。虽然大家都很年轻，总觉得送花这种事情她并不喜欢。

姜傲风的电话是在午休时间打过来的，当初为了方便业务联系，特地留下了私人号码，没想到现在派上了用场。

"姜总监你好，我是彭芸芸。花我收到了，让您破费了……"

姜傲风的嘴角扬起一丝微笑："你喜欢就好，那天是我不小心，连累你被偷拍了。"

"姜总监，事情跟你无关，现在的媒体就是喜欢乱写。"

"高杰那边我会解释清楚的，不会影响你的正常工作……"

姜傲风站在顶楼，跟她通完电话，心里头甭提多轻松自在了。看来这些狗仔，他真的要小心防备了，不然牵连无辜的人进来，不是他的风格。

"彭芸芸，我记住你了。"

霍语恩到宇文集团找宇文澈，没想到刚刚走进去就跟唐御风巧遇了。

"霍小姐，您怎么来了？"

"我不请自来，是不是对你们造成困扰了？"

唐御风挤出一个僵硬的笑容："总裁现在在开会，您先等等好吗？"

霍语恩听从了他的建议，两个人一起走到了员工餐厅里，找个清静的拐角处坐下来。很快有员工送进来两杯咖啡。在宇文集团，没有人不认识唐御风和霍语恩的，他们跟总裁宇文澈的关系不是一般的亲近。

"我不会说话，霍小姐不要介意。"

单独面对霍语恩是很少有的，四年来唐御风的这份心思渐渐变得淡漠起来，他知道自己的本分，也知道霍语恩是总裁的女人，所以他最终还是放弃了。

"御风，你一直对我很客气，难道我是外人吗？"霍语恩不了解他，也不知道在唐御风眼里是怎么看待霍家人的。

"霍小姐你见外了，你可是宇文集团未来的总裁夫人，这一点是不会改变的。"

"御风，你说话还是跟以前一样都没变。"

唐御风想到彭芸芸和她的孩子，再面对霍语恩，心里就有了负担。不动声色是在宇文澈身边学会的生存之道，所以他不会轻易透漏任何关于宇文澈的事。

霍语恩轻抿了一口咖啡，感受咖啡的味道，目光也变得柔和起来，交叉着手指，她忍不住地说道："我最近很少跟澈见面了，知道他工作很忙，也不想打扰。男人有事业心是好的，只不过……或许是我想多了，老是觉得他对我冷淡了些。"

"霍小姐你想多了，澈少一直把你放在心上，你们也在一起这几年，你应该很了解总裁的为人。"唐御风说这番话劝慰霍语恩，都觉得没有底气。

"御风，你在澈身边的时间最长，你能告诉我实话吗?"

唐御风犹豫了一下，不忍心拒绝，点头答应了。

霍语恩轻声细语地说着："我怀疑澈有了其他的女人。"

"霍小姐，你有什么证据吗?"

"当然没有，我只是猜测。"

唐御风没想到女人的直觉很准，霍语恩为难的样子是他最不想看见的。看来她也发觉了一些不对劲，这些都是因为彭芸芸的出现，何况她辛辛苦苦生下了宇文澈的孩子，怎么能让澈少无动于衷。

霍语恩心里很明了，唐御风肯定知道一些"内幕"，不过他不会轻易出卖宇文澈的。就算他知道彭芸芸的事情，也不会主动告知自己，所以她决定试探一下。

"御风，我能拜托你帮我看着澈吗?女人都是多愁善感的，澈最近很少主动找我，我心里很乱，很担心……也许是我胡思乱想了。"霍语恩说着，一副怅然所失的样子。

唐御风为难了，他衷心的人是宇文澈，只不过霍语恩让自己看着澈少，应该也没什么。女人都是缺乏安全感的，看来霍语恩也是一样。

"我知道了，霍小姐放心，以后澈少的出去应酬或者有其他事情，我会第一时间通知你，不会让你担心的。"

"御风，谢谢你，我的身边也只有你这一个真心诚意的朋友了。"

霍语恩感激地看着他，惹得唐御风不好意思起来。

第二十八章
绑 架 芸 芸

　　宇文澈迟疑着，要不要把手上的资料寄给彭芸芸，也就是一个小时的工夫。想着派御风过去，谁知他的手机一直打不通，只好暂时先放一放了。

　　"霍小姐，我们上去吧，想必总裁已经开完会了。"

　　霍语恩露出会心的笑容，跟着唐御风走进了内部员工的直达电梯。

　　"进来……"宇文澈刚抬头就看见唐御风迎面走来，刚要说话就看见她身后一抹白色的倩影，没想到霍语恩也来了。

　　"总裁，霍小姐来了。"

　　霍语恩淡淡地微笑着，放下肩膀上的包包，轻声说着："听御风说你在开会，我就在下面等了一会，没想到你这么忙。"

　　宇文澈扫了御风一眼，平静地说道："我这几天太忙了，本想约你出来吃个饭，谁知道忙到最后忘记了，语恩你不会怪我吧？"

　　"当然不会，我在公司也挺忙的。"霍语恩说着，嘴角抽搐着，没想到自己说假话越来越不动声色了。

　　"御风，有个文件需要你送一下，地址写在上面，你快去快回。"宇文澈说着把资料袋子交给她。

　　当唐御风看见上面的地址，很明显一愣，看了一眼淑女的霍语恩。对方似乎也察觉到他的犹豫，不动声色地低下了头。

　　他们之间的共同话题很少，一直都是霍语恩尽量配合宇文澈的嗜好，在人前装成一副恩爱的模样，其实他们生活中十分理性，一点都不像即将谈婚论嫁的亲密恋人。

"澈，我来之前妈妈交代我，让我问问你想下个月几号结婚？"

宇文澈听见结婚二字，表情有些僵硬，他细微的神情被霍语恩察觉了，女人的心突然一紧，难道他根本就没想过？

"看来伯母很想让你早点嫁给我……"

"我妈妈就是想问问你的意思，也好帮我准备准备。"

"好吧，我回去问问父母好了，这些我也不懂。"

宇文澈的心思都在彭芸芸身上，哪里想到下个月跟霍语恩结婚的事。更何况他另有打算，一切都还没有尘埃落地，现在说什么都言辞过早。

霍语恩原本温柔的双眸里都是冰凉，她不是不知道宇文澈没把婚期的事放在心上。所以她才会拜托唐御风帮帮自己，看他匆忙地出去送东西，应该没那么简单吧，难道宇文澈有其他的事情让他去办。

彭芸芸盯着唐御风送来的资料袋子，足足发了半小时的呆。

李文爱实在看不下去了给她手机上发了两条短信，想问问出了什么事。

趁着去茶水间的空当，她还是实话实说了。

"不会吧？他也太贱了吧！"

"贱人本来就矫情，文爱你不是不知道。"彭芸芸说着，一脸的鄙视。

李文爱发出啧啧声："他看起来不像喜欢要挟别人就范的男人，到了你这怎么变本加厉了。我说，你不会说话得罪他了吧，要不然他干嘛给你争孩子的抚养权？"

"是他自己有病，管我什么事啊！"彭芸芸想来想去，还是不安心，从裤子口袋里掏出手机按着号码。

"你给谁打电话？"

"给我妈。我要提醒她最近带好小宝，千万不要让人钻了空子。尤其是那个矫情的宇文澈！"彭芸芸说着把茶水间的门悄悄关上了。

霍语恩从宇文集团出来，看见唐御风开车已经回来了，她故意挡住他的去路，弯下腰好奇地问道："御风，我想知道你出去干什么了？"

唐御风为难地看着她："霍小姐，虽然我答应你了，不过我不能不顾澈少的面子。我只能告诉你，我刚才去了东觉视觉工作室送东西去了。"说完他的车子拐进了地下停车库，消失在女人眼前。

"彭芸芸，竟然是你！"霍语恩顿时咬牙切齿，跟刚才的礼貌待人完全变了样。

霍东严看着她都是疑惑，没想到上次事情之后，侄女还会亲自来找他。看起来事情还真的没完没了了，让他觉得很惊诧。

"叔叔，本来不想打扰你的，现在事情变得复杂了，不得不请你帮忙的。"

"语恩你还跟我客气，说吧，什么事？"

霍语恩一路上想了半天，还是决定听妈妈意见对彭芸芸下手，不过她缺少帮手，更缺少一个有力的靠山。这件事情决不能被爸爸知道，万一露馅了，她和妈妈在霍家的日子肯定更难过了。

"我想你派几个人给我做帮手。"

"帮手？行啊！现在就要的话，我立马准备。"

霍东严的爽快让霍语恩很感激，她当场就决定了，这一次是为了自己的幸福。如果彭芸芸不是阻碍，她根本不会对她下手。

周末的午后，阳光晒在身上很舒适，彭芸芸的精神非常好，忍不住轻声哼着曲子，很喜欢那首《分手快乐》，一直唱了好几年，到现在歌词都能背得一字不差。

她进门刚把水果放下，手机就响了。

"喂，你好……"

彭小茜听见女儿回来了，从卧室里走出来。看见她面无表情的脸色，担心的说："是谁打来的，是不是公司领导找你有事？"

彭芸芸有些失神，她不会想到霍语恩会主动打电话来，而且还要求见面，地址就在工作室附近的咖啡会所。

"妈，你看着小宝，等他睡醒了给他喝点牛奶。我要出去见个朋友，很快就回来。"

"知道了，你早去早回啊……"

当霍语恩看见出现在眼前的彭芸芸。心中早已拿定了主意，既然到最后还是要针锋相对，不如早点把这个孽缘亲手斩断，也好了却她和妈妈的一桩心事。

"你找我来有什么重要的事情？"

"彭芸芸，虽然我不喜欢你，你也不用这个态度，我又不欠你的！"

就知道她肯定没好话，彭芸芸打算听完就走，就当没听见好了。眼前放着一杯茶，没想到咖啡会所里的茶具都这么高档。

"我待会还要回家做饭，你有话直说吧。"

霍语恩仔细打量着女人，眉眼之间的些许风情完全不同，虽然是同一个父亲，毕竟不是一个母亲所生，自然容貌和魅力都不同。她不敢想象，就是眼前的同父异母妹妹，抢走了她最爱的男人，而且还生下了一个贱种。

"你见到宇文澈了对不对？你回来究竟有什么目的？"

彭芸芸没想到她还是重复问同样的问题。感觉到口渴，她喝了一口茶水，淡漠地说着："我并没有想要抢走你的一切……"

"如果你不想抢走我的幸福，为什么要出现在我的面前，现在连宇文澈都知道你的存在，我不相信你会没有私心。"霍语恩看见她喝光了一杯茶，嘴角的冷笑更深了。

"霍语恩,不是所有的人都欠你的,你……"彭芸芸还好很多话没说,却皱着眉头,摸着太阳穴,脑袋觉得昏沉沉的,有点晕,身子软绵绵的,这是怎么了。

她的眼睛轻轻闭上了,霍语恩得意的笑起来,看着女人冷冷地说:"彭芸芸,你想跟我斗,你还不够资格。"

夜幕降临在城市的每一处角落里,彭小茜抱着喝牛奶的外孙,一边看着电视,一边等待着女儿回来。刚过六点,她就忍不住打电话过去,没想到手机已经关机了。

"外婆,妈妈为什么还不回来?她是不是去找文爱阿姨?"

在小孩子的提醒下,彭小茜着急地给李文爱打电话,没想到得到了否定的答案。看来她是跟朋友久别重逢,才会忘记时间了。耐心地等到八点,芸芸还是没有回来,手机依旧是打不通,她不淡定了。

忽然想到季文媛,该不会她们发现了芸芸,对女儿不利吧?彭小茜的心很乱,看着外孙天真的瞳眸,一刻也等不下去了,眼下她只能去找一个人帮忙了。

出租车在霍氏大宅门口停下来,彭小茜抱着外孙在门口犹豫着,她不知道现在霍东青在不在家,晚上会不会有应酬还没回来。刚想按下门铃,就看见迎面有一辆黑色的轿车停在了不远处。

"董事长,我先回去了。"司机说着打开了车门。

彭小茜跟男人的距离不远,一眼认出来是他,穿着黑色西装,跟四年前一样的硬朗。消瘦的脸庞多了一些岁月的痕迹,她握紧外孙的手走了过去:"是霍先生吧?"

霍东青听见熟悉的声音,愣住了。他看见彭小茜出现在眼前,手里还牵着一个三四岁的小男孩。

"小茜?你是小茜。"

"东青,是我,我有事找你。"

四年没见到彭小茜了,霍东青的眼神有点不好使,太近了反而看不清楚。他高兴地看着不年轻的女人,心里却是暖暖的。

"外婆,他是爷爷吗?"小宝忽闪着天真的大眼睛。

霍东青疑惑地盯着孩子:"他叫你外婆,你都有外孙了?"

"是啊,小宝是芸芸的儿子,也是你的外孙。彭小茜说着,眼眶里含着热泪。"

"好!真好!芸芸都有孩子了,没想到一见面就给我一个惊喜……孩子,我不是爷爷,你应该叫我外公。"霍东青特地蹲下来看着孩子,老去的脸庞多了一丝柔和。

第二十九章
意 外 中 刀

"外婆，他是外公吗？"小宝还搞不清楚状况，歪着脑袋迷惑不解。

彭小茜感动地点点头："小宝，他是外公。"

"外公，你好。"

霍东青感慨地抱住了孩子，顿时老泪纵横。

一旁站着的彭小茜也是感动地捂住嘴巴，不让自己哭出来。这四年苦的都是女儿和外孙，她看得真真切切。想到芸芸，她急忙擦干了眼泪说道："要不是芸芸不见了，我也不会主动来找你。芸芸的手机打不通，也不在朋友家，我心里急死了……"

霍东青惊讶地看着彭小茜："我们进去说吧，晚上露水多，小心孩子着凉。"

彭小茜犹豫了好一会，才肯拉着外孙跟着霍东青走进霍家。跟四年前一样，豪华的装饰是霍家的整体风格，价格不菲的水晶吊灯，耀眼夺目，本身就是别墅风格，更多了一丝豪气和奢华。

彭小茜拘束地站在客厅里，欧式真皮沙发上的抱枕歪七扭八地放在一起，霍东青指了指沙发："坐下再说吧……小茜，芸芸到底怎么了？"

小宝的眼神里都是疑惑，这里的一切都让孩子感到稀奇，还是第一次看见巨大的客厅，让他的大眼睛看不过来了。

季文媛看着时间，已经过了九点，语恩到现在都没有回来。虽然半个小时之前已经接到她的电话，说一切都很顺利，可她的右眼皮却一直狂跳不止。

离开卧室，从二楼向下望去，原本柔和的眼神变得犀利起来，手心里冒着虚汗，紧紧抓住楼梯扶手，防止自己太过冲动，不小心扭到脚踝。

跟霍东青面对面坐着的不是彭小茜，还会是谁。贱女人终于忍不住自找上门了。四年前还以为她带着女儿离开就不会回来了，没想到连最后一点自知之明都没有。那个孩子，难道那个小男孩就是彭芸芸的儿子？

"事情就是这样，到现在手机打不通，人也没回来……要不是不认识其他人，我也不会来找你。"彭小茜说着，一脸的担忧。

"你放心，我这就打电话，我让我的心腹去找芸芸。"说着霍东青掏出手机，一边站起来，一边低声说着什么。

小宝一直不高兴，看不见妈妈回来，他的心情很低落。

彭小茜搂着外孙轻声说着："小宝，有外婆在你身边，我们乖乖的啊……"

看见她对外孙的慈爱表情，霍东青放下电话走过去，俯下身子，抚摸着小宝的头发，露出难得的温和眼光："这孩子看起来很乖……放心吧，我已经派人去找芸芸了，应该很快就会有消息。"

"霍先生，谢谢你。"彭小茜感激地抹着眼泪。

季文媛愤恨地从二楼走下来，带着嘲笑的声音大声嚷嚷："我当是谁来了，原来是故人。彭小茜，我们霍家不是慈善机构，你带着孩子来求我们施舍，真是不要脸！"

听见难听的声音，彭小茜无奈地叹口气，她低头看着外孙，刻意地握紧他的手站起来。季文媛缓缓地来到她的面前，横挑眉头，气急败坏地瞪着她。

"好了文媛，小茜是有事才来找我的，你少说几句。"霍东青说着，唯恐女人受委屈了，忍不住地插上一句话。

"哼哼！既然四年前离开了，为什么现在还要回来？彭小茜，现在法律都是一夫一妻制，你想当妾法律也不承认！"季文媛说着，冷冷地扫过女人的面庞，目光停留在孩子的身上。

跟女儿说得一样，这孩子乍一看很眼熟，仔细看来，跟宇文澈就是一个模子刻出来的。越看越像，没想到彭芸芸那个小贱人还有这么一手，肯定是她妈教出来的。

"霍太太，我女儿不见了，所以……"

季文媛鄙夷地皱着眉头："贱胚子生出来的女儿叫贱人，现在连小贱种都出来了，还没有结婚就有了孩子，彭小茜你的家教还真好。"

不管谁听来，季文媛说的话都很难听，彭小茜隐忍着，想要忍耐下来，毕竟今天来有求于霍家，她不能生气。

"啪"的一声打破了三个人之间的平静，季文媛不相信地怒视着霍东青。

"你够了！芸芸也是我的女儿，你怎么能说小茜她们母女是贱人。文媛我对你太失望了!"霍东青说着露出冷酷的眼神,随之是厌烦的表情。

彭小茜诧异地看着季文媛脸上的手印,震惊地看着霍东青,没想到他居然会打季文媛。这里可是霍家,她尴尬地看着女人,也看见了她的眼泪。

"好你个霍东青,你竟然打我。我嫁给你这么多年你都没打过我,今天你为了彭小茜那个贱女人居然把我们这么多年的情分都打散了,我……我要跟你离婚!"季文媛气急败坏地说着,悲痛欲绝地坐在沙发上。

霍东青无奈地摇着头:"四年前我就跟你说过,只要你不为难她们母女,你还是霍太太,我们还是一家人。现在也一样,小茜和芸芸都是我的亲人,我不准你动她们一根汗毛。"

季文媛没想到霍东青居然说出这般伤人心的话,更没想到在他心里早就把她们母女当成霍家的一份子了,这以后还有自己的立足之地吗?

她精神恍惚,死死地盯着彭芸芸的儿子,都是彭芸芸勾引宇文澈,才会让女儿失去了安全感。现在连婚事都搁浅了,彭小茜心里肯定很得意吧,她就这么想让自己的女儿嫁入豪门。季文媛绝对不允许任何人破坏自己和女儿的幸福!

看着茶几上的一把水果刀,她想都没想拿起来冲了过去,没有防备的彭小茜只顾着外孙的情绪,丝毫没有预感到伤害的发生。

霍东青抬眼看见季文媛的充血眼球,看到她手里的水果刀,大惊失色地叫着:"小茜……小心!"

水果刀就这样插进了霍东青的腹部,血顿时涌了出来,他跌倒在地。

"东青!"彭小茜大惊失色地跪在地上,怀中的小宝哪里见过这种场面,吓得脸色发白。

季文媛这才缓过神来,她颤抖地看着倒在地上的霍东青,大脑里一片空白。

霍东青虚弱地看着满脸泪痕的彭小茜说着:"我……我没事……"

"你不要说了……坚持住,我去打120……"彭小茜想要站起来,发现自己腿软,她用祈求的眼神看着站立的季文媛。

没想到自己亲手给了霍东青一刀,到现在季文媛都觉得很不真实,她不知道要怎么办。如果打电话叫救护车的话,事后肯定会牵连到自己,说不定还会被拘留。她迟疑了,看着流血的丈夫,他是为了彭小茜才会受伤的。

"为什么?霍东青你宁愿自己受伤,也要替彭小茜挡刀,你是不是疯了!"

话音刚落,霍语恩急急忙忙走进来,看见躺在地上的爸爸,她惊讶地狂奔过去。没想到爸爸腹部插进去一把水果刀,血流出来把衬衫都染红了。

"爸爸!你怎么了?"

随之而来的是霍东严,没想到让他发现了这一幕,顿时阴冷的表情浮现在脸上。现在就是个好机会，霍东青居然受伤了，看来事情跟季文媛脱不了干系。

霍语恩蹲下来惊恐地望着爸爸，她也看到了彭小茜和孩子，顿时没好气地说："你不要碰我爸爸，你这个小三！"

彭小茜被她推了一下，跌倒在地，看着霍东青虚弱的样子，急切地说："你讨厌我没关系，可是你要救救你爸爸！"

"叔叔……叔叔你赶紧打 120，爸爸流了好多血！"霍语恩害怕地看着已经昏迷的爸爸，害怕地抱着妈妈季文媛。

只听霍东严的声音响起："喂，是 120 吗？我们这里有人受伤大出血，赶紧派人来急救，地址是……"

"到底发生了什么事？妈妈，水果刀是谁捅的？"

季文媛冷冷地看着眼前的一切，悲痛地说："是我，都是我做的。"

霍语恩用惊恐的眼神看着陌生而疯狂的季文媛："你是不是疯了？他可是你的丈夫，我的爸爸！妈妈你糊涂了？"

霍东严看着思想涣散的大哥霍东青，嘴角泛出一丝笑意，更多的却是看到了希望。霍氏集团让他掌管了这么多年，是时候换人了。

当 120 救护车急急忙忙把受伤的霍东青抬上担架，霍语恩拉着季文媛的手匆匆跟了上去。彭小茜抱着外孙也想跟过去，却被霍东严拦住了。

"我知道你跟大哥的关系，不过眼下你最好离开霍家！"

"我，我只想看看东青……"

霍东严冷冷地说道："我是大哥的弟弟，你放心，霍家还有我，不用外人操心。"

没想到事情变成这样，彭小茜在霍东严的注视下失魂落魄地离开霍家大宅。到现在她都无法相信季文媛的那一刀是给自己的，偏偏被东青挡住了。他是用自己的生命赎罪，没想到他居然后悔莫及到不能理解的程度。

眼泪忍不住地掉下来，小宝看着外婆，噘着嘴巴担心地说："外婆不哭，小宝陪着外婆……不哭……"

彭小茜紧紧搂着外孙，想到女儿芸芸到现在下落不明，心里更难过了。

第三十章
威 逼 利 诱

"你们到底是谁？为什么要绑架我？"彭芸芸盯着一身黑色的男人，想到上次小宝是被他带来的，气愤地大声指责。

"我劝你不要白费力气了，彭芸芸。"

"你们的幕后主使是谁？我跟你们无冤无仇，你们这是犯法知道吗？"

黑衣男人带着墨镜，面无表情地看着她："我们也是拿人钱财，替人消灾，你老实点！"

彭芸芸还想多说什么，嘴巴却被胶布封住了，她发出呜呜的声音，却引不起任何人的关注。她清晰地看见，自己现在还在车上，周围都是黑漆漆的，已经是晚上了。到现在没回去，妈妈肯定担心死了，不知道小宝怎么样了。

想到这些内心的恐惧被担忧填满了。没想到这一次轮到自己被绑架了，她不敢去想，因为她担心幕后主使是同一个人。手脚都被绑住了，而且没有任何能挣脱的空间，手机也被他们搜走了，眼下她孤立无援，心中忐忑不安。

路途变得遥远，车里突然很颠簸，不知不觉车子停了下来，黑衣男人把彭芸芸从车里拽下来，防止她逃跑，只好把她扛在肩上。

一阵挣扎过后，女人似乎没有了力气，饿了一个晚上，现在周围黑灯瞎火的，黑衣男人使个眼色，把门踢开了。

"大哥，这个小妞就扔在这吗？"

"没错，没有老板的吩咐我们不能乱来。"

彭芸芸依稀听见后一句的声音，那是黑衣男人的嗓音，带着一丝低沉。她没想到眼皮子越来越重，更没想到自己会在危险的情况下也能睡着，如果宇文澈知道自己的反应，肯定又要说自己神经病吧。

可是现在没人知道她被绑架了，她心中祷告，真希望有人来救自己出去。

第二天，东觉视觉工作室里有一个人没来上班，高杰不管怎么拨打电话都是关机的状态。他疑惑之下，找到李文爱。

"我从昨天晚上一直打芸芸的手机，一直都是关机状态。高总监，我想芸芸可能有什么重要的事要解决吧。"

"你是说彭芸芸的家人也在找她？"

面对高杰的疑问，李文爱有一种不好的预感。芸芸从来没有让彭阿姨担心过，难道发生了什么严重的事情？她带着焦虑走出了总监办公室，抬眼看见芸芸办公桌上的鲜花，她想到了姜傲风，该不会跟他有什么关系吧。

正在疑惑不解的时候，办公室的电话响起来，其他人都忙着，李文爱主动接听了："你好，这里是东觉视觉工作室……不好意思，姜总监，芸芸今天没来上班……"

姜傲风不知道芸芸没来上班，看来真的跟他没关系。如果芸芸不是因为公事原因，那跟私事脱不了干系。李文爱没有多想，抓起包包开车去了宇文集团。

"小姐你不能进去……"

李文爱着急地推开她们吼着："我找你们总裁有十万火急的事情，给我让开！"

女人的咆哮声震耳欲聋，刚刚从电梯里出来的宇文澈诧异地看着李文爱的一举一动。

"御风你去看看怎么回事？"宇文澈说着不悦地皱起眉头。

"是总裁。"

当唐御风走进才看清楚来人是李文爱，诧异地让其他人散开，疑惑地说道："你是彭芸芸小姐的朋友吧？怎么在宇文集团大吵大闹？"

李文爱气汹汹地怒视着他："我知道你，芸芸叫你唐助理……我是来见宇文澈的，他人在不在？"

"小姐等一下，我们总裁很忙，现在没时间见你……小姐……"说着，唐御风伸出手臂拦住她的去路。

"什么小姐，我叫李文爱，你可以叫我李小姐。唐助理，以前我也在宇文集团工作过，你记不得我吗？"她没好气地撇了一眼，惹得唐御风尴尬地别过头去。

宇文澈听见她是来找自己的，大步走了过去。

"是芸芸让你来找我吗？"

李文爱抬头就看见一身阿玛尼西装的宇文澈，整个人透露出王者般的气息，深深地让她记在了脑海里。怪不得芸芸说不能单独见他，原来是精神上有压力。

她白了唐御风一眼："你可以放开我了吧？"

"很抱歉，李小姐。"唐御风说着放开了手。

"宇文先生，见到你就好了，我从昨天晚上到现在一直在找芸芸。我想知道你们昨天有没有见过面？"

宇文澈疑惑地扫了她一眼；"怎么回事，难道芸芸不见了？"

李文爱点头，无奈地说道："阿姨都快急死了，芸芸的手机打不通，从昨天晚上就找不到她人了，我担心……"

"御风，你立刻派人去调查，一定要把芸芸的行踪找出来！"

"是！"

宇文澈此刻只担心一件事，彭芸芸有可能遭遇到不好的事情。到底谁有天大的胆子，竟敢碰他的女人，肯定好日子过多了。

此时在市立医院的住院部六楼，单人病房里异常安静。躺在病床上的霍东青还没有苏醒过来，他此刻还不知道霍氏集团即将易主。

季文媛忐忑地盯着病床上的人，心忍不住发抖，她很担心，担心自己会被警察带走。只不过眼下太过风平浪静，反而让她的心情更加忐忑了。

门外，霍语恩盯着叔叔霍东严，严肃得一言不发，各怀心事，却都不敢轻易开口。

霍东严扫了一眼侄女，眼角的鱼尾纹更深了，笑容满面地低声说着："我的建议你考虑的怎么样了？"

霍语恩一惊，面带为难之色，吞吞吐吐地说："叔叔，你的胃口太大了。这件事我一个人无法做决定。"

"是吗？你要想想你妈妈，你难道想亲眼看见你妈妈被警察带走吗？我开的条件其实很合理，你爸爸在集团董事长的位置上待得太久了，也该换人了。"霍东严说着，一副幽怨的神态，他巴不得大哥永远不要醒过来，他就能一直掌握霍氏集团。

"可是叔叔，你不能为了你自己，让我跟妈妈也失去靠山。我可是你的亲侄女，也是法定继承人，你不能这么对我。"霍语恩没想到他的胃口这么大，完全不顾其他人的利益，没想到自己的亲叔叔居然是个白眼狼。

霍东严急躁了，他冷冷地说道："如果你们不答应我重新修改遗嘱，我就把昨天晚上的事情全部告诉警察。你说到时候有了人证，你妈妈还能不蹲监狱吗？"

"叔叔，你不要欺人太甚！"霍语恩猛地站起来，气急败坏地指责他。

听见声音的季文媛从病房里出来，胆怯地看着霍东严，慌张地握住女儿的手，显得异常脆弱。霍语恩看见妈妈的样子，很是心疼，不禁握紧了手指。

"既然嫂子来了，事情就更好办了。如果你们不答应我的要求，不止是嫂子有事，就连侄女你也会身败名裂的……不要忘记我帮你做的好事！"霍东严刻意压低了声音，步步逼近霍语恩和季文媛。

"霍东严我答应你了，你不要再过来了。"季文媛害怕地叫嚷着。

走廊里没有医生和护士，霍语恩谨慎地看着周围的环境，无奈地搂着妈妈的肩头。她看到叔叔得意的神色，心里不免祷告起来，爸爸，对不起，我和妈妈也是逼不得已。

霍东严得意地走进病房，对躺在床上的霍东青，发出冷笑。他嘴上带着呼吸机，有一刻他真的很想把氧气停了，只不过念在他是自己亲大哥的份上，也没有这么做。没想到威胁季文媛母女俩，得到的收获这么大，这还要感激季文媛这一刀。

远离都市的小村庄里，在河边洗衣服的妇女互相说着自家的趣事。没有人注意到穿着黑色衣服的男人从身边桥上走过，手里面还拿着几个包子。

彭芸芸醒来的时候天已经亮了，她不知道自己被关在哪里，嘴巴上的胶布何时不见了也没有察觉。手臂上的麻绳太重了，浑身酸痛，一丝力气都使不上。

门吱呀一身打开了，她紧张地看着从外面进来的黑衣男人，跟昨天一样的面无表情，一样的黑色墨镜。

"吃包子吧。"

彭芸芸别过头去，大声嚷着："我不吃！你放我走吧，我求求你了……"

"吃包子。"

"你傻子吗？我要回家，我不吃包子。"

黑衣男人把包子塞进她的嘴巴里，堵住了彭芸芸的声音。

"大哥她不吃就算了，我们吃牛肉汤去。"

"少废话，她不吃饭饿死了对我们没好处！"

"是，是，大哥说得对。"

彭芸芸的眼泪掉下来，她想想也对，不吃饭就没有力气逃跑，还不如填饱了肚子再想其他办法吧。她大口地咽着，一边流着眼泪，几秒钟的工夫就吃完了猪肉馅包子。

黑衣男人诧异地看着她嚼着，打开一瓶矿泉水放在她嘴边："喝吧。"

没跟他客气，一夜没喝水，她就要渴死了。吃饱喝足比什么都强。盯着剩下的两个包子，她露出了祈求的眼神。

"现在知道听话了，吃饱了才有力气说话。"

彭芸芸憋着一口气，她吃包子的同时心中在盘算着时间，自己从来这到现在不到二十四小时，就算去报案警察也未必能找到这儿，她只能尽量自己想法子了。

第三十一章
成 功 逃 脱

姜傲风疑惑地盯着彭芸芸留下的手机号码，一直都是关机，奇怪了，她到现在不会没去公司上班吧。想过之后，他开着凯迪拉克，呼啸而过，盯着东觉视觉工作室的标志，眉头舒展，停下车子。

"彭芸芸小姐在吗？"

工作室里的人面面相觑，看着空空的椅子，姜傲风这才明白彭芸芸还没有来上班。看来她是真的有事，才没有准时出现在傲世集团。

此时高杰从总监办公室里走出来，看到来的人是姜傲风，一张笑脸立刻堆了上去："原来是姜总监，你好！"

"你就是高总监吧……很高兴见到你。"姜傲风说着，释放温柔的笑容。

"姜总监，是不是我在电话里说得不清楚？"

姜傲风低声说着："不是，我来找彭芸芸是为了计划书的事，今天说好她会来傲世集团跟我商谈，没想到她没来上班。"

高杰尴尬地呵呵笑着："彭芸芸家里出了点事情，所以暂时来不了公司，对此我很抱歉。姜总监要是有什么地方不清楚，我可以跟你解释。"

姜傲风点头："好吧，只能这样了。"

此时李文爱得不到准确消息，只好先回到工作室再说了。她刚到工作室就听到同事说姜傲风来了。肯定是因为芸芸的关系吧，没想到这个姜傲风真是个行动派。

"姜总监，真不好意思，让你跑一趟。"

"没关系，我也是为了我们的合作能够愉快。"

姜傲风说着迎面走过去，正好跟李文爱碰着了，彼此都是第一次见面，彼此默默地看了一眼。

高杰看着李文爱笑着说："李助理，你送送姜总监。"

"姜总监这边请吧。"李文爱没有多说什么，主动按了向下的电梯，等到姜傲风走进去才松手。

"你是高总监的助理？"

李文爱没想到姜傲风会主动攀谈，她点点头。

"今天我是来找彭芸芸小姐的，她真的是家里有事所以没来上班吗？"

听起来姜傲风对芸芸没来上班存在质疑，李文爱无奈地看了他一眼："是啊，是私事。"

"如果有什么为难，可以来找我。"姜傲风说完走出了电梯。

李文爱盯着男人的背影，满心的疑惑，真是太奇怪了。姜傲风说的每一句话都让她有种错觉，要不是担心芸芸的行踪，她肯定要问个清楚。

同一时间，宇文澈在总裁办公室里焦急地等待着御风的消息。要不是李文爱来通知他，他根本不会知道芸芸出事了。如果没猜错的话，她肯定是被"有心人"绑架了。到底是谁，居然胆子大的上天，查出来绝对不会让他好过。

唐御风急急忙忙地推开办公室的门，气喘吁吁地关上门。

"是不是查到芸芸的行踪了？"宇文澈急切地上前，抓着他的西装。

唐御风还是第一次看见心急火燎的澈少，他点点头："的确查到了，有一辆可疑的车子，说是看见了里面有一个跟彭芸芸小姐很像的女人。"

"然后呢，车子去了哪？"宇文澈说着，眼神里都是冷酷。

"是往南去了，总裁，我们是不是一起沿着路线去找彭芸芸小姐。"

宇文澈想了想，眼神中透露出一丝狡黠的目光，大力拍着御风的肩膀："我们赶紧去找芸芸，我有种不太好的预感。"

身在小乡村的彭芸芸，有两个人轮流看着，丝毫没有一刻放松。就算去洗手间方便也没用，根本没有地方逃跑，黑衣男人已经警告过她，如果想跑就等着挨打吧。

"我想知道是谁绑架我？"

"我不会出卖老板的。"

"你不告诉我没关系，我知道是谁。"

黑衣男人回头看着彭芸芸，疑惑地看着她。

"是一个女人对不对？而且很年轻。"彭芸芸说着，一字一字地说着。

"你这个女人话太多了！"

她想了很久，回到梁城的时间还不到一个月，怎么会得罪别人。想来想去只有一个人会这么做，就是霍语恩。

她肯定是担心自己破坏她跟宇文澈婚礼，先是对小宝不利，现在变成自己了。真没想到霍语恩看起来是个温柔贤淑的女人，然而她的心居然这么狠。

"大哥，我们要不要跟小姐说一声。"

"闭嘴！"黑衣男人带着焦虑，走到洗手间里偷偷打着电话。

在病房里看着霍东青的霍语恩接通了手机："事情办得怎么样了？"她的眼神变得冷起来，碍着季文媛的情绪不好，开门走了出去："我告诉你们，她怀疑也没有证据，这件事你们听我的安排……"

既然已经行动了，就不担心被彭芸芸发现，现在只能走一步算一步了。女人的眼神里都是狠，心里在想：不要怪我，这是你自找的！谁叫你和宇文澈之间纠缠不清。

"你们要带我去哪？"彭芸芸紧张地看着他们。

黑衣男人冷冷地瞥了她一眼："你最好老实点！我要带你去一个地方。"

"我不走！你们想把我怎么样？"

"你不应该回到梁城，你的出现打破了很多人平静的生活，你心里很清楚。"

彭芸芸疑惑地看着黑衣男子，对他的话心有余悸。他口里说的很多人指的是谁？是霍语恩还是霍家人？她不得而知，但是她心里很清楚，一旦远离了梁城就意味着很难被宇文澈找到了，无论如何她也要拖延时间。

"肚子疼……我肚子好疼啊！"

黑衣男人疑惑地看着彭芸芸："不要跟我耍花招！"

"我的肚子……好疼，疼死我了！"彭芸芸说着不肯再走一步，蹲在地上，咬着嘴唇，捂着肚子难受地揉着。

一个小混混说道："大哥，我看她也不像装的。"

"我，我要去洗手间……"彭芸芸说着看着不远处有个公共场所。

黑衣男人想了想，点点头："你带她去，顺便给她松绑。"

彭芸芸走进公共厕所，透过窗户看见外面有人看着她，心急火燎地在等待着。能拖时间就多拖一点，说不定文爱已经来找自己了，也许宇文澈正在路上，她告诉自己绝对不能慌张，一定要镇定。

一辆显眼的保时捷在乡村的水泥路上行驶着，不免引起路人的好奇。

车里的男人，此刻低沉着脸，整个气压瞬间变得很低，他皱着眉头看着手表："我们什么时候才能到目的地？"

唐御风尴尬地说："乡下的路不好走，可能会耽误点时间。"

"都查清楚了吗？芸芸真的在前面的小乡村？"宇文澈疑惑地问。

"澈少，我们要抓紧时间……"

宇文澈此时只有一个感觉，一定要早点到达目的地，或许芸芸还能少受点苦。

唐御风说着猛踩油门，宇文澈时刻注意着身边的环境，还有路边的行人。他这一刻特别希望能见到熟悉的倩影，心里有个声音，芸芸，我来了。

外面的人等着不耐烦了，彭芸芸不得不忍受厕所里的臭气，一边急切地注意着外面的声响。看来继续下去也不是办法，她只是不想早点离开梁城。看的出来黑衣男人接到了幕后老板的指示，是要把自己带到其他地方去，彻底离开梁城。

"你好了没有……时间都被她耽误了，妈的！"小混混说着就要闯进去，却被黑衣男人拦住了。

"你小子想干什么？虽然她是我们的人质，也不能对她没礼貌。"说着眼前的男人疑惑地扫了一眼公共厕所。

彭芸芸额头上都是汗水，她在赌，赌黑衣男人会不会闯进来。听见他的话，心里虽然没这么担心了，心跳却是越来越强烈了。

黑衣男人突然走进了女厕，看见她蹲在地上，脸色苍白的模样，难道真的是不舒服。看她的样子也不像装的，肚子还疼吗？

"你不要再装了，我不想浪费时间，赶紧站起来走吧。"

彭芸芸抬眼忐忑地看着黑衣男人，知道自己躲不过去了疑惑地盯着他："我……你不能放过我吗？你要多少钱我给你还不行吗？"

"钱？你以为我们就是为了钱？你错了。"黑衣男人说着抓住彭芸芸的领子，把她提溜出去。

彭芸芸诧异地望着眼前的他们，捂着肚子的手放下来，一脸祈求地说："我知道你们是求财，只要你们放了我，我给你们钱好不好？"

"抓住她！"黑衣男人一声命令，两个小混混抓着她的胳膊押进了车里。

知道自己在劫难逃，可还是要冒着危险试一试，彭芸芸一直在找机会，她最担心的不是别人，而是没人发现自己被挟持了。

盯着车窗，马路上一辆车都没有，只有乡村的自行车和电动车。她越来越着急，没想到就在失望的时候看见了一辆保时捷。彭芸芸趁着身边男人在抽烟的空隙，她推开车门大声喊着："救命啊！快救救我……"

"不好，抓住她！被人发现了我们吃不了兜着走！"坐在副驾驶位上的小混混大声嚷着。

"你这个贱女人，居然还敢叫救命……"

说着抓着彭芸芸的手臂，没想到女人的手劲特别大，无法把她的身子拖进来，只见她决绝地看了一眼，头也不回地跳了下去。

第三十二章
护 花 使 者

　　宇文澈眼看着不远处有个女人从车里跳下去，他惊讶地盯着女人的一举一动，大声叫着："停车！快停车！"

　　唐御风不知道发生了何事，猛地刹车，二人的身子一怔。

　　宇文澈来不及解释更多，朝着躺在马路上的女人奔去。他不会看错的，那个情影，那一份决绝，不是彭芸芸还会是谁。

　　看见他疯狂的举动，唐御风打开车门离开了保时捷，跟着宇文澈身后跑了过去。

　　蹲下来，抱起受伤的女人，他才清楚地意识到自己的心有多么在乎她。彭芸芸的手臂上有擦伤，脸颊上也有一块，不过不严重，他紧紧地搂着女人的娇躯，心疼地说："芸芸，我来救你了，你能听见我的声音吗？"

　　当彭芸芸想要挣扎着站起来的时候，没想到看见了她很想见到的男人。这一刻她的心产生了变化，紧紧抓住他的西装，含着热泪："你……你来了……"

　　"是，我来救你了……对不起，我来晚了。"宇文澈自责地抱住女人脆弱的身子，一刻都不想再放开了。

　　唐御风皱着眉头看着拥抱的两人，没想到她为了逃跑居然跳车，太危险了。不过不是她跳车的话，澈少也不会第一个发现她。

　　黑衣男人把车停下来，带着手下回头去找彭芸芸，却看见她和一个男人抱在一起。顿时心里暗叫不好，看来有人亲自找她来了，没想到这么巧居然撞见了摔倒在地的女人。看来他要第一时间通知老板了，事情办砸了。

　　"是你们绑架了霍小姐，居然还想跑！"说着唐御风一个箭步上去，没想到三个

130

人跑的飞快，钻进车子里开走了。

宇文澈阴沉着脸冲着御风大叫："不要追了!"

彭芸芸手腕上的绳子被解开了，深深地勒了个红红的印子，宇文澈心疼地摸着："疼不疼?"

"不，不疼了……我想回家，宇文澈你带我回家好不好?"彭芸芸说着失去了全身的力气，无力地靠在男人的肩头，这一刻她是真的很想靠着男人。

"好，我们回家。"宇文澈说着抱起了女人单薄的身子走回了保时捷车里。

唐御风没有说话，从后视镜里看得出来，澈少对彭芸芸的感情比他想得还要深。他们分开了四年，没想到老天再次让他们相遇了，难道这就是缘分吗?那霍语恩小姐怎么办，难道澈少要跟她解除婚约吗?

当宇文澈抱着彭芸芸出现在六福路的公寓里，彭小茜惊呆了。她看着女儿脸上的伤痕，难过地流下眼泪。

"我的芸芸……这是怎么了? 浑身都是伤……"

彭芸芸脸色很差，嘴唇一点血色都没有，眯着眼睛挤出一个笑容："妈妈，我没事……小宝呢，他好不好?"

彭小茜抹着眼泪握住女儿的手："放心吧，小宝睡着了，刚才一直吵着要见你。"

宇文澈淡定地看着她，身上还有伤，实在让人放心不下。

"我现在不是回来了吗，没事了。"彭芸芸说着脸上露出淡然的笑容，精神看上去越来越差，忽然她向后晕了过去。

"芸芸!"宇文澈心惊胆战地从后面抱住了她。

彭小茜惊愕地看着女儿，不禁老泪纵横。

宇文澈看了彭小茜一眼："阿姨，是芸芸坚持回来要见你们的。我现在必须带她去医院检查，你就在家里等我们的消息吧。"

"去吧……好好给芸芸检查检查，我担心她受伤了……"

唐御风看着宇文澈心急如焚，帮他把门打开，飞快地跟着他身后走了出去。

当彭芸芸醒来的时候，周围都是白色的墙壁，闻到了一股药水的味道。头很疼，全身酸痛，想动动身子都觉得不舒服。

"我渴……"嗓子很干，她想说话很不容易，大概睡了很长时间，全身都不舒服。

宇文澈依稀听见女人的声音，他从睡眠中清醒过来，看见眯着眼睛的彭芸芸，兴奋地跳起来："你醒了?"

"水……我渴……"彭芸芸发出虚弱的声音，盯着男人不肯移开目光。

"你想喝水？我给你倒水，先等等。"宇文澈终于听见女人说话了，心里轻松多了，把杯子放在她嘴边，扶着女人的脑袋让她喝水。

彭小茜牵着小宝从外面走进来，看见女儿苏醒了，开心地嚷着："芸芸，你终于醒了，可把妈妈吓坏了！"

三岁的小宝盯着病床上的彭芸芸，小手伸过去摸着她的手："妈妈，外婆说你生病了，要乖乖吃药打针哦。"

彭芸芸露出苍白的笑容，摸了一下儿子可爱的小脸蛋："妈妈一定听小宝的话，早点好起来……"

小宝这才露出笑脸，点点头，握着的小手一直没有松开。

"宇文先生，这次要不是你的话，芸芸肯定会受苦，真是太感谢你了。"彭小茜说着拉扯着宇文澈坐在椅子上，打量着眼前的年轻人。

以前匆匆见过一面，没想到他会跟女儿之间牵扯出千丝万缕的联系，更让她没想到的是芸芸生下的孩子居然是他的。这几天她也看出来了，宇文澈不是个没良心的男人，他对芸芸很用心，作为过来人她看得很清楚。

"你真的愿意照顾我们芸芸吗？"

宇文澈身子一怔，随之变了脸："阿姨你愿意让我照顾芸芸吗？"

彭小茜点点头，放低了声音，目不转睛地看着外孙和女儿的互动，严肃地说："不过你要答应我一件事。"

"阿姨您说。"

"要一辈子对芸芸好，不能有其他女人。你能答应我吗？"

宇文澈坚定地点点头："您放心，芸芸为了我受了太多苦，我一定不会辜负她的。"

彭小茜欣慰地笑了，芸芸这四年过得太辛苦了，如今总算是有了依靠。

霍语恩战战兢兢地接完了电话，心里一刻都不敢放松，不管怎么想都没想到宇文澈会出现。他怎么知道彭芸芸被绑架的事，明明在宇文集团忙得团团转，居然为了她放下手头上所有的工作。

"宇文澈，你怎么能这么对我……这些年为了你，我什么都做了，为什么我在你心里还比不上一个私生女……你怎么能这样……"

差点晕倒的霍语恩幸好扶住了墙壁，她失神的举动全部都被季文媛看在眼里。

"语恩你怎么了，脸色这么差，生病了？"

"妈妈，我没事……"

霍语恩听见季文媛的叹息声，心中一紧，搂着她的肩膀撒娇："我真的没事，就是担心爸爸什么时候才会醒来。"

病床上的男人睡得很安稳，季文媛想到昨晚发生的事情，心有余悸地皱着眉头。拉着女儿坐下来，小声说着："你不知道你叔叔的野心，我担心公司会落到他手里……"

"我以前没发现叔叔的真面目，这次爸爸出事我看出来了。他就是狼子野心，什么都想要。妈，一开始我们就不应该答应他，遗嘱的内容不该让他知道，只要爸爸还活着，他就算擅自改动也不具备法律效力。"霍语恩说着面色铁青。

季文媛握紧了拳头："当时我只顾着担心自己了，是不是我太自私了？"

"妈妈你不要太自责了，这些都是意外，要不是彭小茜找上门来爸爸也不会受伤，不是你的错。"霍语恩一边安抚着季文媛，一边对彭小茜和彭芸芸恨之入骨。

"对，就是彭小茜！没有她，我们一家人还是好好的，都是她们母女俩的错。"

一开始季文媛对霍东青还有一丝愧疚，现在听见女儿劝慰的话，她的愧疚感消失了，而且一口咬定是她们母女俩的出现造成了现在的一切。

霍语恩想到叔叔霍东严，心情就变得异常烦躁，如果妈妈的话说的都是真的，那霍家以后的生活不可能再风平浪静了。

霍东严手里拿着霍氏集团的股份转让书，心里做着美梦。只要说动季文媛和霍语恩把转让书签了，一切就好办多了。终于等到这一天了，到时候总裁的行使权落在自己手里，他想怎么做就怎么做，不用再看其他人脸色了。

现在他很想大哥一辈子都醒不过来，这样他就有足够的时间完成自己的计划了。目的都是一样的，让霍氏成为业内最厉害的上市公司。只是他跟霍东青的意见不合，所以到现在心里都有个解不开的心结。既然目的一样，过程有这么重要吗。

"来人！"

黑衣男人出现在他的视线里，低头说道："老板您叫我？"

霍东严眯着眼神打量着他："事情没办好我不会罚你，不过霍语恩那边你自己看着办。"

"谢谢老板……"

"眼下有一件重要的事情让你去办，这份合同交给霍语恩，并且让她签字。我不管你用何种方法，一定让她们签字，听明白了吗？"

黑衣男人看了看股份转让书，心领神会地垂下脑袋。

"是的老板。"

霍东严胸有成竹地等待着霍氏内部的变化。手里捏着季文媛的把柄，料她们也不敢乱来。大哥已经躺在病床上昏迷不醒，如同半个废人，两个上不了台面的女人还能有何作为，他现在就等着霍氏的大权主动送到手里。

第三十三章
霍 氏 易 主

"啊……轻点……宇文澈你知道什么叫温柔吗？"

唐御风在病房门外听着房间里面奇怪的声音，顿时想入非非。澈少进去很长时间了，到现在都没有要离开的意思，他只能继续等待了。

"你不担心御风误会我们在病房里幽会吗？"

男人的声音很色情，惹得彭芸芸给了一记大白眼，穿着白色病号服的女人，休养了两天，气色总算好多了，嗓音都变得清脆起来。

"宇文澈你不是男人，就知道欺负女人！"彭芸芸说着别过头去。

宇文澈俯下身子，紧紧贴着女人的娇躯，惹火地在她耳根子处嚷着："等你完全康复了，我会让你知道什么是男人。"

女人脸颊一热，死死地盯着他："你……你疯了？"

"我是看见你以后才疯的，人家不管，你要负责。"

说着男人扭捏地钻进女人的怀中，一副小家子气。彭芸芸见状顿时石化了，一个大男人也有矫情的一面，真是没想到，胃里突然反胃，猛然推出他。

宇文澈用一双"哀怨"的眼神看着她，跺着脚："你怎么能这样，太伤我的心了。"

彭芸芸本来不反胃了，可看见男人如"女人"一般的矫情，顿时捂着肚子笑起来："宇文澈……你居然，居然还有女性化的一面……笑死我了……"

本来是为了讨她欢心的，没想到女人竟然得意忘形起来。宇文澈的脸颊抽搐着，手臂上爬满了鸡皮疙瘩，下意识地卷起了衬衫的袖子，咳嗽一声："你最好适可而止……"

"不行，不行……我现在笑的肚子疼……宇文澈，我……我绝对不是讽刺你，真不是……"彭芸芸断断续续地说着，脸颊因为笑声变得绯红一片，犹如清晨的花瓣。

宇文澈看痴了，他扬起手指，贪婪地拖起女人的下巴，情不自禁地印上一个吻。

彭芸芸居然默认了他的举动，心中一个空空的缺口被填满了。现在她才知道，原来不知不觉中对男人的感情已经种深了。

住院部门口，彭小茜带着小宝准备上去探望女儿，却被一个陌生男人拦住了去路。

"请问你是彭小茜女士吗？"

彭小茜疑惑地看着他："我就是……我不认识你。"

"你当然不认识我，只是霍夫人想见你一面。"

"是季文媛让你来找我的？"彭小茜想到躺在医院的霍东青，心里一惊。

陌生男人见她犹豫，特地放低了声音："听说霍先生的病情恶化了，所以霍夫人找你过去商量。彭女士，霍夫人现在就在车里，你还需要考虑吗？"

听见他说霍东青的病情恶化了，彭小茜忍不住全身颤抖起来，她握紧了外孙的手："好，我跟你们去，不过我要打个电话给我女儿。"

"不用了，不会耽误时间的。带着你的外孙一起去吧。"陌生男人说着使了个眼色让跟在身后的男人扶着她急匆匆地走出了住院大楼。

小宝看见不认识的陌生人有点怕怕的，只能紧紧握住外婆的手。

当彭小茜看着路越走越不对，根本不是往市立医院去的时候，她着急了。看着前面开车的男人说："年轻人，你走错路了，不是去市立医院吗？"

陌生男人没有说话，从后视镜里看了他们祖孙二人："老人家，你说你得罪谁不好，偏偏要得罪霍家的人，哎……"

"你……你说什么？"彭小茜顿时感觉不好，拉着外孙的手都是凉的。

突然车门都锁住了，陌生男人开着车离开了市区，往郊外走去。

"是谁派你来的，我跟你们无冤无仇的……"彭小茜担心外孙的安全，她还以为季文媛真的改变心意了，现在才知道她根本就不可能这么好心。

陌生男人开着车子，无视彭小茜的反应，只是冷冷地说："你最好老实点，你也不想看见你孙子受伤吧？"

彭小茜看着小宝，心里想着主意，她小心翼翼地摸到手机，发现手机还剩下一格电，她想要偷偷打电话给女儿，却被男人看见了，他就要去夺。

她的力气根本扭不过年轻人，手机被夺走了。看着小宝担惊受怕的模样，彭小茜只好豁出去了，她从后面抱着男人的脖子，从他手里把方向盘夺了过来。只见车子不听使唤地在马路上晃来晃去，突然撞上了一棵树。

搂着小宝，头下意识地低了下去，幸好马路上车子不多，彭小茜看见开车的男人晕倒了，额头上还有伤，没有力气地呻吟着。

她慌乱地找到开车门的按钮，抱着孩子走了出去，本想一走了之的。回头看了一眼那个年轻人，他看起来伤的不重，彭小茜要不是为了自己和外孙的安全，也不会把事情做到这一步。

在郊区的马路上走着，看见车子就拦，却没有一辆汽车愿意载他们一程。

姜傲风看着夕阳落下去，天色越来越晚，他急切地想要回到公寓去。为了一个合约他跑到隔壁城市去签约，幸好今天搞定了，要不然现在都回不来。

隐约在马路边看见一个老人家带着一个孩子沿着马路走着，他停下车子大声喊着："需要帮忙吗？"

小宝指着车子里的叔叔大声喊着："外婆，外婆，汽车，汽车！"

彭小茜的力气越来越不济了，听见外孙的声音向前望去，看见一辆汽车里有个年轻男人伸出头来，冲着她摆手。她急忙牵着外孙的手小跑过去，心想，总算遇到好心人了。

姜傲风看着他们风尘仆仆的，笑着说："阿姨，你和你孙子不会打算步行走到市里吧？"

"不是的年轻人，是车子出事故了……麻烦你借我手机用用好吗？"

"事故？"姜傲风疑惑地把手机递给她。

病房里，彭芸芸不停地拨打妈妈的手机一直没人接，她心急火燎地在病房里来回走动着。宇文澈看着她，担心地说："我已经让御风去了，你不要太着急了。"

"我怎么不着急，妈妈到现在都联系不上……不知道是不是小宝出问题了。"彭芸芸说着，担心地坐立不安。

"你就喜欢吓自己，好了，御风很快就回来了。"宇文澈说着，眉头深处带着忧虑。

病房里一直放着本市新闻，清晰地听见播音员的声音。

"下面我们报告一则新消息，今天下午霍氏集团召开新闻发布会，证实董事长霍东青生病住院的消息……"

彭芸芸一愣，不可相信地看着电视机："怎么会这样……霍东严是谁？"

"是霍东青先生的弟弟，也就是你的叔叔。"宇文澈回答她的疑问，不过他也很疑惑，霍氏集团居然由霍东严暂时代理董事长的一切事务。

"难道妈妈是去医院探望霍先生了？"彭芸芸自言自语。

唐御风急急忙忙地跑进病房，焦急地看着等待消息的二人："澈少，不好了，彭女士和小朋友都被人带走了。"

"带走了？是谁干的？"宇文澈一惊。

"怎么可能？"彭芸芸瘫坐在床边。

"有目击者看见彭女士带着小朋友上了一辆车，离开了医院。"唐御风说着，看见彭芸芸捂着胸口伤神的模样。

宇文澈搂着女人的肩膀："你不要担心，我就是把整个市区翻过来也要找到阿姨和小宝。"

彭芸芸紧紧拽住他的手，泪眼迷蒙地嚷着："你一定要尽快找到妈妈和小宝，我担心……我担心有人想对他们不利。"

看着宇文澈他们一同离开了病房，剩下彭芸芸一个人，她盯着电视机发呆，半小时过去了，一个小时过去了，手机没有任何动静。抬头望着外面的天已经黑漆漆的，她的心情却越来越忐忑了。

一辆车停在医院门口，姜傲风从车里下来，彭小茜牵着外孙的手走了出来。感激地看着他说："今天真是太谢谢你了，要不是你的话，我和孩子肯定回不来。"

一路上姜傲风断断续续地听她说了，没想到光天化日之下被人绑架，真是无法无天了。当时就带着他们去了警察局报案，要不然也不会弄到现在才回来。

"阿姨你不用感激我，今天是你救了你自己……是不是小朋友？"

小宝看着姜傲风，睁着大大的眼睛说："叔叔你是好人。"

姜傲风笑笑："你们进去吧，我回去了。"

彭小茜拽着他的西装外套："跟我进去吧，让我女儿见见你这个救命恩人。"

"阿姨，真的不用了。"

"我和外孙失踪了几个小时，芸芸肯定担心死了。"彭小茜说着无限感慨。

姜傲风诧异地看着她："阿姨，您的女儿叫芸芸？"

"是啊……小宝，你牵着叔叔的手，我们一起去见妈妈。"

彭芸芸在病房里都快抓狂了，心里想着妈妈和儿子，宇文澈也没有电话，她一个人待着太难过了。

忽然病房的门被打开了，小宝跑进来突然抱住彭芸芸的大腿："妈妈，我们回来了！"

她还没有来得及反应过来，就看见彭小茜走了进来，抱住了她。

彭芸芸的眼泪忍不住地掉下来："妈，你和小宝去哪了？急死我了，我还以为……还以为你们出事了……"

第三十四章
同 父 异 母

　　姜傲风最后一个走进病房，没想到看见穿一身病号服的彭芸芸。一开始阿姨说她的女儿叫芸芸，他心里就猜测会不会是彭芸芸，没想到还真是她。

　　彭芸芸抬眼看见了他，疑惑地离开妈妈的怀抱，抱着儿子亲了两下。

　　"芸芸，我给你介绍，是这位姜先生送我们回来的。"彭小茜说着一脸的感激。

　　"好久不见，霍小姐。"

　　看着他侃侃而谈的模样，彭芸芸怎么都想不到是姜傲风送妈妈和孩子回来的。世界上的事情还真是太巧了。

　　彭小茜疑惑地看着他："姜先生认识芸芸吗？"

　　"妈，姜先生是我们公司的客户。"彭芸芸说着笑容满面地看着他。

　　"听高总监说你家里有事，没想到你住院了……"姜傲风看着脸色苍白的女人，乌黑的织染秀发垂落在肩上，看着她的一刹那，心里有说不出的感觉。

　　彭芸芸站起来，把孩子交给了彭小茜，指着椅子说："姜先生请坐，谢谢你送我妈妈回来，太感谢你了。"

　　姜傲风反而不好意思地说："不过是带了他们一程，顺便去警察局报案，霍小姐不用跟我客气……"

　　"报案？"彭芸芸转眼看着彭小茜。

　　意识到可能说错话了，姜傲风尴尬地看着她。

　　彭小茜无奈地看着女儿："其实我和小宝是被绑架了，姜先生救了我们，也没啥不能说的……芸芸啊，其实是季文媛派人来找我，她心里担心我把真相说出去，才会……"

彭芸芸疑惑地走近她："妈，事情到底是怎么回事？"

知道纸包不住火的，彭小茜把那天晚上霍东青受伤的事情全部说了出来。

本来不想偷听别人说话的姜傲风，听完了也很震惊，没想到彭芸芸家里出的事情这么复杂，看她的样子像是受了打击一样，让人想上前安慰。

宇文澈接到电话之后急忙赶回来，当他和唐御风急匆匆地赶回医院的时候，看见回来的彭小茜和孩子，总算安心了。

抱着儿子在怀里，笑着说："阿姨你和小宝总算回来了，我和芸芸担心的很。"

"不碍事的，幸好遇到像姜先生这样的好心人，要不然我们就要受苦了……"

宇文澈回头看见一个年轻人坐在椅子上，打量着他。此时姜傲风也打量着宇文澈，彼此都愣住了，目光之中都是不客气，却没有说话。

与此同时，霍语恩在霍家空荡荡的客厅里急躁地走来走去。想到霍氏集团从明天起就要听从叔叔的指令，她的心最不好受了。

要不是担心妈妈失手伤害爸爸的事被抖出来，她也不会答应叔叔，成全他的狼子野心。事情走到这一步，她最担心的是爸爸醒过来该怎么解释。

"语恩你怎么还不去休息？"季文媛从二楼走下来，看见女儿站在客厅中央发呆。

不想被妈妈看见担心的表情，霍语恩楞是挤出一个笑容来："我刚才看新闻，睡不着就出来坐坐。"

季文媛盯着女儿说谎的样子，叹着气："语恩，我是你妈妈，在我面前还不说实话吗？"

尴尬的霍语恩抱住季文媛的身子："我担心……妈妈，我担心我们这个家。"

"我也担心啊，你也看见你二叔是个什么人了，我看我们娘俩一定要小心应付他。语恩你是妈妈唯一的女儿，一定要坚强。"

"妈妈，我知道了。"

李文爱在病房里帮着好友整理东西，看着她拿着出院单子走了进来，好像心事重重的。

"都出院了，怎么还不高兴？"

彭芸芸淡淡地说："我今天特地没让妈妈过来接我出院，你知道为什么吗？"

"我不知道……"

"文爱，我想去市立医院，你能陪我一起去吗？"

李文爱这才知道芸芸的真实心意，她点点头："你想去看霍先生，我陪你去。"

"谢谢你。"

有车子就是方便，找到医院的护士问了问，原来霍东青住在六楼的加护病房。

李文爱看着好友严肃的模样，只能陪在她身边。

电梯到了六楼，她们找到了病房门牌号，推门进去发现里面没有一个人。躺在病床上的霍东青带着氧气罩，闭着眼睛，一副没有知觉的样子。

"文爱，你知道吗？曾经我非常，非常恨他。"彭芸芸说着，没有察觉到眼眶里的泪。

"我知道，我知道你心里苦……"李文爱搂着好友的肩膀，带着一丝心疼看着她。

彭芸芸盯着丝毫没有觉察的男人，就躺在自己面前，一动不动的样子让她心疼。眼泪掉下来，她随手擦了一下："可是现在他躺着一动不动，我好担心他永远醒不过来了……他还没有对妈妈做出补偿，他怎么能躺着一动不动呢！"

"你心里矛盾我都知道，你刚刚出院，不要太激动了。"李文爱扶着芸芸坐在椅子上，见她的目光盯着霍东青，心里不免感慨万千。

"到现在我都不愿意叫他一声爸爸，因为我生气，我气他抛下我和妈妈这么多年。我甚至非常恨他，为什么要让我过着没有爸爸的人生……"彭芸芸轻声说着，渐渐泣不成声。

李文爱刚想安慰她，却听见开门的声音，随之一个女人出现在她们面前。

"是谁让你来探望爸爸的，你算什么东西！"霍语恩穿着西瓜红的风衣出现在她们视线里，冷冷地看着彭芸芸。

"我……我只是来看看他。"

"哼！彭芸芸你不要忘了，你这辈子只能是私生女，见不得光的私生女！"

"你说什么？"李文爱不高兴地站起来。

霍语恩扫了一眼李文爱，放下手里的名牌包包，走到霍东青身边："我告诉你，不管爸爸现在是不是躺在医院里，一切都跟你无关，你根本不配姓霍，趁我没把你赶出去，赶紧滚，我不想看见你！"

李文爱没想到她这么厉害，跟媒体报道中的霍语恩完全是两个极端。她疑惑地看着好友，不知道芸芸能不能承受得住。

彭芸芸平静地从椅子上站起来，盯着霍语恩缓缓地说着："不管你承不承认，我和你都是同父异母的姐妹，你讨厌我，我也不喜欢你。霍语恩，你不能剥夺我探视的权利。"

猛地回头怒视着她，霍语恩不想她居然变得如此厉害，冷哼着："你妈妈是勾引我爸爸的小三，你也一样，为了勾引宇文澈什么都干得出来，彭芸芸你真贱！"

"你怎么能骂人啊？"李文爱说着生气地就要上前理论。

"文爱，我没事，你不要跟她一般见识。"彭芸芸拉住了好友的手臂。

霍语恩交叉着双臂，得意地说："我骂她怎么了，她和她妈妈就喜欢当小三。彭芸芸，你说我说得对不对？"

彭芸芸无奈地苦笑着："霍语恩，以前我很羡慕你拥有父母的疼爱。不过现在我不羡慕你了，反而同情你。"

"你说什么？我需要同情吗？"霍语恩的表情变得狰狞起来。

"你说我妈妈是小三，在我眼里你妈妈才是名副其实的小三。霍东青根本就不喜欢你妈妈，他喜欢的是我妈妈。要不是你外公家当年有势力的话，你以为你妈妈能嫁到霍家吗？"

李文爱惊讶地看着芸芸，当年的事也知道一些。现在从她的嘴里听见，有些惊讶而已。

霍语恩表情呆滞地看着她："你胡说八道！"

"是不是胡说你回去问问季文媛不就知道了。至于你说我是小三，你有什么证据？"彭芸芸很想一次解决所有的事情，她也累了，不想继续忍耐下去了。

"你背着我勾引宇文澈，还生下了一个贱种，这些都是假的吗？"霍语恩几乎是咬牙切齿地大声指责，想到最近宇文澈不爱搭理自己，她的心就隐隐作痛。

彭芸芸如释重负地笑了："其实你弄错了一件事，从头到尾都是宇文澈不放弃寻找我的下落。我会生下小宝也是因为舍不得，我想宇文澈心里是有我的，我没有理由推开我孩子的爸爸，不是吗？"

李文爱真想拍手叫好，芸芸说得话太酷了！句句在理，真想看看霍语恩还有什么话想说。

"你……你们……"霍语恩觉得自己词穷了，彭芸芸说的话给了她致命一击，让她无法感受到跟爱情的距离，是那么脆弱，因为突如其来的打击，她的头有些晕眩。

彭芸芸见状上前一步，扶住她的身子："你没事吧？"

"不要你假好心！"

霍语恩推了她一下，差点把彭芸芸推倒在地。

"你这个人真没良心，芸芸可是好心关心你。"李文爱无奈地瞪着她。

"我不需要你的好心，少在我面前假惺惺的装好人。"

彭芸芸只好推后两步，她也不想跟霍语恩发生冲突，只是最近发生的事情太多了。

霍语恩突然冷笑着，指着她的鼻子威胁道："如果你不肯离开宇文澈，我就不客气了。你知道我不是心软的人，如果再让我看见你们在一起，不光是你，连你的孩子我都不会放过。彭芸芸，你记住了！"

病房门外的彭小茜听见威胁的声音，身子一怔，不禁担心起霍东青的人身安全。

第三十五章
男 人 较 量

"霍语恩，没想到你还是这样，我今天来不是跟你吵架的，你居然威胁我……你以为你做过的那些坏事，我不知道吗？"彭芸芸感觉很无力，无法继续沟通下去了，眼前的女人跟她妈妈越来越像，都是疯子。

"哼！我可是霍家大小姐，你觉得你说的话有人相信吗？"霍语恩说着沾沾自喜起来。

"你……"李文爱气愤地就要脱口而出，却看见病房的门打开了。

彭小茜的意外出现让所有人都惊讶了，她铁青着脸，迈着沉重的步子走了进来。

彭芸芸讶异地看着她："妈妈，你怎么来了？"

"芸芸，妈妈再不来，你就要被人欺负了。"彭小茜说着转眼看着霍语恩。

无视彭小茜的霍语恩，抱着双臂盯着病床上的霍东青："今天我是看在爸爸的面子上不跟你们计较，识相的话赶紧走。"

"霍大小姐，就算你不尊重我就算了。躺在病床上的可是你的亲生父亲，你怎么能当着他的面说出这么寒心的话？"彭小茜被女儿搀扶着，心里面异常难过。

"彭小茜，你不要忘了，是你破坏了我父母的婚姻，没有你的话，我们一家三口会很幸福。我刚刚说得已经算轻的了。"

"霍语恩，你够了！伤害我就算了，难道你连我妈也要伤害吗？"彭芸芸说着眉眼之间都是愤怒。

李文爱一刻都不想看见霍语恩，她搀扶着彭小茜另外一只手臂说："阿姨，芸芸，我们不要跟没素质的人说话。真没想到霍家大小姐居然是个泼妇，真让人失望!"

"你,你说什么!"霍语恩听见她的评价,顿时乱了阵脚。

彭芸芸看着彭小茜受伤的眼神,心疼地说:"妈妈,我们走吧,改天再来看霍先生好了。"

"走吧,走吧……"彭小茜依依不舍地看了看病床上的男人,心很沉重。

手机发出悦耳的声音,彭芸芸看了一眼来电,是宇文澈的电话,肯定是问出院了没有。她使个眼色让文爱先扶着妈妈上车。

"喂,我现在准备回家了……"

宇文澈站在宇文集团的顶楼讲着电话:"到家给我发个信息……嗯,晚点我再去看你……我先挂了。"

唐御风拿着文件站在一旁:"澈少,傲世集团的所有资料都在这里了。"

"嗯,关于姜傲风的资料呢?"

"在第一页……澈少我想知道您为什么查姜御风。"

宇文澈撇了一眼:"御风,你的问题问得很多余。"

唐御风尴尬地垂下脑袋,不再说话了。

"没想到姜傲风居然认识芸芸,我当然想知道他的身世背景。没想到他居然是傲世集团的人,我不会相信媒体的话,未来的继承人?哼哼!"宇文澈一边看资料,一边说出这番话,很明显是说给唐御风听的。

"澈少,是不是私底下联络一下姜傲风?"唐御风听出了话外之音,看来澈少是担心姜傲风对彭芸芸有不轨的想法。

宇文澈摆摆手:"暂时不用了……御风你去查查傲世集团最近的业务往来,明天送到办公室给我。"

"是,总裁。"

第二天刚到公司,秘书急匆匆地随着姜傲风走进了总监办公室。

"怎么回事,不是说好了就签约吗?现在到底什么情况?"

秘书战战兢兢地看着他:"总监,本来我们跟立方公司都已经谈妥了,谁知道他们刚才打电话来说是不打算签约了。"

姜傲风一愣:"你是说他们单方面做了不签约的决定?"

"是的总监,我已经派人去确认了。"

姜傲风没有再说话,他背对着秘书,心里想入非非。事情绝对没这么简单,跟立方公司谈得很愉快,就差签约了。突然不签约了,这其中肯定有什么问题,难道发生了什么事情他不知道?还是有人从中作梗?

在商场上的经验并不丰富,但是尔虞我诈的商业竞争他很清楚。专门为了应对这些危机情况做了培训。姜傲风不相信这个合约没有转圜的余地了。

"你去查查，立方公司不跟我们签约，是不是已经找好了下一家公司。我要详细的调查报告，下午交给我！"

秘书很少见到总监板着脸，她战战兢兢地退了出去。

宇文集团总裁办公室里，唐御风把合约文件递给宇文澈。

"立方集团的人比我想象中的还要着急……"

"是的总裁。他们的代表已经把合约拿过来了，看起来很想跟我们签约。"

宇文澈听见御风的回答，满意地笑着，跷着二郎腿放松地说着："我很想看看姜傲风能不能在第一时间处理好，如果他有点能力，应该能查到是我在背后主使这一切。"

唐御风站在一边没有说话。

"御风，花送过去了吗？"

"是的总裁，十一朵白色玫瑰已经送到彭芸芸小姐的公司了。"

宇文澈满意地点点头。

李文爱诧异地看着含苞欲放的白色玫瑰，羡慕地说："还在发呆啊！这可是人家的心意，你就安心收下吧。"

"我知道是他的心意，只不过……"彭芸芸托着下巴，盯着白色玫瑰疑惑不解。

"白色玫瑰象征纯洁的爱情，他是在跟你表白，你不会不知道吧？"

"是吗？我不懂花语之类的东西。"

李文爱拍拍她的肩膀："帮我冲一杯特饮咖啡吧。"

彭芸芸耸肩："不会吧，我冲的咖啡真的很好喝吗？"

"当然了！是我喝过的咖啡之中最好喝的！"

"你太夸张了，文爱，走吧……"说着彭芸芸站起来，跟好友一起去了茶水间。

吃过午餐，还没到上班时间，两个女人在茶水间里聊开了。

"没想到是姜傲风救了阿姨，你打算怎么感谢他？"

彭芸芸笑着说："我打算今天晚上请他吃饭。"

"请他吃顿饭当谢礼是不错，你打算请他去什么饭店？"李文爱说着，贪婪地嗅着咖啡的香气。

"我和妈妈商量过了，决定亲自下厨请姜总监在家里吃饭。"

"什，什么……"

彭芸芸莞尔一笑："你也来吃饭吧，顺便帮我做菜，就这么说定了！"

"芸芸……"李文爱心里就忐忑起来，她的厨艺怎么拿得出手啊。

姜傲风关上车门，拿着礼物按响了门铃。

"来了!"李文爱说着打开门,客气地看着眼前的姜傲风。

"彭芸芸小姐不在家吗?"

姜傲风看见是李文爱,因为不熟悉略显尴尬地问道。

"她在厨房忙着呢,姜总监你进来吧。"李文爱说着瞄了一眼他手里的东西。

一篮包装大方的水果篮子,两箱牛奶,还真是不错,毕竟空手来是不礼貌的行为。

彭芸芸系着围裙从厨房里跑出来,看到姜傲风笑着说:"姜总监你来了……还带什么礼物啊,太见外了。"

姜傲风淡淡地笑着:"你和阿姨亲自下厨,我也不能白吃白喝,一点心意收下吧。"

李文爱见芸芸犹豫着,坦然地接过他手中的礼物:"我帮芸芸和阿姨收下了,谢谢姜总监的礼物。"

"姜总监请坐,很快就开饭了。文爱你进来帮我一下。"

彭芸芸说着,拉着她走进了厨房,小客厅里只有姜傲风一人了。

"妈妈……宝宝肚子饿……"小宝踢了一下房间的门,揉着眼睛走了出来。

姜傲风看着孩子,招手让他过来:"快过来,叔叔这里有好吃的。"

"真的吗?叔叔有巧克力吗?"小宝说着,忽闪着无邪的大眼睛,盯着姜傲风空空的两手。

"巧克力?你想吃巧克力?"

"小宝喜欢巧克力,叔叔没有吗?"

姜傲风顿时无奈了,他以为现在的孩子都喜欢喝牛奶,没想到小朋友居然喜欢巧克力。他一时失神,看着小朋友跑到门前,行为很古怪。

"叔叔买了你喜欢的巧克力,在家乖不乖啊?"宇文澈推开门,把巧克力递给孩子,顺手抱起了小宝。

"叔叔你真好!"

宇文澈的笑容变得温柔起来,抬眼看到姜傲风,没有刻意打招呼,跟孩子小声说着:"你妈妈在做饭吗?"

"嗯,有阿姨,还有外婆……"小宝把巧克力放在嘴里,一脸的享受。

李文爱把蔬菜洗干净了走出厨房,没想到看见了宇文澈:"宇文先生,你怎么来了?"

彭芸芸听见文爱的声音露出了脑袋,没想到来的人的确是宇文澈,不过他现在怎么过来了。疑惑地扫了他一眼,却看见男人精明的笑。

"我还没吃晚饭,芸芸你不会赶我走吧?"宇文澈说着看了姜傲风一眼。

　　李文爱见芸芸和宇文澈之间面露尴尬，笑着说："既然宇文先生还没吃饭，就留下来一起吃吧，是不是芸芸？"

　　彭小茜此时端着排骨走出来，看见宇文澈来了，笑着说："一起吃饭吧，你来的真巧，晚饭刚做好。姜先生你来了……"

　　姜傲风站起来："阿姨你好。"

　　"不要站着了，赶紧坐吧。芸芸，文爱，你们去盛饭。"

　　彭芸芸早就打定主意了，宇文澈是不请自来，肯定是来蹭饭的，他一个大总裁，也太好意思了吧。

　　李文爱掀开电饭锅的盖子，说道："我看今天你家可热闹了！"

　　"算了吧，我看他就是故意的。"彭芸芸低声说着，手里拿着筷子走了出去。

第三十六章
芸芸担心

　　彭小茜拿着饮料杯子，看了一眼宇文澈，目光停留在姜傲风身上。

　　"我不会喝酒，今天难得坐在一起吃饭，一起举杯吧。"

　　说着一起举起杯子碰在一起，喝的都是饮料，也没什么不同。宇文澈的注意力都放在芸芸和姜傲风的身上，不管怎么看都觉得他们很奇怪。

　　"吃菜吧，姜总监你不要客气，尝尝排骨吧。"彭芸芸拿起筷子，特意夹了一块排骨放在姜傲风的碗里。

　　这个举动在宇文澈眼里特别眼红，他从饭桌下面踢了她一下。

　　姜傲风看着宇文澈和彭芸芸的"互动"，不以为然地低头吃起来。

　　晚饭结束了，彭芸芸去洗碗，李文爱收拾饭桌，彭小茜抱着睡着的孩子去了卧室。客厅里只剩下他们两个大男人。

　　"宇文先生，你和彭芸芸小姐是什么关系？"姜傲风漫不经心地看着地板。

　　宇文澈手里端着一杯茶，看见茶杯里的茶叶浮现，他嘴角一抹轻蔑的笑容浮起，深邃的眼眸想要穿透姜傲风的心思，他缓缓地说道："我和芸芸的关系你也看见了，姜总监，知难而退的话就不会不知道吧？"

　　姜傲风反而笑得更加自在了："没想到立方公司的签约对象居然是宇文集团，怪不得他们宁愿得罪我也要跟你签约，我太小看宇文先生了。"

　　没看出来，姜傲风年纪轻轻的，说话倒是没有丝毫的担忧，直来直往，对于这一点宇文澈倒是很欣赏。

　　他刻意放低了声音，倾着身子说道："我不喜欢拐弯抹角，你是个聪明人。我可以告诉你，芸芸是我的女人，你离她远点！"

姜傲风一愣，随之笑起来，笑声里没有任何的心虚。宇文澈立刻变了脸色，疑惑地问道："你笑什么？"

"我不是笑你宇文先生，我是觉得你单方面把我当成假想敌，未免太奇怪了。"

宇文澈冷冷地说道："是不是我多想了，姜总监心里最清楚。"

姜傲风的笑容瞬间消失了，他睁着眼睛盯着宇文澈的夺人目光，他不能否认眼前男人的强大气场。也没想到彭芸芸和宇文澈的关系如此亲密，如果以前没想法，不代表以后没有想法。想想彭芸芸的一颦一笑，他突然意识到自己的心动了。

"看得出来你很在乎她……"

她，当然指的就是彭芸芸了。只不过宇文澈听见他的话，还是忍不住地眯着眼睛。姜傲风到底是个什么样的人，比自己还要年轻几岁，却是深藏不露，连傲世集团的员工都不知道他的真实身份，难道低调就是他的个性？

彭芸芸洗好了碗筷，去掉围裙从厨房里走出来，看见他们离的很近，心里想着，刚才吃饭的时候还不熟悉的两人，现在居然聊到一起了，男人还真是热得快。

"姜总监，怎么不喝茶？"

看见茶几上放的茶丝毫没动，彭芸芸还以为是自己招待不周。

姜傲风抬着手腕看了一眼："晚上吃得很饱，茶很香，不过我喝不下了。"

"原来是这样，没关系，以后有机会一块喝茶好了。"

"既然彭芸芸小姐主动约我，我却之不恭了。"姜傲风说着，特意地瞄了宇文澈一眼，不想跟他注视的眼神撞到一起，碰撞出怪异的火花。

彭芸芸知道宇文澈暂时不会走，随意跟姜傲风聊了几句。他低头看了下手表，时间不早了，起身就要离开。

"不用送我了，我先回去了。宇文先生，我很期待下次见面。"姜傲风伸出手掌，这一次宇文澈很有礼貌地握住了他的手。

李文爱打着哈欠，还不到八点她就困了，搂着芸芸的肩膀："我好困，不能陪你们了，我要回家了。"

"大小姐，现在才几点你就困了？"

"芸芸，我回家了，明天公司见吧。"说着李文爱背上包包打开了门。

彭芸芸只好随她去了，彭小茜听见声音走出来，刚才还热热闹闹的，如今就剩下宇文澈一人了。作为过来人，她很清楚，需要给年轻人一点私人空间，于是她走进了卫生间打算洗漱睡觉了。

跟在女人的身后来到了她的房间，随手把门插上了。

"宇文澈你干嘛把门关上？"

宇文澈变了一副模样，笑嘻嘻的，活脱脱一个长不大的孩子。彭芸芸坐在床边，他在女人身边坐下，搂着她靠在自己强壮的肩膀上："碍眼的都走了，只有我们俩了。"

"是啊，你有话想对我说？"

"你知道？"

彭芸芸抬眼，并没有推开他："我当然知道了，我又不傻。"

宇文澈点了下女人小巧的鼻子："我的芸芸真聪明！"

"恶心！你究竟想说什么，还不快说……"

宇文澈仔细地留心着女人扬起的下巴，忍不住抚摸上她光洁的额头，如此近的距离仿佛过了很久，四年来他没有一刻不去想念她。尽管霍语恩才是他的正牌女友，可是……

"我想告诉语恩，我不能跟她结婚了。"

彭芸芸一惊，脸色突变，慌张地站了起来："你想清楚了吗？这个后果你能承担得了吗？你的父母又要怎么看待我们的事？"

宇文澈听见她的担忧反而笑了："我以为你会怨我，没想到，你还是担心我的。"

女人脸颊绯红："你胡说什么呢……我是担心我自己，谁担心你了。"

打情骂俏也不过如此而已了，他从身后拥住女人柔软的身体，下巴搁在女人的肩头，收紧了腰上的力度："放心，都交给我吧，我不会让你和阿姨为难的。"

"你知道我的身世，也知道霍家现在出了事，我们都不可能置身事外……"彭芸芸回想那日在霍东青病房里的争吵，心情就变得忐忑不安。

"我说过了，这一切的错我会来承担，你不用担心。至于霍家那边，你想让我怎么做？"宇文澈说着，耳鬓厮磨地在她的耳根子处亲密地摩擦着。

彭芸芸感觉到痒痒的，挣扎着推开了他，面红耳赤地说道："宇文澈，我妈妈还在呢，你能不能正经点。"

男人抱着手臂玩味地看着女人，就是喜欢她面红耳赤的模样，带着害羞的神情，足以让宇文澈最原始的欲望升腾。现在他只能压制内心汹涌澎湃的感受，忍耐着自己的欲望。

"好吧，我不闹你了。"

彭芸芸轻轻把房间的门打开，露出一些空隙出来，回过头来看他："我希望你能帮我个忙……你放心，这件事绝不会让你为难的。"

宇文澈正襟危坐地看着她："你说吧。"

搓着手指，彭芸芸开始了一套说辞："妈妈最担心的就是霍先生了，对于她来说，二十多年过得很艰难，尽管我恨过他，可他毕竟是我的亲生爸爸，我希望你能

第三十六章　芸芸担心

149

多注意霍家的情况，还有霍氏集团的情况。"

宇文澈点点头，依稀能看见门外站着一个人，他朝着彭芸芸使个眼色。猛地打开门，看见彭小茜尴尬的表情。

"阿姨，有话你进来说。"

彭芸芸看见彭小茜站在门外，意外地去搀扶她的手臂，不紧不慢地嚷着："妈妈你怎么站在门外偷听我说话啊。"

"对不起，我不是故意的……"彭小茜坐在床边沉思着，一刻都不想放开女儿的手，紧接着说道："芸芸，妈妈知道你对你爸爸有怨言，现在他躺在医院里，你就是再恨他心里也该放下了。是妈妈对不起你……"

宇文澈看着彭小茜抽泣着，表情微微皱了皱。

彭芸芸紧接着说道："妈妈，虽然我知道你们当初是两情相悦，毕竟霍东青最后娶的女人不是你，而是季文媛，你付出了半辈子你等到了什么！"

"芸芸，你不能这么说你妈妈……"宇文澈看见阿姨的眼泪流得更多了，不忍心看见她们母女翻脸。

"宇文先生，你让芸芸说吧，这些年苦了她了……"彭小茜说着，松开了芸芸的手。

彭芸芸的眼神变得悠远而沉静，她的心已经被霍家人伤透了，不管怎么说都回不到从前了，所以她只是呆呆地看着地板，含着泪，沉默着。

宇文澈心疼地看着女人，轻声说着："芸芸，你还好吧？"

"我没事……刚才我说的你能答应吗？"彭芸芸抬眼，朦胧的眼神里都是释然。

彭小茜看着女儿，捂住嘴巴，默默地流着泪。

"放心吧，你都是为了阿姨好，为了霍先生好，我一定会帮你的。"

"谢谢……"彭芸芸搂着彭小茜的脖子，母女俩顿时无语。

这是宇文澈久久不能忘怀的一个场面，以前根本不懂亲情的伟大，现在他才知道，芸芸真的很爱她的妈妈彭女士。

"我不送你了，妈妈的情绪不太好，让你见笑了。"彭芸芸说着尴尬地送宇文澈走出公寓，似乎悲伤的情绪还没有让她缓过神来。

宇文澈猛然抱住了她："都交给我吧，我会做到你想要的一切。"

彭芸芸默默点头。

躺在单人床上，只要闭上眼睛就能想到霍家，想到霍东青，想到霍语恩，还有季文媛。这一切就好像安排好的一样，没有一刻是消停的，这一夜，她失眠了。

第三十七章
病 情 加 重

午休时间是难得的休息时光，手机上的短信着实让宇文澈眉头皱了皱，要不是看见短信，他都忘记自己的正牌女友是霍语恩。保时捷停在市立医院住院部的门口，抬眼望去，他的心更加纠结了，或许是该跟她摊牌了。

住院部的药水味道并不重，他站在病房门口犹豫着，轻轻敲了两下，门打开了。宇文澈刚想要说什么，却被霍语恩紧紧抱住，一刹那他的话又吞进了嗓子眼。

轻轻抚摸着女人的背部："你这是怎么了？"

"我很想你，你终于来了……"霍语恩只有紧紧地抱住男人，才能感受到他的心跳，手上的温度是宇文澈传达给她的，只有在他面前才会毫无防备。

宇文澈知道她的脆弱，大概是因为霍东青的缘故，他平静地说道："好了语恩，我不是来了吗，这里是医院。"

霍语恩挤出一个笑脸，看着他："走吧，去看看爸爸。"

病床上的霍东青陷入了昏睡的状态，他是看到新闻才知道的。前两天忙着芸芸的事情没有过来，今天公司的事情太多，也耽搁了。

"伯父什么时候能醒过来？"

霍语恩呆呆地望着病床上的人："医生说要看爸爸的生命力。"

"前阵子还好好的，怎么会突然生病住院了，伯父真的只是身体不适吗？"宇文澈怎么想都觉得奇怪，他看到女人眼神闪烁，似乎不太想说。

"澈……现在是午餐时间，你还没吃午餐吧？"霍语恩转身看着他，笑容浮现。

"嗯，一起吃吧，不过伯父这里……"

"没关系，我去叫护士过来。"

宇文澈看着霍语恩从眼前走过，一副高兴的模样，倒是他皱着眉头目不转睛地看着霍东青，霍氏集团现在的代理董事长是霍东严，他是霍语恩的叔叔，也是霍东青的弟弟。不代表在他手中，霍氏的发展就会变得如日中天。

从最近两天的举动来看，霍东严上台，就大幅度地整改了霍氏内部的所有部门，都说"新官上任三把火"，说得就是他。宇文澈长吁一口气，看来未来的霍氏集团即将走入一个新的开始，只不过结果会是怎样，他就不敢断言了。

医院对面有一条小小的商业街，里面有几家馆子吃着还算可口，霍语恩带着宇文澈来到了其中一家叫惠民的小酒店。

对于吃饭一向没有太大要求的宇文澈，对于馆子的环境勉强接受了。看着女人仔细地盯着菜单，他觉得没必要。

"我点的菜不知道你喜欢不喜欢？"

"随便，在公司一般都吃快餐，我不讲究这些。"说着宇文澈掏出手机发了一条短信，告诉芸芸，霍东青的情况，希望她不要太担心。

霍语恩点菜完毕，盯着男人的一举一动，心中生疑。很少见到宇文澈主动发短信，也许是发给御风的吧，只不过平时他们都是手机联系的，今天怎么变成短信了。

"伯母一个人回家了？"

"是啊，妈妈不喜欢医院的味道，上午待了一个小时就离开了，说是回家给爸爸煲汤带过来。我现在顾着照顾爸爸，连公司都没去，幸好有叔叔在。"霍语恩说着，淡淡的笑容在光洁的脸颊上绽放。

宇文澈看着一身轻松的女人，心里却忍不住担心起来，看来她很相信霍东严，他感到隐隐不安，看来霍氏集团以后的发展谁都不知道。

很快菜和汤都上来了，霍语恩夹着一块排骨放在宇文澈碟子里：亲热地说："最近很少在一起吃饭，因为爸爸的事我也没时间陪你，你可不要生我的气。"

"不会的，霍家的事情太多，只有你一个人撑着也不简单。多吃点，你最近都瘦了一圈……"大概是愧疚作崇吧，宇文澈竟然主动给她夹菜。

霍语恩惊喜地看着男人，荡漾在嘴边的幸福溢于言表。

一切似乎都回到了正规，东觉视觉工作室里，彭芸芸盯着爬满文字的 word 文档发呆，不知不觉过了好长时间，她猛然想到什么，才缓过神来。抬眼就看见文爱盯着自己露出奇怪的表情。

"我的脸上有东西吗？"彭芸芸胡乱地摸着脸颊。

"没有……你一直在发呆，文件做好了吗？"李文爱放低了声音，凑到她耳边用蚊子般的声音说着："你最好速度快点，高总监那边已经着急了。"

彭芸芸想到高杰，愣愣地站起来："对了，我都忘了，你看我这记性！"

"赶紧去吧。"

要不是宇文澈发过来的短信，彭芸芸还不知道霍东青现在的情况。虽然嘴上对妈妈说不在乎，但是……她很清楚，妈妈心里一直挂念着他，二十多年都无法彻底分开，现在就更不可能了。

高杰看了看文件，若有所思地点点头："不错，是按着我的修改方法整理了，芸芸你把文件送给凯利酒店的经理吧。"

"知道了高总监。"彭芸芸整理了一下，打算离开。

"我有个问题很想问你，不知道方不方便？"

听见高杰的话，彭芸芸停下了脚步，诧异地回过头来："高总监你问吧。"

他沉思了一下，笑着说："你和宇文总裁以前就认识吗？"

没想到高总监的话问得这么直接，彭芸芸尴尬地说道："我和宇文先生是朋友。"

"哦，你出去吧。"

彭芸芸离开了总监办公室，对高总监的问题并不惊讶，由于高总监的精明，只不过见了宇文澈一面，连带着自己也被调查了。

"怎么了，心不在焉的。"

"文爱，高总监居然问我和宇文澈的关系，你说奇不奇怪？"

李文爱诧异地看向总监办公室，喃喃自语："不会吧，总监他可不像八卦的人，为什么对你们的事情感兴趣。"

"我也不知道。人都是有好奇心的吧，或许他看见了什么吧。"彭芸芸不想解释太多，她现在只有一个想法，想去看看霍东青，想知道什么时候他才会醒过来。

市立医院住院部，霍东严依旧是黑色的老式西装，迎面闻着药水的味道，走廊里护士来来回回，看起来很是忙碌。相比较霍氏集团而言，真是有的一拼。

病房里没人，他特地挑了这个时间点来，霍语恩肯定回去吃饭了，季文媛更加不会晚上过来，所以他不担心。

病床上的霍东青依旧没有任何起色，他的脚步声渐渐逼近了病床上沉睡的人，面带凶光的瞳孔里都是胜券在握。

"不要怪我，事到如今都是你逼我的。从小你就比我受到父母的重视，霍氏集团是父亲亲手交到你手里的，更让我嫉妒的是你竟然娶到了季文媛那种有背景的女人。霍东青你太不知足了，有了嫂子你就不该流连花丛。"

霍东严盯着病床上沉睡的大哥，知道他没有反应，也听不见自己的声音，胆子更大了，他继续说着："你不知道霍氏集团已经到了我的手中，我的亲侄女竟然相信我会秉承你的目标。更可笑的是，你躺在这里竟然是嫂子给了你一刀。这一刀对我来说真是太解气了！"

他伸出双手，掐着男人的脖子，他满腔的不满已经化成了凶狠的行动。手中的力气越来越大，霍东青却没有任何反应。霍东严阴沉着脸，看见大哥嘴巴上戴着氧气罩，他摘掉了，退后一步等待着病床上的变化。

霍东青的脸色渐渐变得苍白，身子不受控制，不停地抽搐着。等待着他最后一口气咽下去，满心的期待却听见一个清脆的声音。

"护士，霍先生的家人在里面吗？"彭芸芸担心会遇到霍家人。

"霍小姐刚刚回去了，你是谁？"

彭芸芸尴尬地看着护士，总不能说是他的女儿，尴尬地笑着说："我是霍小姐的朋友，今天是特地来探望霍先生的。"

"你进去吧，里面应该没人了。"

"谢谢你。"

她一刻都没有犹豫地走了进去，看见病床上的人好好躺着，身边一个人都没有。松了一口气，看来护士说得没错，霍语恩的确回去了。幸好她回去了，要不然肯定要引发一场口水之战。

彭芸芸放下背包，盯着霍东青苍白的脸色，疑惑地自言自语："难道她们都没有好好照顾你吗……脸色看起来很差……"

这是霍东严从卫生间里走出来，在墙脚偷偷看了一眼彭芸芸，原来是大哥的私生女。原来彭小茜她们母女都是偷偷来医院探望大哥的，真是没想到。

为了不被发现，他轻轻打开门离开了病房，要不是有人突然闯入，他就成功了。就差那么一点时间，霍东严脸色变得阴沉起来，带着遗憾地离开了医院。

彭芸芸觉得霍东青的脸色很奇怪，身子轻轻颤抖着，她大声地叫着："护士，护士！来人啊，救命啊！"

医生带着护士跑进来，看见浑身抽搐的病人，大声问道："病人怎么了？"

"我也不知道……"彭芸芸大声叫着。因为惊吓，脸色发白。

"病人的心跳突然下降。护士，准备急救！"

护士看着彭芸芸，把她推出去："你不能进来，最好通知家属过来。"

第三十八章
闯 入 霍 家

当彭小茜带着外孙急急忙忙赶来的时候，急救已经结束了。彭芸芸看着惊慌失措的妈妈，宽慰地说道："没事了，已经抢救过来了。"

彭小茜听完女儿的话，心里才算放心下来，回想着霍东青躺在医院里受罪，她的心就如被刀割一样难受。

"要不是他为了帮我挡那一刀，现在也不会躺在病床上。"

看着妈妈抹着眼泪，已经说不清楚是第几回流泪了，她抱着小宝坐在旁边，安慰着说："他心里有你，我相信老天爷不会不长眼。"

"芸芸，你原谅你爸爸了吗？"彭小茜擦干眼泪，期盼地盯着女儿。

"我……"

她面露为难，说实话，当自己听见霍东青为了妈妈挡刀，她是挺感激的。但是感激归感激，跟自己要认回爸爸没有任何关系。

彭小茜长叹一声，一只手拉着女儿，一只手握着外孙，语重心长地盯着病床上的男人，声音里有些许的颤抖，缓缓地说道："我还记得你七岁那年，被其他小朋友说你是野孩子，当时哭着鼻子跑出来，我看见你的眼泪哗哗地流着，心里那个疼啊……"

彭芸芸靠在妈妈的肩膀上："都是过去的事了。"

"是啊，是过去的事了。只不过这些都是你恨你爸爸的开始……芸芸，我希望等他清醒，你能叫他一声爸爸，哪怕是一次就好，至少我心里不会太愧疚。"彭小茜说着，泪眼婆娑地看着女儿，手紧紧握着外孙。

"外婆，你哭了……"小宝嘟着小嘴，奶声奶气地嚷着。

"宝贝，外婆没事，是风眯了眼睛。"彭小茜下意识地揉揉眼皮。

彭芸芸看着她不忍心，勉强答应了。

一家三口默默地坐在病房里守候着病床上的霍东青，不知道他什么时候醒来，但是所有人的目光都不会轻易移开。

彭芸芸心中默念：老天保佑，希望他早点醒过来。

他们都没有发觉，病床上的男人，眼角居然湿润了。

一切看是风平浪静，每个人的生活又回到了原来的轨道上。

霍氏集团董事长办公室，秘书站在一边小心翼翼地汇报着接下来的行程。时刻注意着董事长的表情，依旧是面无表情，眼角的鱼尾纹更加厚重了。

"董事长，您看看还需要修改吗？"

霍东严睁开眼睛，眯着眼角看着秘书，年轻的女秘书一脸谄媚的笑，让他不悦的心情又多了一份烦躁。

"霍小姐不同意是不是？"

秘书战战兢兢地说道："霍小姐说里面有几处需要修改一下。"

"修改？霍氏的董事长是我，我说不用修改就不用修改！"霍东严的声音很低沉，想到霍语恩不屑的眼神，他的心情猛然一怔。

"董事长，您的意思是……"

"直接通知各部门开始实施！去吧。"霍东严说着指着门口的方向让她出去。

秘书也不好再说什么，毕竟他是代理董事长，连忙走出了办公室。

霍东严要让所有人都知道，得罪他的下场绝对比得罪霍东青要严重几倍。只有眼里的惩罚才能让员工听话。那些福利看着很碍眼，莫须有的全勤制度也该废除了，谁想作对，直接放马过来。

"董事长真的要这么做？"霍语恩站起来，惊讶地看着秘书。

"是的，霍小姐。我刚刚已经把董事长的命令都下达给各部门了，明天开始就会实施新的规章制度。"

霍语恩心里凉了一片，声音变得轻起来："我知道了，你出去忙吧。"

"霍小姐我走了。"

秘书退了出去，她却心累得犹如死灰。如果当初不是自私地为了自己，她也不会默认叔叔的行为。现在更不会为了妈妈的事情再次让步。到底叔叔还会做出什么意想不到的事情，霍语恩真的自顾不暇了。

爸爸才是霍氏集团的真正掌权人，可他现在还躺在医院的病床里，完全没有苏醒的意识。现在霍家已经乱成一团，再也不是以前的霍家了，怎么会变成现在的境地，霍语恩都不敢想，她的心已经乱了。

下班之后，她步履沉重地走出霍氏大楼，就看见门口的黑色轿车。

车窗是打开的，季文媛带着凝望的姿态，看着整座写字楼。以前她很少会主动来公司，不管什么重要的事情都不会来打扰霍东青。对于女儿在集团的表现，她都是回到家里才一一询问的。

没想到再一次来到霍氏集团，却是为了等女儿一起去医院探视霍东青。他们是夫妻，只要没有在离婚协议书上签字，在法律上就是合法夫妻。彭小茜只能当永远的第三者，不可能转正，她的女儿一辈子都是私生女，绝对没有霍家的继承权！

想到这些，年过五十的季文媛心里满意多了，看着女儿朝着自己走过来，柔和地说着："女儿辛苦了，赶紧休息休息。"

霍语恩挤出一个笑容，却是心事重重。

司机把车门关上，朝着市立医院的方向行驶着。

母女俩有一搭没一搭地聊天，说到的事情全都是跟公司有关，直到最后心知肚明的沉默起来。换成是谁都不开心，霍东严抢走了原本属于霍东青的一切，包括行使董事长的权力，这一点让她们都很介怀。

"难道我们真的要被叔叔一直威胁吗？"霍语恩不管怎么想，心里总是憋着一口气。

季文媛的目光里闪过一丝捉狭，抓着她的手说道："你叔叔只是代替的身份，在法律上企业法人还是你爸爸，我们不能被他牵着鼻子走。"

"连遗产的事情他都要过问，我担心……担心到最后我们家会越来越不像霍家了。"

"语恩，'瘦死的骆驼比马大'，这个道理你应该懂。"

霍语恩盯着妈妈笃定的眼神，心里的焦虑慢慢放了下来，她当然也想往好的一面想。只不过她到现在才发现叔叔的伪善，以前的他完全不是现在恬不知耻的样子。为什么爸爸出事了，他的变化这么大，难道过去十几年他都是装出来的吗？

一连几日，季文媛在家里煲汤都会亲自送到医院，不是中午就是晚上。有时候跟女儿一起去，平时多半都是司机开车，她一个人去。

盯着眼前的丈夫失神，久久不能平静的心才放松下来，从一开始的不接受到现在的沉默相对，不过才过了一周的时间。人的适应能力真是好，让当事人都无法理解。

护士查房推开了门，看见季文媛一个人在，立刻换了一张笑脸："霍夫人还没有走啊？"

"是啊，你来查房……"说着她站起来，面无表情地看着护士检查仪器。

"霍先生的病加重了，医生说每天要查房三次。"

听着护士的话，季文媛觉得奇怪，她随后问道："我先生一直好好的，为什么病会加重？"

"夫人不知道吗？"护士见她摇头，就把昨天前天发生的事情告诉了她。

她第一个想到的就是彭小茜那个贱人和她女儿，绝对是她们来不小心加重了霍东青的病情。究竟她们偷偷摸摸来探视为的是什么？是霍家的继承权？还是不肯打消成为霍家一份子的心愿？季文媛想到她们会影响自己在霍家的地位，顿时火冒三丈。

此时在准备做晚饭的彭小茜一边淘米，一边看着蒸煮的汤水，嘴角露出淡淡的笑意。小宝很喜欢喝糖水，所以她做了很多，就等着煮开了。

客厅里的电话不停地响着，她急急忙忙跑出去接听，却听见接连的骂声。她的脸色变得很差，不用问也知道对方是谁。

彭芸芸拉着儿子从卫生间里走出来，一边温柔地嘟囔着："我说了多少遍了，不要乱跑，你看看你刚才的衣服好脏……"

"妈妈，下次宝宝不敢了。"小宝撒娇地抱着彭芸芸的大腿，一副可爱的模样。

"又卖萌了！我投降了！"彭芸芸本来很生气的，看见儿子嬉笑的小表情，想生气都生不出来了。

彭小茜没有说话，隐忍地听着电话，丝毫没有注意芸芸走了过来。看见妈妈的表情很奇怪，脸颊上都是愤怒的神色，却又不想表现出来，好像在忍耐什么。

"妈妈，是谁的电话？"

"没……"彭小茜刚想回答，却被电话里的狂躁声音打断了。

看见她的脸色不太对，彭芸芸抢走妈妈手里的电话，听见对方的声音，她脸色变得绯红，气愤地大声说道："季文媛，你太过分了！"说完"啪"地一声放下了电话。

彭小茜尴尬地看着女儿："芸芸……"

"妈妈，她也太过分了，居然打电话骂你，我实在忍不下去了！"说着彭芸芸走回房间拿着白色外套，转身又走了回来。

看她一身想要出去的打扮，彭小茜诧异地问："孩子在家，你要去哪？"

"妈妈，我出去买点东西很快就回来。"彭芸芸气愤地离开了公寓。

霍家大宅依旧看上去很豪气，让人不由得停下脚步打量起来。一辆出租车停在门口，却缺少了打量的兴趣。

彭芸芸按响了门铃，很快有人来开门，她看得很清楚，是一个年约五六十岁的男人。

"小姐你找谁？"

第三十九章
芸 芸 受 伤

"我找……霍夫人和霍小姐。"彭芸芸疑惑地盯着他,以前她在霍家没有见过这个人。

看到小姐疑惑的目光,他说道:"小姐,我是霍家的管家。夫人在客厅,小姐……可能在楼上吧。"

"谢谢。"

不管认识不认识,礼貌还是要有的,彭芸芸说着扫了一眼富丽堂皇的客厅,对她来说这些都是属于霍家的,跟她没有一点关系。

季文媛抚摸着欧式真皮沙发,靠在沙发垫上,一脸的迷茫,手中还一直握着酒杯,里面的红色液体早已经不见,茶几上放着一个空酒瓶。

彭芸芸走近了一看,不免感同身受起来,看来她也在为了霍东青烦恼吧。

"夫人,这位小姐要找你。"管家说着领着彭芸芸走了过来。

季文媛斜着眼睛望去,看见了穿着白色外套的年轻女人,她原本干枯的眸子有了动静:"你怎么会在霍家?谁让你来的?"

管家没想到夫人的变化这么大,而且气急败坏地看着这位小姐,他悄悄地退下去,免得惹祸上身。

彭芸芸无惧地看着她,比妈妈年长,但是保养的却比妈妈还要年轻。果然老天爷是不公平的,善良的心未必就会有好报。

"你为什么要打电话来羞辱我妈,季文媛你不要以为所有的人都比你轻贱!"

"哼哼!很好……没想到你这个小贱人帮你妈出头,彭小茜真是生了个好女儿。"季文媛摇摇晃晃的身体,也不忘争论口舌,心里就是不想看她们母女得意。

彭芸芸无奈地耸肩，看了一眼空酒瓶，疑惑地说："我知道你对我们不满意，但是事情都发生了，即使我们去医院探望也很正常，你也不用在电话里骂人吧。"

季文媛没有一刻松懈，抓着她的胳膊使劲扭着，看见彭芸芸脸上带着疼痛的表情，她笑得很疯狂。

"我告诉你！霍家的女主人只能是我，你妈妈想鸠占鹊巢，门都没有！"

"季文媛，我看你是疯了！"

彭芸芸说着，跟她发生了身体纠缠，你推我搡的挣扎着，丝毫没有看见从楼上下来的霍语恩。两个女人，一个年轻美丽，一个风韵犹存，在她眼里，竟然都这么厉害。

"放手！"

季文媛抬眼一看，不是女儿还能是谁，她怒气冲冲地松开手："我今天看在语恩的面子上不跟你计较！你回去告诉你妈，如果她再来偷偷探望我的丈夫，我不会只骂她这么简单了。"

手腕被抓得很疼，彭芸芸又气又恼地盯着霍语恩，她换上了粉色的睡衣，睡衣穿在她身上都再合适不过了。

"你为什么要来我家，你不知道霍家不欢迎你吗？"霍语恩说着，一边扶着季文媛坐下，一边轻轻拍着她的背。

彭芸芸看见季文媛不停地喘气，自然不知道她是因为情绪波动太快导致的间歇性缺氧。今天要不是为了妈妈，她也不会来霍家找季文媛理论。

"我……我是气不过你妈妈骂人，她在电话里骂的太难听了。"

"是吗？"霍语恩鄙夷地问了一句，扫了她一眼，表情变得狰狞起来。

季文媛狠狠地盯着彭芸芸，带着怨恨的目光看着她。

彭芸芸即使后悔也没用了，她看见躺在病床上的霍东青，心里很不是滋味。如果霍家人能多关心照顾他的话，她相信霍东青有知觉，也许能早一天苏醒也说不定。

"妈妈，你先休息一下，我来解决。"

霍语恩说着，正视彭芸芸的目光，她的笑容里都是冷意："你妈破坏了我妈的幸福，难道你还想破坏我的幸福吗？"

"你什么意思？"彭芸芸不解。

"既然离开了，为什么还要回来！你不是不知道我和宇文澈下个月就要结婚了。现在因为你，我们的婚期又要延迟了……你是不是想看见我们结不成婚你才高兴！"霍语恩说着，揑着她的肩膀用力地晃着。

彭芸芸没想到对方的力气大的惊人，被她晃得直发晕。

"我告诉你，宇文澈是我的，他是我一个人的。你算什么东西，小三生的贱胚子，注定了也是个小三！"霍语恩声嘶力竭地大声喊着，想到宇文澈的冷漠，她的心就疯狂地嫉妒。

彭芸芸没有站稳，一个踉跄，跌倒在地。她回过头来，看着已经发狂的霍语恩，没想到一个人的改变居然如此强烈，原因却是因为宇文澈。

开着保时捷行驶在马路上，手机发出刺耳的铃声，宇文澈戴上耳机接通了电话："喂，阿姨你好……我在回家的路上……什么？芸芸去了霍家找她们理论……好，你不要着急，我现在就去看看。"

挂断电话，在前面路口转弯，他的目的地变成了霍家。宇文澈心急火燎地盯着前方的路段，他的手指居然轻轻颤抖着，居然会担心，担心芸芸的安全，她一个人面对的霍家两个女人，是占不到任何便宜的。

季文媛总算缓过神来，她捂着胸口，心情也好多了，只是不想再看着彭芸芸头疼了。

"妈妈，你怎么了？"霍语恩见她想站起来，急忙伸手去扶她。

"我不想看见她……"

霍语恩点点头："我送你回房休息吧。"

彭芸芸突然觉得今天自己不应该来，都是女人，说出来的话不过是互相伤害。她最不想看见的就是互相伤害了，即使她非常讨厌季文媛，也不喜欢霍语恩。

"你怎么还没走？"霍语恩站在二楼就能看见客厅里的身影。

彭芸芸回头仰视楼上的她，面带为难之色："我们能谈谈吗？"

"谈谈？我跟你没什么好谈的！"

"可是……"

霍语恩冷冷地扫了她一眼，从二楼一步步走下来，这时脚步却忽然停下来，指着门口的方向："彭芸芸，霍家不是你想来就来，想走就走的地方。在我还没说出滚这个字之前，你识相点！"

"霍先生躺在医院里，你们为什么都不能多去看看他？你不是和你爸爸的关系很好吗？"彭芸芸说着走到楼梯边望着她。

"我跟你没话好说……"说着霍语恩转身就要走回去。

"等一下！"彭芸芸急匆匆地走了上去。

霍语恩本来想要忍耐一下的，可是她总是不依不饶的，都说过了不想谈了，可是她为什么还是咄咄相逼。猛地转过身来，她冷冷地说道："不管在宇文澈的心里，占据什么位置，我都不会把他让给你的。"

"我没想过把宇文澈从你身边夺过来……"

"你没想过？没想到你还会生下他的孩子？彭芸芸我不是傻瓜，宇文澈肯定知道你的儿子就是他的儿子。我不想输给你……"

彭芸芸没想到会看见她落泪，虽然并不像把关系搞僵，这一切却都是注定的。从四年前遇到宇文澈开始，就已经注定了这一切。

霍语恩伤心地晃着身体，只要想到宇文澈以后不会陪在自己身边，她就特别厌恶彭芸芸，恨不得她在眼前消失。心里萌生了邪恶的念头，她手心里冒着冷汗，向下望去，都站在楼梯上，虽然楼梯很平滑，如果从上面滚下去的话……

没有察觉到任何危险的靠近，彭芸芸露出一丝不解："如果宇文澈真的爱你，他自然会选择你，霍小姐你又何必担心呢。"

"你少拿宇文澈吓我，如果我不担心的话，他早就被你勾引到床上了，你这个贱蹄子！"霍语恩说着，双眸里释放着狠毒的目光。

彭芸芸看见她冷酷狭隘的眼神，顿时僵硬地想往后靠，无奈脚下是楼梯，她扶住了楼梯的扶手才算是站稳了。

"如果你愿意带着你妈妈和你儿子离开梁城的话，我会考虑给你一笔钱让你以后不用为三餐奔波。"霍语恩心想，这是我最后给你的机会，如果你不答应，就不要怪我了。

彭芸芸想了想，忍耐地咬住下嘴唇，迎上她期待的目光说道："对不起，我不能答应你。"

"是你逼我的……彭芸芸，我给过你机会的，是你自己不珍惜！"霍语恩说完，推了她一下，眼前的女人惊恐地瞪着她，身体如落叶一样掉下了楼梯。

当他赶到霍家的时候，当他推开管家跑进客厅的时候，眼前的一幕让他心痛不已。躺在地板上的女人，有一头乌黑的秀发，没有任何烫染，犹如纯洁的精灵。

宇文澈失神地蹲下来，看着紧闭双眼的女人，疯了一般地声嘶力竭："芸芸！芸芸我来了，你醒醒！我是宇文澈，我来找你了……我命令你醒过来！"

霍语恩听见男人的声音，才晃过神来，她得意的笑容消失了，看着摊开的双手才知道自己刚刚做了什么。居然，居然萌生了邪恶的想法，这双手把彭芸芸推下了楼。

管家看到这一幕，吓得全身发抖，动弹不得。

抱着女人昏迷的娇躯，看见额头上血红的颜色，宇文澈大声喊着："叫救护车，快叫救护车！"

"好……我去打电话……"管家急匆匆地跑过去，对着电话说："是120吗，我们家有人受伤了……"

"我，我不是故意的，是她激怒了我……"霍语恩哭丧着脸看着男人。

宇文澈抱着昏迷不醒的彭芸芸，冷冷地看了她一眼："我这一辈子都不想再看见你！"

第四十章
真 心 一 片

　　霍语恩愣住了，眼泪流了下来，盯着男人决绝的样子，她的心跌到了谷底。没想到一时鬼迷心窍，做出了无法被原谅的事。

　　这时，季文媛听见声音，披着睡衣从卧室里慌张地走出来，看见客厅乱成一团，她差点晕倒。彭芸芸的额头上居然有血，宇文澈抱着她默默发呆，女儿站在一边跟木头人一样。到底发生了什么事，怎么会这样。

　　120来得很及时，当彭芸芸被急救人员抬上担架的时候，宇文澈的心变得冰冷起来。他扫了霍语恩一眼，冷冷地抓着她的脖子："如果芸芸有什么事，你就等着坐牢吧！"

　　他走了，他居然头也不回地走了。

　　霍语恩摸着脖颈，哭得更伤心了。

　　季文媛从楼上下来，搂着女儿的肩膀："乖女儿，不哭啊……"

　　"妈妈，宇文澈走了，他说他不想看见我，一辈子都不想见到我了。我该怎么办……我不是故意的……我是想让彭芸芸消失，所以推了她一下……早知道她会流血昏迷，我绝对不会这么做的。"

　　作为母亲，季文媛最不想看见的就是女儿哭泣了，可听见她的话，还是忍不住地紧张起来。女儿一直很乖很听话，现在居然变成一个心狠手辣的女人。

　　现在她只能祈求彭芸芸没事，如果有什么意外的话，宇文澈肯定不会放过霍家的。季文媛闭上眼睛，担忧的神色溢于言表，眼下，只能好好安抚女儿了。

　　"先生你不能进去。"护士说着，推开了宇文澈。

　　眼睁睁地看着彭芸芸被推进了手术室，手术室的红灯亮起来。

他觉得自己很无能，连最爱的女人都保护不了，宇文澈的拳头不停地砸向墙壁，恨不得躺在里面的是自己。

如果早点到的话，芸芸也不会发生意外了，要不是霍语恩太坏了，芸芸根本不会躺在手术台上。这一次是他疏忽了，就不应该让御风停止监视，就应该每天在芸芸身边，把她的一言一行都记录下来。

失策！这次是自己太失策了！

宇文澈很懊悔，他的心很难受，耳边却听见一个颤抖的声音："芸芸怎么样了？"

彭小茜抱着小宝盯着宇文澈看，眼神里都是慌乱。

"阿姨你来了……芸芸在手术室。"

宇文澈阴沉着眼睛看向小宝，孩子的目光如星光闪烁，丝毫没有意识到发生了什么事。

彭小茜受到打击一般地坐在椅子上，不禁抹着眼泪。

"外婆，你怎么哭了？"小宝奇怪地看着外婆，帮她擦着眼泪。

"我的女儿，我的女儿命好苦啊！"

宇文澈听见彭小茜的话，心里一阵疼痛，目不转睛地盯着手术室上的红灯，喃喃自语："阿姨，你不要太担心了，我相信芸芸一定会没事的。"

"只能这样了……"

手术持续到了午夜十二点以后，当彭芸芸被推出来，宇文澈急忙站起来焦急地看着她。双眼闭着，看起来还在昏迷中。

"医生，芸芸怎么样了？"

穿着白大褂的医生看着他放松地说："放心吧，手术很成功，不过病人现在还没有清醒。"

彭小茜说着总算放心了，双手合十，嘴里念叨着："阿弥陀佛。"

"外婆，外婆，妈妈怎么了？"小宝揉着眼睛，还没有完全清醒过来。

宇文澈低着头笑着说："宝宝乖，你妈妈睡着了，明天就会醒了。"

"嗯，宝宝等着妈妈……还有外婆，还有叔叔。"小宝说着，瞳孔里都是妈妈沉睡的模样。

"放心吧，阿姨，我会寸步不离的守着芸芸的，你和宝宝先回家休息吧。"

彭小茜抚摸着女儿的手背，盯着苍白的面孔发呆："我一直希望芸芸能有个幸福的归宿，这孩子不说我也知道……"

"对不起阿姨，都是我的错，是我没有好好保护芸芸。"宇文澈说着，内心受到了巨大的冲击，眼眶渐渐模糊了，忽然他想到四年前的那个夜晚。

"好了，小宝都睡着了，我们先回去好了。"说着彭小茜站起来，紧紧抱着外孙。

"阿姨，你先等等，御风在来的路上，我让他亲自送你们回去。"

"好吧。"

唐御风急急忙忙从电梯里出来就看见了宇文澈冷酷的身影。他径直走过去，恭敬地说："澈少，彭芸芸小姐怎么样了？"

"医生说没什么危险，接下来的时间静养就行了。"

宇文澈说着，彭小茜抱着小宝走了出来。

"御风，你送阿姨和小宝回家吧。"

"是的，澈少。"

没想到芸芸睡着的模样这么惹人怜爱，男人把脑袋放在她的手臂上，心中满满的都是心疼。真没想到她会头一热去找季文媛理论，更没想到霍语恩会狠心把她推下楼梯。看见她额头上的血，心第一次感觉到失去的恐惧，幸好……幸好她没事了。

一夜到天明，不知不觉，宇文澈握着她的手睡着了。

彭芸芸的手指动了一下，男人被细微的动作弄醒了。手指微微动着，他的目光变得惊喜起来，附在她的耳边说道："芸芸……芸芸你睁开眼睛看看我。"

眼皮很重，她使出很大力气才能睁开眼睛，第一眼就看见了宇文澈，她眼球里都是红血丝，难道他没有睡好吗？等等，这里是什么地方？

"你醒了……"宇文澈见她露出疑惑的眼神，笑着说："这里是医院，你睡了一夜，现在感觉怎么样？"

"我……咳咳……"彭芸芸想说话，发觉嗓子很干，干得直咳嗽。

宇文澈的眼底闪过一丝担忧，抓着她的手轻声问道："你是不是哪里不舒服？"

她摇摇头，盯着男人焦急的样子微微一笑。

彭芸芸的脸色尽管苍白，在男人眼中却是世上最美丽的笑容了，宇文澈下意识地亲吻上她的额头，双眼微闭，他的感情波涛汹涌，恨不得把心掏出来给她。

"妈妈和小宝呢？"

"放心，昨晚我让他们回去休息了。"

"嗯……我是怎么了……为什么会进医院？"

宇文澈紧蹙眉头，轻轻抚摸着女人的手背："你不知道自己发生了什么吗？"

彭芸芸感觉很奇怪，全身酸痛，想要坐起来，脑袋却很疼。她不得不放弃了起身的念头。这才想起昨天晚上发生的事情，她记得自己好像是从楼梯上滚下来了，难道？

"你是从霍家的楼梯上摔下来的，还记得吗？"宇文澈觉得有必要告诉她事情的真相。

"摔下来？楼梯？"

宇文澈坚定地点点头，眼神注意到女人的变化，显然她并不惊讶，看起来昨晚发生的事情她都想起来了。

俯下身子，贴近她的脸蛋，疑惑地问："你不是不小心摔下来的对不对？"

彭芸芸僵硬地望着他，此刻的宇文澈看起来和颜悦色，但是他浑身散发出来的却是愤怒的气场。要不是认识他的话，很容易不敢正视男人的瞳孔。

"我……她应该，不是故意的。"

这话是她自己说的，但是她自己都不愿意相信。至少在彭芸芸的眼中，霍语恩是个好脾气的小姐，而且她带着霍家大小姐的光环长大，见惯了很多场面。她不是一个有心机的女人，但是昨天晚上的一切都该作何解释。

宇文澈无奈地抬起头来，看见病房的门推开了，穿着白大褂的医生和护士一同走了进来。他站起来冲着他们笑笑。

"彭小姐，你今天感觉怎么样？"医生说着，仔细地打量着她的脸色。

彭芸芸挤出一个笑容，脸色尽管苍白，精神却在逐渐恢复。听到医生的话，她的声音很微弱："全身软软的没力气，我的额头很疼……"

"是这样的，你的额头受伤了才会感觉疼痛，过几天就会好了，不用担心。"

宇文澈看着医生，严肃地问道："芸芸动的手术，会不会留下后遗症？"

"不用担心，昨天的手术我们取出了小血块，面积很少，不会影响霍小姐以后的生活。只要好好休养就会恢复的。"

彭芸芸才知道，原来昨天晚上自己动过手术了，没想到从楼梯上摔下来的结果如此严重。她想到霍语恩最后的眼神，身体忍不住打了一个寒颤。

"谢谢你医生。"

"不客气，我还要去其他病房看看，彭小姐你最近要在医院好好休息知道吗？"

"我知道了，医生。"

宇文澈看着医生离开，视线重新回到了女人身上，看见她发呆的眼神忍不住脱口而出："你不用担心，只是一个小手术。"

"我知道，不管是什么手术，对于我妈来说都是一个不小的打击。"

"阿姨的情绪的确不稳定，我已经让御风看着她了，你放心。"

彭芸芸苍白的微笑浮现在嘴角，她的眸子里都是颓废的色彩，男人忍不住坐在病床边轻轻搂着她的肩膀："不要害怕，也不要担心，有我在，我会保护你的。"

靠在男人强有力的胸膛前，她感受到了前所未有的安定。一直躲下去也不是办法，到如今她才明白自己的真心，或许从四年前那个夜晚开始，自己的人生就无法脱离宇文澈的世界。不停地挣扎，换来的却是一步步的靠近，彭芸芸打算再也不刻意推开他的怀抱了。

第四十一章
不 速 之 客

霍氏集团上午九点钟的会议准时召开，足以容纳一百个人的会议室，此刻只有霍东严一个人。他的左手腕上是一串转运珠，右手不停地转动着，闭着眼睛等待着她的到来。

霍语恩迈着优雅的脚步，袅袅婷婷的走进会议室。经过昨晚的折腾，她一直到凌晨两点才睡着。厚厚的粉底遮住了黑眼圈，她根本不知道自己的一举一动已经被眼前的中年男人掌握得一清二楚。

"叔叔，你找我？"

霍东严睁开眼睛，精神矍铄地扫了她一眼，坐姿变得正规起来，黑色的西装上别着一只钢笔，露出了金色的笔帽。

"语恩，我是你亲叔叔，你做的任何一个决定是不是都要跟我商量商量。"

霍语恩听见他的话，越发觉得奇怪了，不知道他说的是什么。

看见侄女质疑的眼神，霍东严站起来插着口袋，语重心长地说道："大哥现在躺在医院里，我心里也很难过。集团的事情我不是全都清楚，你刻意绕开我擅自做了决定，是不是从心底就不认同我这个亲叔叔的能力？"

"叔叔，我没有……只不过您现在只是暂时代理董事长的职位……"霍语恩信誓旦旦地说着，却看见叔叔奇怪猥琐的表情，她心中一惊，话说得吞吞吐吐。

"以前我真没看出来，原来我的亲侄女对霍氏集团如此上心。"霍东严冷冷地说着，嘴角的冷笑却是出卖了他的心机。

霍语恩坐不住了猛然起身，低声说着："叔叔，我和妈妈已经同意你所有的要求。霍氏集团可是爸爸的心血，您不能连最后一点念想也剥夺了。"

"念想？究竟是大哥的念想，还是你们母女俩的念想？"霍东严冷冷地扫了她一眼。

"叔叔……"她的眼神里有一丝祈求的意味。

"够了！我不想听这些，你说吧，到底给不给我？"霍东严说着走到会议室门前停住了脚步，他在等待最后的答案。

霍语恩猛地一惊，随之脑海里闪出了答应之后的后果。如果爸爸苏醒了，这一切都不是问题，但是……想到妈妈说的那番话，她握紧拳头，紧张地说道："我不能答应你。"

"好，真是太好了。你们母女俩就等着瞧吧！"霍东严说完离开了会议室。

霍语恩浑身无力地跌坐在椅子上，她有种不好的预感。霍东严的野心越来越大，他打着继承权的主意，威胁自己，威胁妈妈，现在还想得到公司的股份。重点是，现在的霍氏集团已经渐渐不再是她眼中熟悉的霍氏了，她心里很害怕，害怕到最后什么都得不到。

秘书战战兢兢地跟在霍东严身后，听着他的训斥。

"明天的股东大会推迟到下个月，还有下周的预约提前到明天和后天。这些事情不需要跟霍小姐报备了，我跟她谈过了，下去准备吧。"霍东严说完，冷冷地看着秘书笑着。

"我现在就去办。"秘书应着，慌张地离开了董事长办公室。

霍氏集团进入了一个新的时代，在霍氏老员工的眼里，他们都很不喜欢如今的改变。以前霍东青担任董事长的时候，至少不会像现在这样，福利全部撤销，连带着周末的时间都要回来加班，一时间大家怨声载道。

霍氏的情况宇文澈早有耳闻，之所以不管不问，也是不想再跟霍语恩有任何牵扯。他不是傻瓜，早就让御风去查了芸芸的绑架案，没想到还真的查出来了一些事情。看来芸芸恢复的还算不错，他打算先侦查一番。

"我想看看新闻……"彭芸芸看见宇文澈手里的 ipad，笑着说。

"你想看本市新闻还是中央新闻？"

彭芸芸犹豫了一下："本市新闻。"

"嗯，我帮你搜一下。"说着宇文澈低头走过去，坐在病床上，ipad 放在中间的位置上。

"没想到医院里还有无线网……"

"出来了，就是网速太慢，你随意看看好了。"

彭芸芸认真地盯着新闻里的主持人，她其实对本市新闻不关心，她只想知道霍氏集团现在怎么样了。不管霍语恩做过什么，那可是霍东青半辈子的心血。

下面是关于霍氏集团的报道……

宇文澈偷偷打量着芸芸，当她说要看本市新闻的时候，就猜到了她的真实用意。阿姨去探望霍先生去了，一时半会回不来，现在正是了解霍氏集团的最好时间。

"怎么会这样？"彭芸芸自言自语，轻蹙眉头。

"霍氏现在的董事长是霍东严，他的身份你也知道。以前一直是霍氏集团的经理，现在他掌权了，集团内部的一切都要进行'大换血'，最近新推出的政策更是让集团的老员工们发出了抗议的呼声。"

"难道没人管吗？"彭芸芸想到霍家现在还有两个女人在。

宇文澈爱怜地摸着女人的头发："你啊，管理一家大公司哪有这么简单，里面牵扯到的利益关系太多，一般人根本弄不清楚管理者的真实意图。霍东严可不是一个简单的人物，他已到中年，想要的东西太多，养精蓄锐了这么久，现在一出手没人管得了。"

"除非霍先生现在能醒过来……如果他醒来了，一切是不是还有回旋的余地？"

"你说得没错，但是医生的话你也听见了。"

宇文澈不想打击芸芸的积极性，但是昨天医生的话他们都听见了。病情逐渐加重，虽然现在控制的更好了，可是没有好起来的迹象，看来霍东严是注定要当霍氏集团的董事长了。

病房的门吱呀一声打开了，李文爱的手里提着香蕉走了进来，看见宇文澈亲密地搂着芸芸，开心地说道："我来的好像不是时候，打扰你们二人世界了。"

彭芸芸尴尬地脸红了，娇嗔地嚷着："文爱你胡说什么呢，我们只是聊天而已。"

"真的吗？宇文先生。"李文爱伸着脑袋似笑非笑地盯着他。

宇文澈一点都不尴尬，大方地握紧女人的手："是啊，我们在聊天，很私密的话题。"

"不打自招了哦……"

彭芸芸诧异地看着男人，一记软绵的拳头到男人身上，看起来颇有打情骂俏的意味。小手被男人捉住，宇文澈故意坏笑着："她可是你的好朋友，难道我们的事也要瞒着她？"

"我们什么事啊？"彭芸芸怀疑。

"你说呢？"宇文澈故意装起傻来。

李文爱见他们有说有笑的，总算放心了，大声叫嚷着："你们谈恋爱的事情我看出来了，放心吧，作为好友，我绝对支持你们在一起。"

噶！这是什么状况。什么叫你们谈恋爱，绝对支持你们在一起？彭芸芸的额头萌生几道黑线出来，她煞有介事地看着宇文澈。

"谢谢你的支持！改天我请你吃饭。"宇文澈满意地笑着。

"等等……你们俩，在玩什么把戏？你们什么时候这么熟了？"彭芸芸百思不得其解，宇文澈和李文爱啥时候变得默契了。

"你受伤的这段日子，宇文先生放下工作陪你，芸芸啊，现在想宇文先生这样的好男人已经不多了，你可要抓紧了。"李文爱语重心长地说着，样子不亚于七大姑八大姨。

彭芸芸听见宇文澈偷偷的笑意，猛地质疑起好友的话来："说吧，他到底给了你什么好处？李文爱你可要从实招来。"

"这个……真没有，我纯粹是看宇文先生人好，对你也是真心的。好芸芸，你不要胡思乱想了，这对身体可不好。"

"你……"

宇文澈急忙把被子盖在女人身上，不理会她的质疑，跟李文爱默契地笑了笑。

彭小茜听见声音，拉着小宝从外面跑进来，看见李文爱，笑着说道："我刚才还跟芸芸说呢，正要好好感谢文爱帮忙看护小宝。没想到你后脚就来了，中午阿姨请你下馆子。"

"不用了阿姨，小宝这么可爱，我也舍不得是不是？"说着李文爱抱起了孩子，看着他眉眼之间长的又像芸芸，又有几分像宇文澈，心里着实为好友开心。

彭芸芸往后靠了靠，温柔和煦的眼神看着围在身边的人，有妈妈，有儿子，有最好的朋友，还有，宇文澈。只有在自己最艰难的时候陪在身边的人，才会把自己当成宝。她居然很想一辈子就这样被他们团团围住，心中的安全感才会稳固地让她感受到温暖。

男人的余光察觉到女人嘴角一抹沉静的笑容，看起来她很满足，很安慰。这种笑容是他过去从来没有见到过的。嘴硬心软的彭芸芸也会有意外的改变，真让他觉得讶异。

"妈妈，外婆说你受伤了，宝宝给你呼呼，呼呼就不疼了……"小宝睁着大眼睛，无邪地看着彭芸芸，看着她手背上的淤青，小心翼翼地吐着气。

看着三岁儿子乖巧得不像一个男孩子，她的心里说不出来是什么感觉。小宝跟其他幼儿园的孩子不一样，身上特有的成熟味道，不是小孩子该有的。看来真要好好问问身边的男人，他小时候是不是也是这样。

正说着，一个不速之客闯了进来。

对于宇文澈来说，接近芸芸的男人都是不怀好意的。而且眼前的男人还是一身帅气的西装打扮，怀里还抱着一大束百合花，他不想想多都难。

第四十二章
落 井 下 石

姜傲风依旧是风尘仆仆，每一次彭芸芸见他都会感受到他的事业心。说不好为什么会有这种感觉

"我来晚了，彭芸芸小姐这是送给你的，祝愿你早日康复！"

彭芸芸想伸手接花，却被宇文澈抢先一步。

"我来吧，你不要乱动，小心着凉。"

贴心地把百合花从姜傲风手里接过来，放在了一边的桌子上。

李文爱尴尬地看着姜傲风，看起来他已经被宇文澈当成了情敌。

彭小茜打断了尴尬的气氛，笑着嚷道："让姜先生破费了，芸芸很快就能出院了。"

"那就好了，我就不用担心你了。"姜傲风的话说得很直白，正要表达自己的想法，却引起了宇文澈的冷眼。

姜傲风无视宇文澈的存在，眼神都盯着病床上的彭芸芸。昨天下午他才知道人进了医院，说是不小心从楼上摔下来了，当时他的心就管不住自己了，本来想下班了去医院的，谁知道硬生生被一个重要饭局给耽误了。

这不临时在医院对面的花店买了一束百合花送来了，只有七朵，却是象征着满满的祝福。他凝神望着盯着自己看的小宝，嬉笑着说："小朋友，你为什么一直盯着我看？"

小宝歪着脑袋疑惑地打量着宇文澈，又看看妈妈，最后把眼神停留在姜傲风身上，拉着外婆温暖的手掌说着："外婆，你喜欢宇文叔叔，还是姜叔叔？"

"啊？小宝你说啥？"彭小茜听见了，但是孩子的话倒让她搞不懂了。

李文爱诧异地看着芸芸，心想，这孩子太聪明了吧！看起来比他妈妈还聪明不少。看起来生孩子还是要选择优良基因才行，以后自己也要找个优质男人，生个聪明娃娃。

"小宝，宇文叔叔和姜叔叔都是妈妈的朋友，你不能问外婆她喜欢谁知道吗。"彭芸芸不了解孩子的世界，但她看得出来身边的男人隐隐约约感到不安。

姜傲风低头看了看手表："我晚上还有约，要提前走了。"

"这么快！姜总监你不多待一会？"李文爱想都没想，几乎脱口而出。

"是一个多年未见的同学，我们约好了八点在酒吧见面。彭芸芸小姐，希望早点在工作室见到你，各位下次再见！"姜傲风说着，特意看了看彭小茜，礼貌地露出八颗牙齿，笑容敢比明星的光彩。

彭芸芸点点头，同样报以微笑。

宇文澈巴不得碍眼的人早点离开，不管怎么看待姜傲风，他都是个讨厌的人。阴魂不散地出现在芸芸周围，不怀好意。

"宇文叔叔你不喜欢姜叔叔吗？"小宝善意的话，引起了三个女人的注意。

"我，当然没有，我怎么会讨厌他。"

彭芸芸也觉得奇怪，从姜傲风来到病房之后，宇文澈就没有说话。现在姜傲风走了，他的话便多了起来。小宝天真无邪的一句话，倒是让她起了疑心，难道宇文澈真的很讨厌姜傲风吗？

彭小茜和李文爱互相聊着天，说的都是些家长里短的事情。小宝听不懂，但是却乖乖地待在外婆的怀里，他的小脑袋思考着，宇文叔叔和姜叔叔都好帅哟，妈妈会喜欢谁呢？

霍家大宅一楼最里面的一个房间是书房，以前霍东青一个人总是忙到深夜。季文媛对书籍之类的东西没有任何兴趣，也没有想过她会在丈夫出事之后坐在这里发呆。

时间久了，她就会忘记自己身处何方，渐渐忘掉了不开心的事。回想自己二十岁的时候见到刚刚踏进公司工作的霍东青，那个时候男人的笑容是明媚的，浑身充满着自信心。乃至于到后来他辞职创业，激情却没有因为困难意志消沉，反而越挫越勇。

女人最美丽的青春年华就是在爱人面前释放。季文媛选择跟随男人的脚步，做他身后的女人，这一切看似很美好的婚姻生活，却在第四年发生了彻底的转变。

陷入回忆之中的最初，嘴角带着青涩的笑意，好像回到了二十岁，扎着麻花辫子在大学里狂奔，迎面而来的就是霍东青，他们不敢大胆的拥抱，只是互相咧着嘴微笑。那个时候季文媛是单纯的，霍东青是年轻的。

他们结婚不到三十年，自从彭小茜出现之后，离婚的字眼不止一次出现在相互辱骂之中。季文媛到现在都不相信，霍东青会为了一个小三，抛弃家人。最后还是她派人去威胁了女人，离婚的事情因为彭小茜的消失而暂时搁浅了十几年。

现在霍东青躺在医院里，季文媛的心一点都不想念他，也不想去探望他。从最初的一天一次到现在的三四天才去看一次。女儿嘴上没说什么，却是对她的行为产生了抵触的情绪。

管家轻轻敲响了书房的小门，知道夫人最近爱在书房待着，他小声说道："霍东严先生的电话，夫人您接不接？"

季文媛回过神来，理理头上的乱发，精神欠佳的起身，走到了客厅的电话机旁。窝在沙发里，打着哈欠说道："语恩在公司，你想说什么？"

电话里的霍东严口气异常温顺低沉，跟他平时做事风格有着天壤之别。仔细听着他电话，季文媛隐约感觉到了霍氏集团的动荡，她忍不住身子颤抖，猛然起身大放厥词："我告诉你霍东严，霍氏集团的法人代表可是你大哥，你就不怕他醒过来知道你干的好事吗？"

看来他真的是胸有成竹了，要不然这个电话不会在晚上打过来，季文媛看了一眼墙上挂着金光闪闪的大钟，还是过去老式的款式，还有十分钟到十点。

管家看着夫人放下电话，好像受到了打击一样，他挤眉弄眼地走过去，低头说道："夫人您没事吧……要不要我去叫大小姐下来？"

季文媛摆摆头，肩膀僵硬地不能动弹，她小心地靠在沙发背上，凝重地闭上眼睛。想到霍东青遥遥无期的苏醒，她的心就很沉闷。霍东严明摆着欺负自己孤立无援，霍语恩好歹是他的亲侄女，居然都不放在眼里。这霍家以后还不知道会变成什么样。

接下来不到三天的时间里，霍东严打算周密的部署。不能白白便宜了季文媛她们母女，现在正是他独揽大权的最好时机，既然不能从霍东青那下手，他只好现在开始行动，防范于未然。就算未来某一天大哥苏醒了，他也不用再担心自己的未来了。

收买人心是上司笼络下面职员最好的方法，见效快，不用兜圈子。霍东严花了一整天的时间去搜集每个部门的老员工和新员工的背景资料，他不想再一一找来谈话，直接跟经理和总监谈论了细节问题。

不到三分之一的老员工愿意归属他的手下，剩下的三分之二都是霍东严的心腹，也是当年一起支撑霍氏的精英强将，虽然不再年轻，他们的工作热情一点都没有减退。

"放心吧，只要你们答应我这一条，年终奖金和全勤都还给你们。"霍东严话音刚落，办公室里站着各个部门经理，每个人面面相觑，显然意识到新上任的董事长话里的意思。

只是简单的全勤和年终福利，以前霍董事长在的时候都是照发不误的，怎么到了现任董事长这里倒是成了新型福利。

秘书站在一旁听着董事长的话，心里唏嘘不已，看来以后想在霍氏集团做事，真的不能得罪这位新董事长。

霍语恩根本不知道他还会来这一套，知道叔叔不是一个好惹的人。早知道事情变得越来越复杂，她当初就不会一头栽进去了。先是带走彭芸芸的儿子，再是绑架彭芸芸本人，然后妈妈鬼迷心窍地派人抓走彭小茜。

疲累地闭上眼睛，感受到心脏有力地跳动着，看来以后的日子只会越来越不太平……

"霍小姐，我能进来吗？"

是董事长秘书的声音，她带着一丝紧张睁开眼睛："进来。"

秘书抱着堆积如山的文件走进来，身后还跟着两个职员。

"怎么回事？"霍语恩的直觉告诉自己，真的很奇怪。

秘书尴尬地陪着笑脸："是董事长让我送过来给霍小姐过目的。"

"董事长的意思？"

"是的，霍小姐。我先出去了，有事您叫我。"

霍语恩疑惑地盯着文件，随便打开一本看起来，她愕然地盯着上面的数字，整整七个零的投资。她不相信地接着往下看去，果然是一份合约书，最后落款的名字正是霍东严。

她的气不打一处来，怎么会有这种事，居然隐瞒自己，而且这些投资项目可都是大项目，叔叔怎么能隐藏的这么严密。

"霍东严，你究竟葫芦里卖得什么药！"手指用力地拍在文件上，霍语恩的脸色由白变成铁青色，神情变得狰狞起来。

秘书站在董事长办公室里，畏首畏尾地报备着："董事长，我都按照您的吩咐拿给霍小姐了，离开霍小姐办公室的时候我偷看了一眼，她很震惊，脸色很难看。"

"难看？我要的何止是难看……这件事情你做得很好，月底发薪水我会给你加上全勤，现在出去吧。"霍东严说着，猥琐地扫了一眼秘书的胸部。

脸颊一红，她急忙退出了董事长办公室。

第四十二章 落井下石

第四十三章
负 面 消 息

    一周后，彭芸芸在工作室接到了新的工作，高总监越来越信任她，没有因为请假时间半个月而对她进行处罚，体谅她的身体还没有完全康复就来上班，特地准许她不用出勤。

    李文爱倒是一脸的羡慕，她最近天天出勤，虽然紫外线越来越薄弱，可她整个人还是晒黑了一圈。眼巴巴地羡慕芸芸，带着哀怨的眼神。

    "喂，李文爱小姐，我怎么觉得你的样子很想吃了我似的？"彭芸芸淡然地喝着咖啡，浑身都是轻松的气息。

    "哎……你整天待在办公室里，我的辛苦你怎么知道。"李文爱的叹气声一刻都没有停止的意思，在好友面前晃悠，就是不想待见她。下面是本台记者报道

    彭芸芸无奈耸肩，一副事不关己的模样："我还没有完全恢复，这是总监给我的福利，难道我要拒绝吗？"

    趴在办公桌上的，李文爱矫情地咬着下嘴唇："小妞，你尽管在姐面前得瑟，下个月初发薪水看谁笑到最后！"

    "咳咳……你不必做得太绝吧？"彭芸芸无奈地看着她。

    "我哪有，你当我是什么霍氏集团，没事找事！"李文爱的话刚落下，就看见芸芸奇怪的眼神，她意识到自己说错话了，慌乱之下捂住了嘴。

    "你刚刚提到霍氏集团，是不是发生了什么事我不知道？文爱你有事瞒着我是不是？"彭芸芸说着步步紧逼，却听见其他同事小声嘀咕着。

    "你们看看，最近一周都是霍氏集团的负面消息，我都看腻了，不知道总监看腻了没有。"穿着黄色马甲的女同事慵懒地伸着懒腰。

"你懂什么，这叫新闻，没有爆点怎么能上头条！"四眼妹的嘴巴很伶俐。

彭芸芸诧异地看着她们，手指在键盘上飞快地敲出了霍氏集团四个字，搜索出来了很多消息。她们说得没错，前几条都是关于霍氏集团的负面消息。她点击其中一个网页，上面的文字让她惊讶起来。

"文爱，这些报道都是真实可信的吗？"

李文爱装平静地说："是啊，连警察和法院的人都出动了，应该八九不离十吧。"

"如果是偷税漏税的话我还能理解，霍氏这么大的公司总是想多赚一些钱。但是走私这种事情可不能开玩笑。"彭芸芸说着，抓着鼠标的右手有些颤抖。

"其实这些都跟你无关，你何必担心霍氏集团的未来。"

彭芸芸忐忑地望着她："文爱你不知道，妈妈现在每天都会探望霍东青，我的话她也听不进去，中间遇到霍语恩两次，季文媛一次，还差点打起来。"她看见文爱惊讶的模样，继续说道："我是担心妈妈看见了新闻上的报道会睡不好觉。"

"不会吧，阿姨对霍家这么担心……"

"一开始我也不相信，谁知道妈妈半夜三更不睡觉，偷偷盯着过去的老照片发呆。我趁着她在厨房里做饭，找到那张照片，没想到上面是年轻时候的妈妈和霍东青。"

李文爱这才全明白了，现在的社会很开放，开放到爱情都是"快餐式"的。跟阿姨相比，她的专一和痴情却是现代少有的。那个年代的爱情居然有着致命的吸引力，真是没想到。

彭芸芸并不知道好友内心的感慨，她只希望妈妈不要打开电视机，也不要看新闻，最好看不见有关霍氏集团的负面新闻。

往往天不遂人愿，午休时间彭小茜的电话就打过来了，第一时间就直奔主题。很显然她已经看到了本市新闻里的报道，而且看得清清楚楚，一字不落地告诉她。

抱着盒饭吃了一半的李文爱见她不动筷子，担心地问了一句："芸芸，阿姨在电话里说什么了，你放下筷子干嘛？"

"我妈妈全都知道了，刚才在电话里问我霍家的事。"

"不会吧，阿姨知道的也太巧了吧？"

彭芸芸给了她一个"就这么巧"的眼神，顿时没了食欲，剩下的三分之一的猪排就被她舍弃了。盖上饭盒盖子，带着为难神色，仔细想想霍氏集团的负面消息。

挪用公款可不是小事，怀疑参与走私的案子只会更吸引老百姓的眼球。现在的董事长是霍东严，他可是霍东青的亲弟弟。宇文澈说过，霍东严不简单，如果他真的有心的话，现在霍氏集团出了这么多事，捅得篓子越来越大，他难道不着急吗？

不可能坐视不理吧?

李文爱吃完了午饭,摸着填饱的肚子,心满意足地笑了笑。

"我有时候还真羡慕你,一人吃饱全家不饿!"

"你羡慕我干啥,我还羡慕你呢,有个可爱又乖巧的儿子。"李文爱想想小宝可爱的眼神,她嘴角都翘起来了。

彭芸芸扬起下巴,得意地说:"我没有其他能夸的,不过我儿子真的不是一般的乖巧,他实在是太听话了。有时候我觉得他不是三岁的孩子,而是十三岁,整天安静的时间占据了一大半,一点都不像男孩子。"

"你说得不对,我猜小宝一定跟他爸爸小时候很像,你没有主动问过宇文澈吗?"

"没有……我不知道怎么开口?"

李文爱站直了身子,拍了一下好友:"我觉得你还是早点让小宝知道吧,总不能一直叫宇文澈叔叔吧,姜傲风也是叔叔,你不觉得奇怪吗?"

彭芸芸被好友的眼神质疑地浑身起鸡皮疙瘩,她站起来嚷着:"文爱你有话就说,不要一直盯着我看,搞得我心里毛毛的。"

"当断不断反受其乱,你自己领悟吧!"说完李文爱一个潇洒的转身,把饭盒扔进了垃圾桶里。

只有把自己投入到工作中去,彭芸芸才不会胡思乱想。文爱说的话她不是不明白,大家都是成年人了,不用把事情全部挑明了讲。

下班回到家里第一件事情就是亲亲儿子,小宝的脸蛋柔柔的,滑滑的,摸起来简直让人爱不释手。

彭芸芸宠溺地看着儿子说:"外婆中午给你做了什么好吃的了?"

小宝歪着头,手里还抱着儿童牛奶,只顾着在妈妈怀里撒娇了,上蹿下跳地无视她刚才的问题。

彭小茜拿着锅铲走了出来,看到外孙玩心大起的模样,淡淡地笑着。

彭芸芸知趣地放下儿子,径直走进厨房。

"妈妈,你有事想问我?"

彭小茜一边炒菜,一边装作无意,随口提到了中午看到的午间新闻。她跟没事人一样放松了语气问道:"现在的人也奇怪了,一家好好的公司,非要折腾负面消息,我都不知道负责人都是干什么吃的!"

没想到妈妈会生气,更加让彭芸芸没意识到的事情是,妈妈居然把所有关于霍氏集团的消息都看了一遍。进厨房之前,她无意中看见了壁橱上的报纸,都是新的,应该妈妈买的没错。可想而知,卖报纸的真实用意,肯定想看看有关霍氏集团的消息。

"我也是上午才知道的消息，不是文爱顺嘴说出来的，我都不知道霍氏的现状。妈妈，说实话，你为什么担心霍氏集团。"

彭小茜听出来女儿的话里都是疑问，她也不想遮掩，实话直说了。

"虽然你跟你爸爸关系到现在都没有改善，我还是很想让你知道。霍氏集团可是霍东青半辈子的心血，当年他创业失败，心里憋着一口气，不靠任何人要把霍氏发扬光大。事实证明他做到了，十几年的时间，霍氏集团成为了这个城市的大公司之一。现在他躺在医院里，什么都不知道，我担心他醒过来知道这些事肯定会晕倒。"

彭芸芸知道妈妈关心霍东青，要不然当年说什么都不肯离开他。这些事她记得很模糊，想起来只有一些零碎的片段了。

搂着彭小茜的脖子，做女儿的开始撒娇了。

"妈，没想到你这么专一，十几年过去了都没给我找个后爸。"

听见女儿的话她笑了："你这孩子，说什么傻话！你妈我虽然读书不多，对一个人专情一辈子还是能做到的，你少拿我打趣！"

彭芸芸呵呵地笑着，厨房里的气氛变得融洽多了。

在同一时间，看完了整篇报道的季文嫒忍不住喝光了高脚杯里的红酒。她冷冷地盯着本市新闻，听见越来越近的脚步声，不悦地摸着鱼尾纹："为什么不告诉我这些事情是谁做的？"

霍语恩听见妈妈主动发问，忍不住垂下眼帘，沉默应付。

"你不要告诉我，你二叔做这些事情之前你一点风声都不知道？"季文嫒果断放下高脚杯，盯着女儿古怪的神情。

"叔叔现在是董事长，他做的事情我一概不知，要不是今天看见法院的人来公司，我还一直被蒙在鼓里。"霍语恩说着，一脸的委屈。

"我们就不应该答应他的要求，为了自己不受责罚，连霍氏都赔出去了，让我心里怎么过意的去……"

"妈妈，对不起，是我太没用了！"

季文嫒许久才从低落的情绪中回神，她交叉着手指慢吞吞地说："现在新闻都报道了，你说还有补救的办法吗？"

这个问题她都想了一天了，还是没想到任何解决的方法。霍语恩的沉默就是对季文嫒最好的回答了。

"早知如此何必当初。"

"妈！"

"哎……"

第四十四章
掌 握 大 权

宇文澈悠闲地看着手机里的照片，是他和儿子的合照。看得时间久了，他当父亲的心情越来越急切了。要不是担心芸芸的感受，他不会等到现在一句话都没说。

望着近在咫尺的乖儿子，他恨不得放在心尖上，却因为顾念芸芸和彭阿姨的感受，硬生生地压了下去。

"总裁，这是霍东严最近出入赌场的记录。"唐御风恭敬地把一个牛皮纸袋放在男人面前，不停地打量着宇文澈接下来的举动。

"御风你最近做事越来越麻利了，是不是对我有想法？"

"想法？总裁我没有。"唐御风说着垂下脑袋。

宇文澈潇洒地站起来，盯着眼前的年轻男人，一直都是自己的跟班，他们一起上学，一起在公司工作，这些年的相处不是假的，他不会看不出来御风心里的真实想法。

"你就承认了吧……最近这半个月你经常偷看霍语恩，不想被我发现，刻意找了一个烂借口。你忙着跟踪女人，这种谎话亏你编得出来。"

唐御风听完总裁的话，犹如一记耳光打在自己脸上，他的头低得更低了，这下连身子都弯了下去。宇文澈风轻云淡地瞄了一眼，露出神秘的笑容。

"再弯下去，你的自尊就没有了，不要说我不给留颜面！"

"对不起总裁，都是我的错！"唐御风主动承认错误，腰杆子也直了起来。

宇文澈大手一挥，翻阅着霍东严的记录表，面无表情地发出啧啧的声音。

"是不是哪里不对？"唐御风心里一慌。

"确定只有这些……没有其他的吗？"

"总裁，我的确只查到这些，难道……"

宇文澈不得不佩服霍东严的反击能力，都说树大招风，显然他现在是本市的"风云人物"了，光是他最近做出来的事情已经足够继续登陆下周的头版头条了。

唐御风的额头渗出汗水，上前一步盯着上面的记录，皱着眉头，心想：真是没有一分钟能放松的，还以为圆满的完成了澈少给的任务，没想到却被人摆了一道。

"好了御风，你生气的话放在心里就行了，下次注意点！"宇文澈说着特地点燃了一支烟说："霍东严可不是霍东青，他是个满肚子坏水的家伙。"

"我知道了，下次不会再被他发现了。"唐御风眯着眼睛，手指握成拳头一般。

"还有，下次你想去看霍语恩，不用瞒着我了，直接去吧。"宇文澈特意盯着他看，看见他愕然的表情，满意地笑了。

没想到澈居然同意自己的小心机，唐御风得到一个好处，心里也轻快多了。即使默默守护也得不到霍语恩的回眸，他也不后悔。

宇文澈看着御风离开的背影，无奈的神态溢于言表。想到前几日芸芸出院那天御风在他面前忏悔的举动，心中对霍语恩的厌恶就多增添了一份。没想到温柔贤淑的外表都是假象，背地里居然是个心狠手辣，不达目的誓不罢休的女人。

生平他最讨厌女人耍心机，尤其是认识了这么多年，一直都没有发现霍语恩有阴狠的一面。这些遗憾都是宇文澈无意中造成的，对于女人来说爱情是致命伤，只不过他算错了一步，一厢情愿地认为霍语恩不会因为一个男人做出绝情绝义的举动。

从御风嘴里得知是他答应了要帮霍语恩探听消息，又是他不小心透漏给霍语恩知道自己的动向，最后也是他发现了霍语恩的不对劲，才会牵连到芸芸被绑架。这件事情从头到尾都是她的主意。

这些还不是宇文澈最伤心的，让他伤心的是芸芸毕竟是霍语恩同父异母的妹妹，就算两个人水火不容，也不能做出绑架的下流举动。御风居然知道了还不动生色，继续帮她保守秘密。要不是心中起疑，找朋友帮忙去查，到现在还被蒙在鼓里。

"又是一个痴情种！"

此时，霍氏集团的职员办公室里炸开了锅，口口相传了一个内部的机密消息。不禁引起了所有人的恐慌，也加剧了霍氏集团的动乱

"听说，法院的人又来了，说是抽查新的证据。"

"我听上面的人说，这些事情董事长不知情，积极配合法院的搜查。"

"这些还不是重点，我看公司高层可能会大换血……"

秘书对于这些话早就见惯不惯了，小职员只知道八卦这些没有真实性的消息。

不如把所有的精神放在工作上才是最重要的。

跟大办公室的热闹相比，董事长办公室略显冷清多了。

霍东严一个人在办公室里来回踱步，眼前的局势让他摸不着头脑。当初一狠心把事情暴露出来，也是为了报复霍东青当年的狠心，给了一个经理职位，股份只有百分之十。

没想到引起了法院的注意，他突然无所适从了。霍氏集团是在霍东青手里蓬勃发展起来的，跟他一点关系都没有。

大不了一拍两散，放在手里抓住的都能兑现。哪怕有一天董事长的位置要还给霍东青，也不用两手空空离开。

霍东严的眼神变得锐利，中年男人的野心暴露无疑，惹得他心痒难耐。看来是要乘胜追击的时候了，既然霍氏已经乱了，他不介意再乱一点。

风言风语很快传到了霍语恩耳边，她视而不见，不见得其他人都不会当真。目前来看，除了高层之外，其他人已经担心霍氏集团的未来了。

"叫其他部门的经理都到我办公室来……什么，都不在，现在是上班时间……在董事长办公室，我知道了。"

对叔叔抱着一线希望，没想到到最后却是摔得更加沉重，更让他没办法理解的是，霍东严不打算给霍家留下最后一点余地。他难道不担心爸爸苏醒以后会找他算账吗？

希望很渺茫了，霍语恩不打算继续等待下去了，她现在能做的事情就只有一件，利用自己身边的所有力量，尽力阻止他继续下去。

秘书敲门走进来："董事长，霍小姐来了……"

霍东严不惊讶，反而每个部门的经理互相看了一眼，各怀鬼胎。现在是他们做决定的时候了，霍语恩进来的时候，愕然地看着他们的目光。

一身蓝色职业套装打扮的女人出现在霍东严眼前。她整个人的风情跟年轻的季文媛很像，果然是母女俩，连神态都如出一辙。

"董事长，我想知道为什么部门经理都不在各自的位置上，居然同一时间出现在董事长办公室里？"

面对侄女的咄咄相逼，霍东严倒是镇定自若地回答："霍小姐来得正好，不用我去请了。各位现在是大家做出决定的时候了。"

霍语恩身子一怔，勉强地盯着各个部门的经理，扫了一边，目光最后停留在霍东严身上："董事长，做什么决定？"

霍东严见她还是不清楚状况，淡淡的笑了，笑容里有着讽刺和鄙视。

各部门的经理见霍语恩什么都不知道，心中大概明了，纷纷冲着霍东严点头。

霍东严淡淡地看着这些人，摆摆手让他们出去，只留下了秘书一个人。

"叔叔，究竟发生了什么事情？经理们都做了什么决定？"霍语恩不管怎么想都觉得奇怪，她不知道眼前的霍东严究竟动了什么手脚，却是让她摸不着头脑。

霍东严不打算让霍语恩知道这些事，被她知道的话，事情只会变得不顺利，所以他开门见山地说道："芸芸，你也看见了，集团最近的事情太多了。这些负面新闻已经影响了霍氏的正常运营，我现在想要尽快减少损失，只好让所有部门的经理都来表态。"

"表态？做什么决定需要当着我的面表态？"霍语恩冷言冷语，脸色变得难看起来。

双手支撑在办公桌上，霍东严第一次见侄女没有感情的大声说话，看来真的是生气了，他反而更加猖狂了："现在霍氏集团的董事长是我，我做的任何决定不需要来过问，一个小小的总监，你有资格吗？"

"你！"被他抓到软肋的霍语恩才明白，霍东严是故意的。

"他们在我和你之间做出选择……你也看见了，他们都选择了我。"

霍语恩诧异地望着他，手指指向男人的鼻子："你还是我叔叔吗？难道你想在集团内部搞分裂吗？"

霍东严冷冷地扫了她生气的脸颊一眼，冷酷地说："你最好做足心理准备，这些人以后不会听你的差遣。"

"为什么这么做，你和爸爸的关系不是很好吗？难道你不怕爸爸醒来之后对你的所作所为伤心吗？"霍语恩就不明白了，他的心里只有利益，没有亲人。

"够了！这里是董事长办公室，我不希望听见任何私事。你可以出去了！"霍东严说着使个眼色给秘书。

秘书走近霍语恩身边："霍小姐，请跟我出去吧。"

"你……你们，太过分了！"霍语恩恶心地看了秘书一眼，扬长而去。

第四十五章
他 的 真 心

　　密切监视着霍氏集团一举一动的唐御风再也没有任何躲避的理由,他可以正大光明地跟霍语恩打招呼,也可以聆听她的心事。

　　坐在宝马车里,他的眼睛一动不动地看着霍氏集团的大楼。短短半个多月的时间,一直以正面形象出现在大众视野里的霍氏集团成为了行业里的污点,也成为了骂名最多的公司。不知道霍语恩下一步打算怎么做,丝毫没有任何动静。

　　一大群记者蹲守在集团门口,时不时交流着心得和看法,嘴巴里嘟囔着。

　　只听有人高声喊叫:"出来了!霍小姐出来了!"

　　忽然集团门口变得热闹起来,远远望去,霍语恩在保安的保护下从写字楼走了出来。她显然没有意识到记者和闪光灯多到应接不暇的地步。无奈之下低着头打算悄然离开,可是她的手臂却被一个女记者拉住了。

　　"霍小姐,广大民众都想知道真相,请问你怎么解释霍氏集团股票下跌的原因?"

　　一个带着金丝边眼镜的男记者紧接着问道:"霍小姐,关于霍东严董事长最近一系列改革,你有什么想法?"

　　"霍小姐,霍东青先生还躺在医院里,他什么时候能出院?"

　　"霍小姐……"

　　"霍小姐……"

　　霍语恩的耳朵里都是嗡嗡的声响,她已经不知道记者问了什么问题。她也不打算回答,这些跟她没有关系,她拒绝做出任何回应。

　　保安在一边大声嚷嚷:"让让!霍小姐还有事情要去办,各位媒体朋友帮个忙！"

还是觉得寸步难行，那些记者根本不搭理保安，话筒忽然一起涌现在霍语恩的眼前，她茫然失措地盯着面前的这些陌生人，心里居然有点害怕。

唐御风远远地看着，再也看不下去了，他大步冲着记者跑来，用力地推开那些麻烦的记者，为了不被其他人认出来，他特意带了黑色墨镜。

霍语恩的手腕被一个男人抓住了，抬眼看见熟悉的面孔，她的绝望里瞬间充满了希望。

"霍小姐，跟我走！"

她没有丝毫犹豫，坚定地点头。

唐御风飞快地带着她离开了记者的包围，钻进宝马车里，狂奔而去。

各大媒体记者面面相觑，刚才那个人一副保镖的打扮，难道是霍小姐聘请的私人保镖？

霍语恩向后望去，总算是甩掉了那些讨人厌的记者，她关上窗户，显得异常疲惫，表情僵硬地冲着他说道："谢谢你，御风。"

这时摘下墨镜的唐御风露出了淡定的笑容，手掌稳稳地放在方向盘上说道："语恩小姐，你打算去哪？"

"我打算去医院探望爸爸。"

"好，我现在送你过去。"

不知道要怎么打破平静，唐御风一直离霍语恩远远的，没想到有一天跟她的距离越来越近。今天要不是带着私心来霍氏监视，他还真的会错过这场小风波。

市立医院住院部，霍语恩走出电梯，唐御风跟在身后。

她忽然转身凝视着他："要不然你先回去吧，我不想麻烦你送我。"

"没关系，我早就想来看看霍先生了，就是担心打扰到你。"唐御风找了一个好借口，她没有拒绝。

推开门看见季文媛的背影，霍语恩悄悄走了进去，搂住她的脖子笑着说："猜猜我是谁？"

"这么大了，还跟我闹，哪里像个大小姐。"季文媛说着，余光扫到了一身黑色西装的唐御风，她微微皱眉，显得不太高兴。

霍语恩收起心事重重的神态，从她身后走过来："我不是一时心血来潮吗，真怀念小时候在妈妈怀里睡觉的感觉。"

季文媛听见女儿撒娇的话，态度变得放松多了，扫了一眼唐御风说："唐助理既然来了，光站着多不好。"

"谢谢霍夫人。"唐御风说着坐在靠墙的椅子上，他知道季文媛心情不太好，看来是受到霍氏集团负面新闻的影响。

霍语恩看了他一眼，继续说着："刚才我下班准备来医院看爸爸，谁知道公司门口堵了很多家媒体记者，连保安都没用。幸好御风及时出现，要不然我现在都来不了。"

季文媛不管怎么打量着唐御风都觉得不舒服，他是宇文澈的手下，虽然职位不低，毕竟不是自己开公司。更何况宇文澈现在的心思都在贱人的女儿身上，和女儿之间几乎断绝了来往。现在他出现在医院，究竟是公事还是私事。

"唐先生，是宇文澈让你来的吗？"

霍语恩刚开始也是这么怀疑的，她希望是宇文澈让唐御风来的，至少他们之间还有一丝微弱的希望。

"我……"唐御风看见女人期待的眼神，他眸子一暗，看来要让她失望了，紧接着说道："我在附近办事，正好看见霍小姐被记者包围。作为朋友，我也不会坐视不理的，是不是霍小姐？"

"额……刚才谢谢你帮我解围。"

霍语恩彻底失望了，真的跟宇文澈一点关系都没有。的确如此，世上的事情哪有如此巧合的，明明是御风不小心撞见自己，顺带解围了。自己偏偏想成是宇文澈暗地里关注自己。现在的宇文澈根本没时间理会别人吧，他那一晚说过的话，如今回想起来都很残忍。

唐御风不再说话了，因为他看见两个女人都不太高兴。尴尬地把注意力分散到病床上的霍东青身上，看起来霍先生的病情很稳定。

宇文澈紧紧握住女人纤细的手指，轻轻地抚摸着，惹得她不停地躲闪着，却无法把手指从男人手中挣脱出来。

"宇文澈你够了吧！下午我还要工作。"彭芸芸面红耳赤地看着他，目光不敢直视男人赤露露的眼神。

"为什么不看着我，我又不会把你吃了。"

"你……你能不能低调点，这里可是快餐厅。"

宇文澈扫了一眼周围热闹的客人，他们亲密的举动倒是引起不少客人的关注，连小朋友都笑嘻嘻地盯着自己看。

"有什么关系，我们可是光明正大的！"说着宇文澈得意地搂住芸芸的肩膀，恨不得把她揉进自己的身体里。现在他才知道一日不见如隔三秋的真实含义。

"宇文澈，我警告你……你干嘛挠我，好痒……"

宇文澈发现只有挠痒痒才能让女人的心思转移，他可是打听了很久，这可是未来岳母告诉他的。

彭芸芸继续忍耐着，还是断断续续发出细微的声音，身体扭动着，看起来很怪异。

"你，你怎么知道我怕痒？"

宇文澈故意露出深思状："这个吗……是我未来岳母告诉我的。"

"未来岳母？"彭芸芸一时没反应过来。

"是啊，未来岳母，你有意见吗？"宇文澈看着睁大眼睛，睫毛忽闪的芸芸，一瞬间居然看呆了，果然怎么看都看不厌。

彭芸芸晃过神来，她娇嗔地怒视着男人："你，你脸皮真厚！"

在男人眼中，女人的撒娇就是天然武器，宇文澈不得不承认自己被她收服了。在商场上这些年的奋斗，他从来没有向对手服过软。面对芸芸，每一次都是发自内心的温柔，果然，一物降一物。

主动拥着她的腰肢，与她五指交叉，附在女人耳边温柔细语："走吧，我送你上班。"

彭芸芸愕然地对上宇文澈的温柔眸子，她的心跳居然加快了几拍。

心动的感觉也不过如此吧，整个下午，她的脑子里不停地浮现男人微笑的脸庞。不管怎么赶都赶不走，彭芸芸有些窝火，心里却是甜丝丝的。

李文爱悄无声息地走过去，拍了一下桌子，企图引起好友的注意。没想到她居然毫无反应，盯着电脑屏幕，拖着下巴继续发呆。

"芸芸，你神游了吗？"

依旧不说话，李文爱心里那个恼啊。

"彭芸芸，你是不是想男人了？"

她一愣，随之抬眼，迎上李文爱质疑的目光："你，你刚才说什么？"

"我看出来了，你是在想男人，而且男人姓宇文名澈对不对？"

"我晕！你说话能好好说吗？"彭芸芸被她猜中了心思，顿时不好意思地找个借口出来挡一挡。

李文爱露出无可奈何的表情："算了吧，你现在是爱情事业两得意，我只有事业这一条。只是羡慕嫉妒恨！"

"得了，你少在我面前叫屈了。高总监把最近两个重要的案子都交给你负责，你的工作态度比我还要积极，我等你升职加薪呢。"彭芸芸说着，口气酸酸的。

"哎呦喂……现在换成你对我羡慕嫉妒恨了，我赚到了！"李文爱夸张地演绎着自己的感动，特地抹了一下眼角，让人以为她是因为太感动留下了激动的眼泪。

彭芸芸就快受不了了，推了她一下，看见文爱身子晃晃地扶住了桌子，脸上都是满足的笑容。两个人不用多说什么，对彼此的心意也很清楚，相视一笑，互相鼓励起来。

　　姜傲风低头看了一眼时间，离工作室下班时间还剩下十一分钟，他急忙从车里下来，拿着公文包走了进去。

　　李文爱第一个看见他，因为她刚刚从茶水间里出来，手里还端着一个茶杯。

　　"姜总监，您来了……"

第四十六章
跳 槽 风 波

姜傲风礼貌地冲着她微微点头："彭芸芸小姐在位置上吗？"

"芸芸，她去洗手间了，很快就回来……我带您去见高总监吧，他在办公室。"说着李文爱放下杯子，领着姜总监直奔高杰的办公室。

彭芸芸洗手的同时，手机响了，只有振动的声音，显得异常安静。她拿着面巾胡乱擦了擦，放在耳边说道："喂……下班我会去买菜的，小宝今天乖不乖……嗯，附近有一家水果超市，只要香蕉和凤梨，好，我知道了。"

回到办公室，正面迎来了李文爱，刚想说话，却被她拉到一边去。

"怎么了？神神秘秘的。"

"姜总监来了，看起来很严肃，现在人在高杰那。"

彭芸芸惊讶地说道："投资的项目已经开始运营了，难道有什么问题吗？"

"你先别想太多，估计没事。只不过还有十分钟就下班了，他来得真不是时候。"李文爱嘟囔着，显然对姜傲风的到来没有好心情。

"知道了，等他出来了我再问也不迟。"彭芸芸说着，手机放在裤子口袋里，心中带着小小的不安。

总监办公室里，高杰仔细看着白色文件夹里面的文字叙述，一边点头，一边说道："姜总监，没想到你对传媒这块的了解很深呐！"

"我也是没事四处看看，看得多了，见得也就多了。时间长了就有了新的想法，不知道高总监有没有兴趣？"姜傲风说得很谦虚，淡淡地看着他。

"我要把姜总监的想法上报给我的老板才行，这个我不能做主。"

"好吧，没问题，我不着急。"

姜傲风从总监办公室出来的时候，正好见到了走过来的彭芸芸，他带着一丝沉稳的语气打着招呼："彭芸芸小姐。"

"姜总监您来了，叫我芸芸就行了，同事们都这么叫我。"

"好吧，你以后也不要称呼我了，我觉得自己辈分都上去了。"

彭芸芸诧异地看着姜傲风："原来是这样，我知道了。"

李文爱见姜傲风脸上带着点笑容，远远看去就是个阳光明媚的大男孩，他对芸芸也太殷勤了，难道忘记了宇文澈给他的白眼吗？

"芸芸你下班后有时间吗？"

"姜总监是不是有公事要说？"

"别紧张，我只想私底下跟你谈一谈。"

见他的态度很明朗，彭芸芸心想他也不少一个难缠的人，就答应了，不过只有半个小时的时间。姜傲风居然说三十分钟用不完，她更加诧异了。

东觉视觉工作室对面有一家平价的饮品店，彭芸芸常常来这里喝东西，这一次她带着姜傲风来了。找了一个相对安静的角落坐下来，开始了面对面的聊天。

"不知道你有没有想过换一份工作。"

彭芸芸不止一次讶异姜傲风的与众不同，他总是让人摸不着头脑，永远都是摆出一副笑脸，很少见他生气或者不高兴。联想到宇文澈，他们俩坚持就是相对的。

"我暂时没想过换工作，我在工作室做得挺好的，已经过了试用期，现在是正式员工，所以……"

"你如果来傲世集团，不用试用期，直接就是正式员工。"姜傲风不等彭芸芸解释，直截了当地开出条件。

轮到彭芸芸惊讶了，她没想到姜傲风会主动提出跳槽的话题，而且福利是直接跳试用期。实在是天大的诱惑，让她不禁想了很多。

姜傲风轻松地笑着："我没有其他意思，觉得你很适合做行政这一块，如果我没猜错的话，你以前肯定做过助理、文秘之类的工作吧？"

"没错，你能猜到很正常。我现在的工作跟当时秘书工作都差不多，只不过公司性质不一样。"

"既然以前有过不少经验，就不要浪费了，芸芸你考虑一下吧。"

彭芸芸并没有把这番话放在心上，但是他刚才提出来的时候，的确心动了一下。只有那一下，现在的工作做得如鱼得水，如果自己突然离开的话，对工作室不负责，对文爱也很抱歉。当初要这份工作来得及时，她也不可能维持三口人的生活。

姜傲风见她迟疑了，微微皱起了眉毛，试探着说："你是不是担心宇文先生会生气？"

"啊？"彭芸芸一愣。

"我知道宇文先生对你不一般，我每次看见他，都会感受到对方不友好的眼光。"

彭芸芸尴尬地摸着下巴，垂落的秀发散发着清香的味道，姜傲风的目光里都是期待，知道眼前的女人有孩子，也有追求者，他却是摆脱不了这种吸引。

"姜总监，我的决定都是自己下的，不需要看别人的脸色，你别误会。"

"好吧，就算跟宇文先生无关。你不打算考虑我的建议吗？傲世集团的薪水和福利待遇肯定比你现在的工作室要好一些。"

姜傲风侃侃而谈，看得出来他很会谈判。

彭芸芸低头看着时间，如释重负地说道："我会考虑的……我的时间到了，不好意思姜总监。"

"没关系，是我话说得太多了，没想到不知不觉三十分钟都过去了。"姜傲风整了一下领带，站起来，整个人依旧和和气气的。

两个人肩并肩地走着，走到姜傲风开的车子前停下来。

"我先回去了，姜总监。"

"我送你回去吧？"

"不用了，我还要去超市买些东西带回去，不耽误你的时间了。"说完彭芸芸把包包挎在肩膀上，扭头就走。

姜傲风盯着女人的身影，心中有个声音越来越强烈。

拎着一大袋子食物从公交车下来，彭芸芸总算松了一口气，要不是跟他说话耽误了回家时间，回来也不会人挤人了。当真是人满为患，要不是公交车是最便宜的交通工具，她也不会坚持不打车回来了。

"妈妈开门！"没有力气，只好扯着嗓子喊叫。

当家门打开的时候，露出了宇文澈笑眯眯的眼神，他盯着累得气喘吁吁的女人，诧异地说："买了这么多东西，怎么不打给我，我好去接你。"

"不必了，我不喜欢麻烦别人，坐公交车回来的，不算累。"说着彭芸芸把袋子递给男人，直接坐到沙发上去了。

小宝偷偷看着妈妈和叔叔，一双水汪汪的大眼睛小心翼翼地观察着。

"为了省钱把自己累着了，你也太会过日子了。"

"我挣的都是辛苦钱，我可不想浪费自己的心血。宇文先生，你可是总裁，我这种小人物能跟你比吗？"彭芸芸说着，脸上的绯红犹在，背上的汗已经干了。

宇文澈趁着女人不注意，硬着跟她挤在一起坐着，露出谄媚的笑容。

"又不是没有椅子，你干嘛？"

"我觉得你这边舒服，就想跟你坐在一起行不行？"

宇文澈的笑脸让彭芸芸手臂上起了鸡皮疙瘩，她真是受不了冷酷的男人变成一个柔情男人。心里的落差太大了，让她忍不住就想吐槽。

"我……你起来！"

"不起来，我就是喜欢坐在这里，你也不准起来。"

"宇文澈！"

"怎么了？"

忍住想笑的冲动，宇文澈见她的一张笑脸因为生气变得越发可爱起来，撅着小红唇，粉嫩的脸蛋上都是倔强。主动把她搂在怀中，猛地亲了一口！

"你，你，你……"

"我，我，我怎么了？"

彭芸芸一个惊慌失措，扫了男人一眼，哼了一声。

"没看出来你的性子跟以前一样，总是喜欢较真！"宇文澈说着，鬼使神差地伸出了手，爱怜地摸了摸飘着清香的头发，贪婪地嗅了嗅。

小宝紧张兮兮地跑到男人身边："叔叔，你在干嘛？"

宇文澈低头望着儿子，捏着他的粉团："我和你妈妈在说话。"

"说话就说话，大人好奇怪，妈妈你抱抱我好不好？"小宝说着，天真无邪的瞳孔里都是惊讶，撅着小嘴巴不满意地看着彭芸芸。

"那个……宇文澈你能坐过去一点吗？"

"为什么，我偏偏要跟你挤在一起。"

"宇文澈……你不要脸！"

"哼哼！"

小宝盯着妈妈看，眨巴着眼睛看看叔叔，他的小脑袋转过弯了。妈妈和叔叔刚才不是好好的吗，现在又吵架了。

晃动着妈妈的手臂，奶声奶气地说："不要吵架，宝宝怕怕。"

宇文澈听见孩子的声音停止了玩世不恭，没想到跟芸芸胡说八道，却让儿子不开心了。他主动从芸芸怀里把孩子抱起来："不吵架，我和你妈妈没有吵架。"

"真的吗？"小脑袋晃着，盯着彭芸芸。

"当然了，妈妈怎么会跟叔叔吵架呢，刚才我们在做游戏。"彭芸芸尴尬地扯了一下男人的西装外套。

彭小茜解开围裙从厨房里走了出来，看见芸芸和宇文澈中间夹着一个小宝，她的心里那个欢喜啊。

"赶紧洗洗手吃饭吧!"

宇文澈抬眼,笑笑说:"我去端菜。"

晚餐吃得倒是很和谐,气氛也很好,不停地互相夹菜,其乐融融得很像一家人。

彭小茜换好了睡衣坐在被窝里,彭芸芸看着儿子睡着的模样,嘴角的笑容淡淡的,看起来心情不错。

第四十七章
正 面 冲 突

"没想到你们相处得越来越融洽了，我从心里为你高兴。"

"妈，你说什么呢?"

"我看得出来宇文澈对你的心意，芸芸你仔细看看小宝，有没有发现什么不同?"

彭芸芸盯着儿子看，跟以前一样啊，妈妈说得她搞不懂。

彭小茜慈爱的眼神都专注在外孙身上，低声说道："我最近看小宝都觉得很像。孩子跟亲生爸爸的天性是亲密连在一起的，血缘关系是不会骗人的。"

"妈妈，你的意思是?"彭芸芸觉得她话里有话。

"我看宇文澈对小宝好，你打算什么时候告诉孩子?"

"我……"

彭小茜看见女儿的为难之色，眼神里都是期盼："芸芸，我的女儿，妈妈不想看见你为了我们再辛苦下去了，只要是你想要的，你大胆去追求吧。"

"妈妈!"彭芸芸大声说着，激动的情绪瞬间被调动起来，她眼含着热泪，一副泪眼朦胧的姿态。

紧紧搂着女儿单薄的身子，彭小茜感慨地缓缓说道："哪个当母亲的不想看见女儿找到一个好归宿，女人始终都是要嫁人的，更何况这孩子还是宇文澈的亲生儿子。"

"妈，你都知道了……"

彭芸芸并不震惊，这四年来彭小茜从来没有问过小宝的亲生爸爸是谁，也没有刻意去打听当年从霍家跑出去那一晚发生的事情。车祸之后回到了故乡沈城，没想到一个多月后她发现自己怀孕了。四年的日子过得波澜不惊，一步一步走到了今天。

彭小茜面带笑意，轻轻拍着女儿的背部："幸福是不会等人了，妈妈希望你比我幸福！"

"嗯！我一定会的，我再也不让您为我担心了。"彭芸芸说着留下了感激的泪水。

翌日，傍晚时分，市中心广场上的巨大液晶显示屏上，出现了霍氏集团新任董事长霍东严的宣传广告语，不少老百姓争先恐后地停驻观看，彭芸芸和李文爱也是其中之一。

"你觉得新上任的董事长靠谱吗？"

"不知道，不过我对他没好感，觉得很奇怪。"

李文爱一惊："你见过他了？"

"还没有……虽然他是霍先生的弟弟，不代表我对他就要有好感，只不过……"彭芸芸欲言又止，轻轻咬住下嘴唇，心里想到的都是霍氏集团的内斗。

"芸芸？芸芸你在发呆吗？"

"啊？没事，我没事。"彭芸芸想着却迟疑着，"文爱你能陪我去个地方吗？"

李文爱面带疑惑，半推半就地点点头。

没想到芸芸想来的地方就是市立医院，也难怪。看见霍氏集团持续走下坡路，不管是谁看见了都会感慨吧。

霍东青的脸色好多了，看起来不再苍白，隐约之间露出正常人的肤色，脸上的皮肤是蜡黄的，看起来是身体虚弱的缘故。

彭芸芸坐在病床边的椅子上，要不是今天文爱开车的话，也不可能提前到了医院。这个时候来探望也不会碰见尴尬的人。

"文爱你看，他的脸色好多了，是不是代表很快就能醒过来了……"

芸芸随口问的一句话倒是把她难倒了，呆呆地看着病床上的人说："应该是吧，我想霍先生很快就会苏醒的，你别担心了。"

"呵呵……我现在好多了，担心的人是我妈，你不是不知道。现在霍家乱了，霍氏集团又是改革，又是负面消息。不知道他苏醒以后，会不会气得晕过去。"彭芸芸说着，脸上流露出来的都是哀怨的神色。

李文爱靠着芸芸，安慰着她："阿姨是个软心肠的人，看不下去很正常。不要说你们没有受过霍家的一点恩惠，即使受到委屈也不会由此怨恨下去。芸芸，我常常说你善良，其实阿姨比你还要善良。"

"没错，妈妈最大的优点就是善良了。要不是太善良的话也不会发生这么多的风波。人善被人欺，我倒是希望她不要这么心软。"彭芸芸有感而发。

"我们要不要给阿姨打个电话？"

"电话？不用了，我没打算在医院多待……"彭芸芸说完，就听见病房的门吱呀一声，似乎有人进来了。

霍语恩带着一个保温壶走了进来，先是看见李文爱，再后来看见彭芸芸坐在椅子上。她却没有像上次一样发火，只是走到霍东青身边，当她们是透明的。

李文爱尴尬地戳了芸芸一眼，低声说道："我们走吧。"

"也好。"

她盯着霍语恩手指的动作，心里放心多了，原本还以为她为了霍氏集团的事情，抽不出时间来探望自己的父亲。

霍语恩虽然不赶她们走，却不代表能忍受彭芸芸的目光，她放下手里的碗："病房的大门随时为你敞开，彭芸芸可以走了。"

"我当然会走，你尽管放心。"

李文爱无奈地瞄了她一眼，这什么人，真是。

"我的父亲我会照顾，不用你操心！"霍语恩说着转身把鸡汤端起来，仔细地吹着。

彭芸芸看着霍东青依旧双目紧闭，紧蹙眉头："真希望他能早点醒来……"

不经意的话在霍语恩听来却是另外一个意思，她毫不迟疑地放下鸡汤，冷冷地说道："不要给你脸不要脸！你和你妈妈是不是特别高兴，现在霍家乱成一团，你是不是很高兴？"

"你这人怎么说话呢？"李文爱听着就来气，真不知道芸芸怎么能忍得住。

"文爱，不要紧的……"

"什么不要紧，我看她太没家教了！什么霍家大小姐，根本就比不上你。"

霍语恩的脑袋轰的一下炸开了，听见李文爱说得那句话，心中有一团火在燃烧。她不知道究竟气什么，现在终于明白了。原来在内心深处，一直担心霍家大小姐的位置被彭芸芸夺走，而且……心底的恐慌感因为压迫变得自卑起来。

"霍小姐，我朋友不是故意的……"

"你给我闭嘴！现在就滚出去，不要让我再说第二遍！"

彭芸芸没想到霍语恩的火气如此大，以前再怎么讨厌彼此也不会这样，更何况是她有错在先，居然一点悔意都没有。

李文爱实在受不了，大声嚷嚷着："真没想到霍家大小姐是个表里不一的人。芸芸从楼梯上滚下来的时候，你在哪？芸芸住院的时候你为什么不来探视？说白了，是你自己心虚！"

霍语恩一惊，全身发抖，本能地看着彭芸芸。她的目光里都是淡漠，多了一些复杂的东西，看得出来她默认了李文爱的说法。

"你……你有什么证据？"

"证据？芸芸是受害者也是证人，如果你想要证人，直接叫宇文澈过来就行了，是不是芸芸。"李文爱得意地说着，看到女人害怕的模样，心里那个痛快。

彭芸芸此时面无表情，嗓音里的慵懒溢于言表："虽然你对我狠心，我却不想把不开心的事情记在心里。我受伤住院的那段日子，彻底明白了一件事，我不招惹你，不代表你不会害我。霍语恩，你真的不怕我把你的事情说出来让你身败名裂吗？"

女人害怕得倒退两步，发抖的指尖指着彭芸芸："你，你威胁我？"

"不是我威胁你，是你欺人太甚！我被绑架的也是你在幕后主使的，对不对？"彭芸芸说着眉眼指尖都是愤怒的神色，原来嫉妒真的能让一个女人疯狂。

霍语恩站不稳了，倒退两步，勉强扶住墙壁，鸡皮疙瘩爬上了全身皮肤。

李文爱见她不说话，满意地挽着芸芸的手："你早就该说出来了，你看看她，全身上下就是个坏女人！"

"我……我不是坏女人……你胡说八道！"

彭芸芸无奈地看着她，原来的霍语恩根本不是狠心的女人，可如今……想到她做过的那些事情都让她无法淡定了。

"我只希望你好好照顾霍先生，我们先走了。"

话音刚落，霍语恩好像发现了什么不对劲，她一个箭步上前抓住女人的脖子："彭芸芸，你这个贱女人，都是你，都是你！没有你的话，我也不会变成一个疯女人！我掐死你！"

速度之快让人来不及反应，李文爱惊慌失措地阻止她的行为。掐在芸芸脖子上的手劲很大，她使出吃奶的力气都不能掰开霍语恩的手指，看见她一副疯狂的眼神，李文爱只能抱着女人的身体，不让她继续使劲。

"救……救命……"彭芸芸感觉自己的呼吸越来越微弱了，本能地伸手去抓，力气却用不上，连一向有蛮力的文爱都露出惊恐的眼神。

"我掐死你！掐死你！"

霍语恩的声音变得癫狂起来，李文爱眼看着不好，大声呼喊着："来人啊！救命啊！快来人……掐死人了！"

很快护士就冲了进来，随之来了一个年轻的男医生，看见三个女人抱成一团，惊愕地忘记了上去帮忙。

彭芸芸带着祈求的眼神看着他们，这时护士才反应过来："我们从这边使劲，小心点，不会有事的!"

　　男医生看了李文爱一眼，点点头默契地把霍语恩拉开了，她的手还是张牙舞爪地伸着，眼球上都是红血丝，看起来疯的还不轻。

第四十八章
心地善良

"咳咳……我……我差点呼吸不了……"

李文爱不停地抚摸着她的背:"芸芸你没事吧? 要不要让医生帮你看看?"

男医生站在一边仔细地瞧着脖颈上的红色印记:"小姐我帮你去擦点药吧?"

脖子一摸就疼,彭芸芸蹙着眉头,同意了医生的意见。

"我不是疯子,你放开我!"霍语恩说着,戾气的脸颊上已经看不出来她的美丽大方了,反而让护士急不可耐地松开了手。

"就是个疯子! 芸芸,我们走。"李文爱说着,扶着芸芸跟在医生身后离开了病房。

留下霍语恩一个人,病房里瞬间变得安静下来,她看着漂亮的手指,不停地看着,失神想着刚才的举动。这双手居然掐了彭芸芸的脖子,自己怎么会做出疯狂的举动,越来越担心自己的情绪不受控制了。

看着雪白的脖颈上有明显的淤青,还有红色的印记,李文爱在医务室就嚷嚷了。

"芸芸你的脾气也太好了吧,霍语恩就是个疯女人,你跟她好讲好说得干嘛?"

"我只是不想把事情闹得太僵了……"

李文爱顿时叹气:"要不要我打电话告诉宇文澈一声。"

"千万不要!"彭芸芸大惊失色,看着好友不解的眼神接着说道,"我不想给他添麻烦,你不知道他的脾气,翻脸了特别可怕……"

"可怕才好,才能给霍语恩一个下马威,看她以后还敢不敢欺负你!"

彭芸芸摸着脖颈,无奈地笑笑:"你平时力气大到可以换一桶纯净水,没想到她的力气比你还大，谁说千金大小姐的骨子里不是女汉子。"

"呸！还千金大小姐呢……在我眼里，你才是千金大小姐，阿姨要是知道你受伤了肯定担心死。哎……"

"看起来我要买条丝巾遮一下才好。"

彭芸芸盯着好友，两个人相视而笑。

彭小茜看了一眼钟表上的时间，六点了，芸芸怎么还没有回来。闻到了米饭的香味，怀中的小宝睡着了，身上盖了一条小毯子，小小的酒窝绽放在脸颊上。

"妈，开门……"

刚刚念叨着，没想到说曹操，曹操就到。轻轻放倒孩子，起身去开门，看见芸芸和李文爱在一起，放心地说道："回来就好了，我还担心你们路上是不是堵车了？"

"阿姨，我今天又来您这蹭饭吃了。"

"好，阿姨欢迎！"

彭芸芸说着，给文爱使个眼色，从彭小茜身边闪过去，匆忙地走进了卫生间。镜子里露出了脖颈上的伤痕，有淤青和印记，幸好临时让文爱买了丝巾遮起来，要不然被妈妈发现了，又要大呼小叫了。

"小宝啊，你喜欢吃肉丝还是吃排骨啊？"

小宝歪着小脑袋，娇情地说："文爱阿姨，我喜欢吃巧克力！"

"巧克力？"李文爱自言自语地嘀咕着。

彭小茜系着围裙，看见芸芸进来，总觉得不太舒服，又看不出来哪里不对劲。

"妈，你怎么了？"

"没什么……"

彭芸芸没有多想，直接投入到洗菜的工作之中了。

楼下能清楚地看见楼上的每一户灯光，宇文澈深情地望着，唐御风不知道有什么好看的。他只知道澈少让自己把车子停在小区院子里，要能看到家家户户灯光的地方，没想到一看就看了十多分钟。

"澈少，我们真的不要上去吗？"

宇文澈的嘴角带着淡淡的笑意："御风，你猜芸芸他们在做什么？"

"这个我不清楚，也许在吃晚饭吧。"

"所以更不能上去打扰了……"

"可是澈少，你都来了，不上去跟彭芸芸小姐见个面太可惜了。"

宇文澈闭上眼睛："开车，回去吧。"

唐御风见他不想在说话，只好发动了车子，离开了福路。

宇文集团相比较霍氏集团的风头，很明显被压下去了。宁愿低调宣传集团文化，也不愿意高调地搞出负面新闻。尽管到现在都查不清楚事情的真假，宇文澈决定要继续查下去。

作为总裁助理的唐御风精神抖擞地走进总裁办公室，看见宇文澈背对着他站立着，看不出来任何的情绪外露。

"总裁，我已经查到霍东严最近的行踪，只不过……"

"不过什么？"宇文澈猛然转身，犹如利剑一般的眼眸，穿透御风的心脏。

唐御风一怔："只不过霍东严每个周末都会去郊区休闲山庄度周末，他到底在山庄里面做了什么，我查不到。"

"休闲山庄？度周末？看起来他还真是个老狐狸！"

"澈少，要不要告诉霍小姐……"唐御风刚想说出来，却迎上了澈少不满的眼神，他的话咽下了嗓子眼。

"你想告诉霍语恩？御风，你是不是疯了？"宇文澈带着质疑，不肯相信眼前的男人那一份炽热的感情，竟然公私不分。

唐御风低下脑袋，沉默不语。

"你为她做的事情我都知道，但你得到了什么。为什么你不肯直接告诉她你的心意。这些年你的默默守护换来了什么？真是个傻子。"

"澈少，我错了，刚才我不该说那些话。"

宇文澈摆摆手："你出去吧，我想一个人静一静。"

唐御风握紧拳头忍耐着，心里不停地怨恨自己，真是贪图一时嘴快，现在惹澈少不高兴了吧，活该不招人待见！

仔细地看着霍东严的行踪记录，来往交际，丝毫看不出来有任何的不妥。宇文澈深邃的眸子，带着激进的态度注视着。他不会相信这些调查全都是真实的，肯定有御风调查不出来的事。等等，如果或者假设一下霍东严的真实目的，他该不会想要把霍氏集团整垮吧？

意识到事情可能会是这个结果，他不淡定了，御风的建议可以考虑。不掺杂任何的私人情感，这件事情应该告诉霍语恩，好让她有个心理准备。

对着电话，按了一下内线："御风你进来。"

唐御风前脚离开不到十分钟又进来，他诧异地凝视着宇文澈。

"我同意你的建议，你把这些消息都告诉霍语恩吧，让她知道霍东严有不轨的行为。"

"澈少，您这是……"

"少说废话！在我没有改变主意之前赶紧滚蛋。"

唐御风感激地点点头："我知道了，谢谢澈少。"说着抓起刚才放下的文件匆忙地离开了总裁办公室。

宇文澈的嘴角扯出一丝苦笑，看来御风是真的跌进了霍语恩的爱情里了，陷得太深，无法自拔。

霍氏集团市场部总监办公室里，干练的马尾辫，严肃的脸颊，一身香奈儿的职业女装，没有一处不显露着女人在集团里的地位。

霍语恩最近的烦心事是越来越多了，想到昨天傍晚在医院发生的纠纷，她一直到凌晨才迷迷糊糊睡着了。

即使把自己埋没到忙碌的工作之中，她的心还是不能填满，仿佛有一个巨大的空洞，越陷越深。

"霍小姐，有人找你。"

眉头微皱，霍语恩冷漠的口吻说道："是谁找我？"

当唐御风出现在她的眼前时，就如同看见了宇文澈一样，女人的眼神里带着一点精光，随之黯淡下去。

"霍小姐，我找你有很重要的事！"

"御风，你怎么来了……坐下再说吧。"

唐御风没有半点耽误，把文件放在她面前："你先看看，看完我再说。"

"好。"霍语恩见他的态度很严肃，想来想去都觉得事情不简单，肯定是重要的事情，要不然唐御风也不会亲自前来。

看了第一眼就发现手指在颤抖，最近越来越频繁地颤抖起来，霍语恩只好忍耐着，继续看下去。想装成没事人一样，真的很难，更何况还是当着御风的面。

看见女人的脸色变得苍白，唐御风更加担心起来。是他亲自调查的，所以很清楚事情的原委。尽管调查的事情不见得都是真实可信的，却是大部分有迹可循。

"这些都是真的吗？是宇文澈让你去调查的？"

"没错，你看完了有什么想法？"

霍语恩不知道宇文澈让御风来的目的是不是都是好意，到现在她依旧没有彻底死心，虽然知道彼此之间没有做情人的可能性了，还是痴心妄想跟他能当朋友。她握住手指，不让它颤抖，强打着精神说："其实我前几天也在注意叔叔的动向，只不过他做事异常谨慎，根本找不到漏洞。"

唐御风默许了她的话："你说得没错，澈少也是，要你小心霍东严这个人，他绝对不好应付，所以，你要小心。"

霍语恩听见他关心的话，心中涌现一股暖意。

见她没说话，唐御风又继续说着："关于霍东严这个人，我想你也不会全都了解，或许可以从他身边的亲信下手。"

"亲信？"霍语恩想到霍东严的秘书，不禁摇摇头："他没有任何亲信，只不过我怀疑秘书也是受到他的指使监视我的一举一动。"

"你什么时候发现的？"唐御风惊讶。

霍语恩冷冷回想昨天她不小心撞见秘书偷偷摸摸地抄袭一份文件，十有八九是霍东严的眼线。现在宇文澈又让御风把这些调查的文件拿过来，更加证明了叔叔居心叵测！

"既然是我们霍氏内部的事，我不好明说……不好意思，御风。"

第四十九章
暖昧涌现

唐御风离开的时候，霍语恩的心情很复杂，她不止一次想过再见到宇文澈是什么感觉。自从彭芸芸从楼梯滚下来以后，他们已经大半个月没有见过面了。

双手撑在窗户边的凸起上，精神欠佳的女人已经好几天没有睡好觉了。都说女人睡不好觉很容易变老，现在霍语恩已经深刻感受到了，眼窝下面出现了细小的皱纹。更加无法忽视的是，彭芸芸对自己做过的事情一清二楚，更加重了她的恐慌。

再继续颓废下去，真不知道会变成什么鬼样子……

霍语恩忍不住打个寒颤，抱紧了自己的双臂。只有这样，她才会感觉自己是热的，是活生生的人。真希望和彭芸芸从来没有遇见过，真希望她们不是同父异母的命运。只可惜……天意弄人！

东觉视觉工作室引来了最忙碌的一个上午，先是现场准备演讲稿子，临时搭建了一个场地，穿着黑色风衣的女人在场地里跑来跑去，时不时地问着负责人的意见。

为了工作能方便一些，李文爱换上了工作人员的服装，很有女汉子的味道。卷起袖子主动把矿泉水搬到每个工作人员的身边，一瓶水，一瓶水地递到他们手里。保证每个人都能在第一时间喝到矿泉水。

"师傅，那边可能要弄紧点，麻烦你了。"

"对了，对了，就是这个地方，我想要改动一下……"彭芸芸目不转睛地看着稿子，声音渐渐变得低沉起来。

李文爱特地给好友留的矿泉水，在第一时间"抢救"了她的喉咙。

"文爱谢谢你……"说着彭芸芸大口地喝起来，这才缓解了干渴的嗓子。

"一个词语你也要改，真是太谨慎了，我太佩服你了！"

"我是对自己的工作负责，毕竟这是我们俩一起负责的项目，高总监还在旁边盯着呢。"说着彭芸芸的目光瞟向了台上的高杰。

李文爱跷着二郎腿，伸个懒腰："放心吧，肯定没问题！"

"但愿如此吧。"

辛辛苦苦，急急忙忙准备了两个小时，正式开始到结束还不到一个小时，彭芸芸看完最后的致辞，这才把悬着的心放了下来。

"答谢会很成功。"

一个声音飘到了彭芸芸的耳朵里，她缓缓地转身，手上还拿着纸巾。

姜傲风穿着灰色的西装，发型亮晶晶地闪烁着，冲着女人微笑。

以前看过一本小说，里面的女主角之所以喜欢上男主角，其中一个原因就是，笑起来眼睛是弯弯的，天真地像个大男孩，就像姜傲风这样。彭芸芸自认为自己不是小说里的女主角，所以她的审美观跟自己不同。

"姜总监！"

"看见我很惊讶吗？"

彭芸芸呆若木鸡地看着他："我从准备工作开始就没看见你，原来你也在台下？"

"没错，我也是刚刚才看见你的。今天李小姐没跟你在一起？"姜傲风特地看了一眼。

"你说文爱，她被高总监叫过去了，活动结束了就没我的事了。"

姜傲风眼珠子一转，靠近她的身子："既然没事了，赏个脸让我请你吃饭吧。"

"啊？哦……"

怎么看他都觉得不像年轻人，看起来年纪跟自己差不多，做起事情来很老道。彭芸芸盯着他绅士的举动一言不发，似乎是刻意这么做。

"姜总监真是太麻烦你了……"

"不麻烦，我喜欢摆弄这些小细节，更何况倒水我是随手做了。"

彭芸芸接下来不知道说什么好，但是他会问跳槽的事，心想着，这几天我压根没想起来，要不是今天见了他，都想不起来。

"芸芸，你是不是不喜欢和我待在一个空间里？"

"什么？没有啊……"

"我看你很为难，不用拘束，我也是直来直去的人。"

"哦。"

姜傲风喝着茶，一边打量着女人的穿着，牛仔裤和白色衬衣的搭配永远都不会过时。更何况现在这个天气，早晚贪凉，中午又让人出汗，比较尴尬。不能面对面的光坐着不说话，他是男人，自然绅士地先找个话题出来。

"芸芸，你真的不考虑来傲世集团工作吗？"

彭芸芸拿着茶杯的手尴尬地落在嘴边，还没有喝到一口茶的她把手臂放了下来。带着些许尴尬说着："对不起姜总监，我暂时不打算辞职。"

姜傲风面上依旧是淡淡的笑容。

"我不喜欢勉强别人，尤其勉强女人……既然你暂时没有辞职的打算，我们以后再说。想想吃什么菜吧，尽管点，不要客气。"

真是老好人的脾气，彭芸芸看着姜傲风丝毫没有不开心的情绪。跟妈妈一样，只要不超过底线，都不会轻易发脾气。只不过，他的个性看起来很闷，对待说都是淡淡的，永远笑呵呵的，让她觉得这种好脾气的人很适合当朋友。

晚饭过后，姜傲风说要送她一程，彭芸芸不好拒绝，答应了。一路上很少说话，女人看着窗外的夜空，点点繁星让她感受到了秋天的味道。沉沦在凉爽的夜风之中，她忘记了身边坐着一个并不熟悉的男人。

车子停在六福路上，靠边停下，彭芸芸急切地从车里走出来。挎着包包对姜傲风莞尔一笑："谢谢你送我回来，开车小心，晚安。"

姜傲风点头，当是告别。

今天刻意没有敲门，也没有按铃，掏出钥匙，悄悄地打开家门。彭芸芸看见微弱的台灯，还以为妈妈和儿子已经睡觉了。昏暗中摸索到拖鞋，正准备换下来，听见脚步声，她吓得一动不动。

"现在才回来，和姜傲风约会是什么感觉？"

昏暗中的男人看得还算清楚，彭芸芸放下心来，脱下平底鞋，换上拖鞋。一气呵成，熟练的程度不亚于吃饭喝水。

"我在说话，为什么不回答？"

"你吓到我了……你怎么不开大灯坐在客厅啊？"彭芸芸说着不高兴地看了他一眼。

宇文澈从昏暗中走出来，强扯着女人的双手，迫使她看着自己。

"我要去开大灯，你先放手好不好？"

"不放？"

"宇文澈你无赖！"

"我就无赖了，你怎么着。"

"你，你，你……"

宇文澈盯着女人不满的眼神，突然叹气："还是我去开灯吧。"

他的话里都是沉重，彭芸芸疑惑地盯着他缓慢的动作："宇文澈你怎么了？没事吧?"

"我很受伤,没想到你居然背着我跟别的男人约会……芸芸,你真的想脚踏两只船?"

"什么跟什么,我哪有!"

"我刚才都看见了。"宇文澈指了指窗户继续说道:"姜傲风一直盯着你,小心地跟在你身后,你肯定没发觉他吧?"

彭芸芸心里咯噔一声:"我不知道,我以为他回去了。"

"我是男人,姜总监的心思我全都知道。"

"知道?你知道什么?"彭芸芸抱着忐忑的心里问着。

宇文澈不容女人有半分思考的空间,牵起她的手走进小卧室。大手一使劲,她就倒在床上。突然,他俯下身子,距离她很近,闻着女人身上独特的清香味。

"宇文澈,这可是我家,你……唔……"

趁她没有反应过来,低头吻住了她。宇文澈觉得炽热的血液充斥着燥热的身体。他一直都在忍耐,已经忍耐了这么久,已经迫不及待地想要拥有女人的真心了。

彭芸芸挣扎着想要推开他,无奈男人的块头太大,她根本就是以卵击石。

"芸芸……我想……要你……"

男人的声音里有萌发的情欲,女人身子一怔,她清楚话里的含义,可是现在还不是时候。彭芸芸想到躺在病床上的霍东青,想到睡在隔壁的妈妈和儿子,她脸红了。心里开始挣扎,她使出了全部的力气,用腿踢开了他。

"痛!"宇文澈不相信地瞪大了眼睛,他没想到芸芸会使用暴力。

"自作自受!谁叫你勉强我,这里是我家,我妈妈和儿子还睡着隔壁,你是不是疯了!"彭芸芸说着,气急败坏地怒视着男人。

宇文澈当然知道隔壁睡着未来岳母和儿子,但是他无法淡定了。姜傲风的出现让他明白了一个不能忽视的问题。宁可错认情敌,绝对不给陌生男人靠近女人的机会,绝对不能!

"我去隔壁看看,你老实点行不行。"

宇文澈忽然躺了下来,他的大手抚摸着被单上的柔软,刚才真是太没面子了,差一点都把持不住。跟四年前一样,藏在心里最原始的冲动居然被女人勾引出来。等等,芸芸刚才根本没勾引自己,这是什么情况。

欲求不满?饥渴男人?脑子里闪过这些词语,他无奈地垂下了脑袋。

轻轻推开主卧室的门,看见妈妈坐在被窝里看着照片,脸上的表情变得很忧伤。彭芸芸轻轻走过去:"妈,你怎么还没睡?"

"是啊,我睡不着。你们俩没事吧?刚才我好像听见你们说话了。"

第五十章
想 要 独 占

彭芸芸脸红了，尴尬地说："我回来了，待会我让他回家……时间也不早了，妈妈你早点睡吧。"撇了一眼照片，依旧是那张老照片，看起来妈妈的心思都在霍东青身上。

彭小茜没有多说什么，听话地躺下来。

看了看小宝，睡得很香甜，彭芸芸轻轻关上台灯，走了出去。

"宇文澈你可以回去了……"

"我不想回去，我想留下来。"

彭芸芸一进来就看见他耍流氓的样子，看起来真是欠扁。

知道女人不会同意，宇文澈的情绪变得倔强起来："下次不准你跟姜傲风见面了，如果因为公事实在推不开，你打电话给我，我会第一时间赶过去。"

"为什么？难道我交朋友还要经过你的同意吗？"彭芸芸觉得他今天太奇怪了。

宇文澈一直都以大男人自居，今天在她面前越来越失了分寸，惹得面子上就快挂不住了。余光扫到她脖颈上的一块米色丝巾，趁她不备，猛然抓住她抱在怀里，手指伸到脖子后面，解开了丝巾。

彭芸芸顿时惊慌起来，她想要亡羊补牢，可惜……

"你的脖子受伤了？"宇文澈仔细地摸着上面的印记，感觉到女人一样的眼光，严肃地等着她："从实招来！到底是怎么受伤的，为什么不告诉我，上药了吗？"

男人的话跟机关枪一样，女人想要回答，也插不上嘴。

在灯光下看来，印记浅浅的看不太清楚了，淤青很明显。怪不得她脱下了外套也不愿意摘掉丝巾，原来是因为受伤了。

"我真的没事，我自己碰的已经上过药了，过两天会自动消下去的。"彭芸芸故作轻松地看着宇文澈，对于他的慌张，心里也是很开心的。

"我不相信是你自己碰着了，你最好对我说实话！"宇文澈说着冷冷地扫了女人一眼，目光一刻都没有离开过她的脖子。

彭芸芸意识到不好，说出来又要惹出多少是非来。一开始看见霍语恩的时候，她还想着要报复她一下，谁知道接下来发生了太多事情，这时候才明白，冤家宜解不宜结，到最后报复来报复去，没有人能全身而退。

"你真的不打算告诉我？"宇文澈继续问道。

"真的没什么好说了，只是淤青而已，你不用担心我。"

宇文澈没辙了，立刻掏出手机拨打了一个号码："喂，李小姐，我是宇文澈……"

彭芸芸听见他主动打电话给文爱，顿时惊慌失措地说道："你疯了！"一边就要去抢手机，并且大声叫着："文爱，你什么都不要说。"

男人的手臂放下来，手机也被她抢了过来，彭芸芸正要松口气的时候，却迎上了他玩味的目光。目光落在手机上，上面什么都没有，是黑屏。原来宇文澈关机了，他根本就没有给文爱打电话。

"现在肯说实话了吧？"

"那个……"

"说吧，我洗耳恭听。"

彭芸芸不打自招，她尴尬地在心里鄙视自己。本来什么事都没有，他半信半疑，现在倒好，宇文澈压根不相信了。

"我告诉你，你能不生气吗？"

宇文澈扬起下巴，故作沉思之态："好吧，我不生气，你可以说了。"

带着平静的心情，就像说别人的事一样，彭芸芸把那天在霍东青病房里发生的小意外全盘托出。她总算松了一口气，刚想坐下来，却听见男人"啪"的一声。

椅子被他踢在地上，发出清脆的声响。

"宇文澈你干嘛，你会把所有人都吵醒的！我们家椅子跟你有仇吗？你不会答应我不生气的吧？你可是个大男人！"

宇文澈阴沉着脸，盯着女人责怪的眸子，大声嚷着："就是因为我是男人，我才生气。居然在你需要我的时候，没有第一个冲过去保护你。你受伤我心疼知道吗？"

彭芸芸被男人的真心表述震惊了，没想到他居然是因为这个原因。

"我还以为你是生我的气……不对，生霍语恩的气。"

"霍语恩?"宇文澈诧异地看了女人一眼:"你以后离她远点,她现在被嫉妒心蒙蔽了双眼,什么事情都做得出来,我不想你再因为她疯狂的举动受到伤害了。"

彭芸芸总算明白了,原来担心的是这个。

男人握紧女人的手,默默发誓:"你放心,从今天起,我会寸步不离地陪在你身边,绝对不会再发生类似的事了。"

"你还要工作,不能为了我连公司都不去了吧?"彭芸芸想要推开他的怀抱,却是无计可施。

"别动……我说得都是真心话,你不能不相信我。"

"你还跟我较真了,宇文先生,你可是宇文集团的总裁,整个集团都需要你去掌握。我是个卑微的小女子,不需要你兴师动众的。"彭芸芸故意云淡风轻地低喃着,想要打消男人的冲动想法。

宇文澈从女人身后搂住她,禁锢在怀中紧紧的不肯松开。生怕一松开人就不见了,今晚真是让他三番四次受到打击。

"在我眼里,你比工作重要得多。钱是永远赚不完的,可是彭芸芸只有一个。"

女人的心跳飞快,清晰地听到扑腾,扑腾的声音。原来心动的感觉比想象中的要美好千百倍,现在她知道了,自己的心是因为宇文澈而快乐地跳动着。

"嗯?为什么不说话?"宇文澈故意用自己的脸去贴她的脸颊,热热的,柔柔的。

彭芸芸咳了一声:"时间不早了,你早点回去吧。"

"芸芸,我刚才说的话你一定要记在脑子里,知道吗?"

"我又不是三岁小孩子,我会记住的!"

宇文澈走在门口,猛然回头吻了一下芸芸的唇瓣,笑嘻嘻地说:"这是晚安吻,你早点休息,我走了。"

彭芸芸呆呆地摸着唇瓣,原来被偷亲的感觉是这样的。尽管心里埋怨着他的轻佻,内心深处还是很喜欢这种出其不意的吻。

接下来的两天,霍氏集团陆陆续续出现了深度的大改革,从企业文化,到各个部门的新的任命,全部出来了。

办公室的职员都围在人事部贴出来的任命书上,恨不得趴在上面看清楚。人群中有人时不时发出啧啧的声音。

"没想到以前跟着老董事长的心腹都被调走了……"

"还不止这些,每个部门的经理每周都要制定业务完成计划,如果最低标准达不到就会降职,这也太苛刻了吧!"

"哎……新官上任三把火,董事长何止三把火。"

"小声点，万一被有心人听见了可就坏了。"

靠在走廊深处的霍语恩听见他们的闲言碎语，第一个想到的人就是霍东严。按照妈妈提供的办法跟他游说，没想到效果甚微，反而加快了他要加大改革的力度。

以前爸爸当董事长的时候，也想过修改集团内部的一系列规定。但是他走的都是人性化路线，跟霍东严不同，他的想法太激进了，做什么事情都缺乏深度的耐心，很想急功近利，这对于管理者来说可是大忌。

秘书远远地就看见霍语恩，她不动神色地走过去，拍了一下肩膀："霍小姐你在发呆吗？"

转眼望去，没想到是她，现在变成了霍东严的秘书，这种墙头草的女人，她不屑一顾，竟敢在公司里得瑟，真是没见过世面的臭女人。

"我发呆不发呆跟你有关系吗？你该不会监视我吧？"霍语恩故意说出来吓吓她，谁知道当真把秘书吓着了。

"霍小姐，我不是故意的，你不要生气。"

"少来！赶紧工作去，董事长见不着你又要不高兴了。"

秘书立刻红了脸，紧张兮兮地离开了她的视线。

霍语恩想到妈妈的话，刻意低头看了一眼手表，时间也差不多了，要回去给爸爸送汤水了。这几日去的时间很准时，几乎都是在同一时间过去，午休的时间不长，却足够给爸爸加强营养，这也是医生的意思。

霍东严放手一搏，他相信整个霍氏集团没人跟他对着干。就算召开媒体发布会也一样，他是不会改变初衷的，既然现在他说什么就是什么，何必趁机打捞一笔。人到中年，离老年生活又有多远，是该好好打算的时候了。

用私人手机打出一通电话，他嘴角得意地笑着："放心吧，我们的交易时间不变，到时候你通知我具体的时间和地点……"

秘书端着咖啡走进来，看见董事长脸上的笑容，看来又有什么好事情发生了。

挂断电话，放下手机，霍东严猥琐的眼神扫了她一眼："过来坐到我大腿上。"

"董事长，不太好吧？"

"有什么不好的，跟着我吃香的喝辣的，难道你不愿意？"

秘书见霍东严得意地快要上天了，她只好硬着头皮坐到了他的腿上，想到刚才霍小姐鄙夷的眼神，她脱口而出："董事长，看你高兴的样，是不是公司做成了一笔大买卖？"

"大买卖？也算是吧，对我来说的确是大买卖。"霍东严说着，亲了一下秘书的脸。

第五十一章
苏 醒 之 后

一转眼的时间，霍东青躺在医院快一个月了，一个月的时间里任何事情都会发生改变。彭小茜带着外孙前来探望他。

刚刚走进病房，就赶上医生和护士在巡房，正好要来霍东青的病房。

彭小茜急切地看着男医生："霍先生睡得太久了，到底什么时候才能醒过来？"

"阿姨你不知道吧，昨天晚上病人说话了。"

"真的吗？你说的都是真的？"彭小茜激动地叫着。

护士接着说道："是真的，病人恢复的还不错。"

男医生温和地说道："只要病人的意志力坚强，很快就能苏醒了。"

"医生谢谢你……我真是太感谢你了……"

小宝诧异地望着外婆，对于她激动的情绪显然不能理解。他的脑袋里只有一个反应，那就是，大人的世界好复杂。

霍东青全身疼痛，动弹不得，拼命追着一个人跑，不停地追啊，眼看着就要追上去了，不是出现碍事的人，就是被石头绊倒了。沮丧之下他只好放弃了，没想到身体越来越轻，一直陷入沉睡的状态。

耳根子深处有清脆的声音，仔细聆听着，却是越来越清晰了……

"医生真的这么说？"彭芸芸惊喜地望着彭小茜。

"是啊，医生说的时候我还以为自己听错了。"

彭小茜有了盼头，说不定这几天霍东青就能苏醒了，到时候一切都变回从前一样，安安稳稳地过日子，多好。

彭芸芸知道妈妈内心的想法，即使他回到霍家，回到以前的生活，对她来说都没有任何的改变，因为这一切都没有身体健康重要。

小宝在拿着彩纸叠飞机，一个人玩的不亦乐乎。

彭芸芸搂着彭小茜的肩膀，轻声说着悄悄话。

"妈妈，你想不想回老家住，如果你想的话，等他好了我们就走。"

彭小茜惊讶地看着女儿，她是有过这种想法，打算回到老家就不回来了。这一切也能彻底画下一个句号，也能把伤害降到最低。

彭芸芸闻着妈妈身上独特的味道，混合着洗衣液的味道，非常好闻。她想要记住这个清新的味道，伴随着她的童年，少年，成年，乃至于以后的中年生活，她希望妈妈能够活得开心，没负担。

"芸芸……"彭小茜失神地叫了一声。

"怎么了，怎么了？"彭芸芸紧张地看着妈妈，还以为她哪里不舒服。

顺着彭小茜的手指，她才看清楚声音的来源，她眨眨眼睛还以为自己看错了。霍东青的手指不停地晃动，似乎想让身边的人知道他有了感觉，难道？难道他已经清醒了？

"芸芸，我没看错，真的没看错。"

彭小茜喜出望外，伸出自己的双手握住病床上男人的大手。

彭芸芸在霍东青耳边轻声说了一句话："如果你醒了，就握紧妈妈的手吧。我们都会陪在您身边的。"

霍东青好像听见了她的话，用力地握住了彭小茜的手。

彭小茜感受到了一点力量，知道他身体还没有恢复肯定没有力气。

"我感觉到了……芸芸，你爸爸醒了！"

彭芸芸还是第一次见到妈妈激动地拥抱霍东青，他躺在医院，眼睛没有睁开，但是手却一直握着妈妈的手。她欣慰地看着两个上了岁数的人，他们已经不再年轻了。在彼此心中都曾经留下不可磨灭的记忆。

小宝主动拉着妈妈的手，乖乖地看着外婆的举动，看着外公的手，他甜甜地笑了。

午后的阳光照在身上都是暖意，不知不觉已经初秋了，让人口干舌燥起来。彭芸芸叫了外卖送到住院部楼下，送外卖的是个不到二十岁的小伙子，从他手里接过打包好的外卖盒饭，给了他三十块钱。

"妈，小宝，吃饭了。"

彭小茜的眼睛盯着病床上的霍东青，似乎有些苦恼。动了手指以后应该会醒过来才对，可是过了半个小时了，他还是闭着眼睛。

彭芸芸猜到了她的心思，无奈地说："好了妈妈，我想他太累了，需要休息。

我们先吃饭吧，说不定我们吃完了他就醒了。"

"好吧，是我太急了……"彭小茜说着不舍地移开目光。

一家三口围在小茶几上吃午饭，彭芸芸庆幸没有人打扰，在心中默念，你一定要好起来，睁开眼睛，清醒过来，一切都会好起来的。

霍东青的眼皮子很重，却听见了某人的祷告，他看见了许多女人的背影。有语恩，有季文媛，有小茜……仔细地寻找着，就是没有发现芸芸的身影。他着急害怕了，生怕芸芸被坏人抱走了，不停地找啊，找啊，找的是筋疲力尽。

终于来到一棵大树后下找到了睡着的芸芸，身子小小的，扎着麻花辫，睡得很香甜。

"如果你想要补充我们这些年受的苦，你就不要再睡了……你睡的时间太长了，妈妈为了你日夜伤心，你怎么能心安理得地躺着睡觉。"彭芸芸趁着妈妈带小宝去上洗手间的空隙，说出了自己的真心话。

不是第一次近距离地盯着霍东青看，年过半百的男人，谈不上是老人，也说不上是年轻人。他们是中年人，却又不年轻了，有了抬头纹、法令纹和唇纹，白了双鬓，步子蹒跚，再也不能跟年轻人比较腿脚的速度了。

老去的霍东青看起来很脆弱，看起来还没有儿子结实。彭芸芸是第一次思考老去的问题，以前她并没有仔细想过这些问题。

低下头去，死死地盯着不放，真想把他的眼睛拧开，问问他到底还要折腾妈妈到什么时候。已经伤心了一个月还不够吗，妈妈看起来都瘦了一圈，换成名正言顺的霍夫人，季文媛会这般为霍东青伤心吗？

"你要是还不睁开眼睛的话，我和妈妈就准备走了……霍东青，你明明已经有了知觉，为什么还装睡，难道你知道公司易主，所以故意装睡？"

话说完了，彭芸芸觉得自己很像傻瓜，自问自答的没有意思。她顿时短短地叹气，收拾好外卖盒子扔进了走廊的垃圾桶里。

看着手表上的时间，刚好一点，自己一点半上班，差不多也该走了，她看着妈妈拉着儿子走了过来。

"我要回去上班了，时间差不多了……"

彭小茜点点头："你去吧，待会我会带孩子回家的。"

"好吧，我先去拿包包。"说着彭芸芸急急忙忙地走进病房，看见包包在椅子上放着，她准备拿了就走，却疑惑地感觉有一道强烈的目光盯着自己。

猛然转身，她惊讶地大叫起来："啊！"

彭小茜听见叫声，紧张地拉着外孙冲了进去，当她看见病床上缓缓坐起来的霍东青，惊愕的张大了嘴巴。

"你，你……你醒了？"彭芸芸很惊讶，舌头打结了。

霍东青的脸色不再苍白，露出淡淡的笑容："你们都在，真好。"

谁会想到霍东青居然苏醒了，而且口齿清晰，没有任何的不舒服。彭小茜松开外孙的小手，缓慢地走到男人面前："你，你真的苏醒了？有没有哪里不舒服？"说着一双苍老的手握住了他的手。

"我很好，不是你们一直呼唤我，我也醒不来……"霍东青淡淡地说着，嘴角是淡淡的笑意，声音却是低沉无力的。

彭芸芸看见妈妈流泪了，这一次是喜极而泣，因为霍东青苏醒。没想到这些天的守候，终于在这一刻得到了回报。

小宝抱着妈妈的大腿小声地说："外婆怎么哭了，外婆老是哭，比宝宝还爱哭，羞羞脸……"

"你看看，小孩子都说你是爱哭了，擦擦眼泪吧。"霍东青看着孩子，笑得很是开心，他的目光停留在芸芸身上，带着一丝愧疚。

彭芸芸看见他的意识很清晰，找来医生做个检查，得到的结论是，需要好好静养，尽量不要做剧烈运动，有时间多走走就是了。

"妈，我真的快来不及了，我先走了。"说着彭芸芸跑出了病房。

霍东青的视线追随着她突然消失了，带着失望的情绪，轻声叹气。

彭小茜知道他的心还没有扭转过来，抱着外孙，安慰着霍东青说："你们父女俩相认是迟早的事，重点是芸芸心里一直对你耿耿于怀。你刚刚苏醒，不要想不开心的事，医生说你要豁达开朗，心情好对身体的康复才有帮助。"

"我知道，就是芸芸那孩子都不肯叫我一声爸爸，我这心里……"霍东青摸着胸口的位置，似乎尝到了苦涩的滋味。

小宝摸着他的手，奶声奶气地说："外公，有小宝陪着你，你不开心吗？"

"开心，外公当然开心。"霍东青看着这孩子，心里面暖暖的，再也不感觉难受了。和芸芸之间的父母感情是需要时间修复的，眼下最重要的是把身体养好。

回到工作室，时间刚刚好，坐在椅子上，还有三分钟的时间。彭芸芸想到霍东青期盼的眼神，她的心也变得沉闷起来。

第五十二章
现 实 残 酷

"高总监让我交给你的新稿子。"

抬眼看见文爱一脸淡定的表情，彭芸芸却没法淡定了，她趴在办公桌上自言自语："我现在既高兴又难过，我该怎么办……"

李文爱见她一副郁郁寡欢的模样，轻声问道："是不是家里发生了什么事情？"

"没有……我和妈妈中午去医院里，霍先生终于醒过来了。"

"真的啊？这是开心的事啊，你怎么看起来不太高兴？"

彭芸芸心中的苦闷不是其他人能理解的，她若有所思地说道："就是因为他苏醒了，现实中的许多事情变得很残酷。"

李文爱怔怔想到："你是说霍氏集团还是说霍家？"

"都有，我不知道该怎么开口。"

"既来之则安之，你就是想得太多了。"

彭芸芸想想霍东青虽是醒来了，可是他不知道霍氏集团一个月来发生的事情。如果知道了他会是什么反应。

季文媛慌张地赶到医院的时候，病房里的男人在发呆，她的心跳动得很快，到现在都心虚不已，就是担心霍东青到现在还是耿耿于怀。

"你，你醒了？感觉怎么样？"

听见女人的声音，霍东青没有回头去看她，只是淡淡地说道："我好多了。"

季文媛不紧不慢地走到他身边，盯着男人的脸庞，仔细端详起来。此刻她不知道说什么才好，要不是水果刀插进了腹部，他也不会躺了这么久，还威胁到了生命。

眼角泛着泪光，她哽咽着："如果你有个三长两短，我就是罪人了！"

"你说话严重了。我叫你来是有事问你。"霍东青说着，抬眼盯着女人，眼睛里一点情绪都没有，始终是淡漠的。

"嗯……"

"公司现在是谁在管理？是语恩还是我弟弟？"

季文媛平静地说："是霍东严。"

霍东青的脸色变得很差，他皱着眉头盯着女人："你说的是真的？"

"没错，语恩也在公司，只不过……现在的霍氏集团已经不是以前的霍氏集团了……"季文媛说着，神情变得不安起来。

"季文媛你话里有话？"霍东青感觉到公司可能发生了什么大事。

"现在你清醒了，我也不想隐瞒你，不过你要答应我好好休养。"

霍东青冷冷地说："公司到底发生了什么事！"

季文媛听见他狂躁的声音，着实吓了一跳，心里想着要不要告诉男人，却听见了脚步声。

"爸爸，你终于醒了！"霍语恩激动地看着病床上的男人，精神尚可，她的心顿时晴朗起来，下意识地嘟囔着："公司有救了……"

"语恩，你妈不愿意说，你说，公司到底发生了什么事？"霍东青始终有一个不好的预感，他的目光如炬，让人不敢直视。

霍语恩吞吞吐吐地说："爸，我对不起你，我没能好好守住公司……"

季文媛一脸担忧的神色，看着女儿从限量版包包里拿出了最近的报纸和杂志。她顿时皱了皱眉头，这些她都看过了，上面报道的全都是霍氏集团的负面消息。

霍东青有了心里准备，当他看见报纸上触目惊心的头条，心里还是震撼了，继续看下去，最近几期的报纸和杂志几乎都有霍氏集团的消息，他的手忍不住地抖动起来。发出惊慌的声音："没想到，真没想到……我昏迷的时候公司已经变成霍东严的了……"

季文媛在一旁战战兢兢地看着，她现在不只是担心丈夫会发火。更加担心自己做过的事情会被他发觉，眼下她只好走一步算一步了。

"爸，叔叔她……"

"他不是你叔叔！好一个霍东严，简直无法无天了，他是想报复我，想把公司整个掏空吗？"霍东青铁青着脸，因为生气，脸庞变成了猪肝色。

霍语恩看着爸爸愤怒的表情，不停地自责。

许久才算平复了心情，霍东青瞪着季文媛："霍家还有你和语恩，你这个当妈的是怎么做的，不管不问，让公司走到现在这一步，季文媛我真是看错你了！"

女人的脸色变得惶恐起来，她低声说道："我，都是我的错吗？是你弟弟狼子野心，我们母女俩怎么斗得过他！"

"是啊，爸爸，妈妈也尽力了。没想到叔叔在公司培养了很多心腹，让很多人听命于他……"

"够了！我不想再听你们狡辩了！"霍东青的脸色难看之极。

霍语恩这才慌起来，她没想到爸爸醒了，脾气和火气都见长，一句话都听不进去。也难怪他会动气，霍氏集团是他半辈子的心血，现在被霍东严玩弄于鼓掌之间，换成霍家的任何一个人都会受不了。

"不行，我要出院，我不能待在医院里了。"说着霍东青要脱掉病号服。

"爸爸，你现在还没有完全康复，不能出院的。"

"是啊，东青，你就听医生的话吧。"

霍东青冷冷扫过她们母女俩一眼："我继续待在医院，公司说不定明天又要上头条。你们解救不了公司，我自己去还不行吗？"带着愤怒的情绪，他扯着病号服。

季文媛看着男人慌乱的样子，不停地叹气："语恩，你快劝劝你爸爸。"

霍语恩接着说道："现在公司已经这样了，即使你现在回去暂时也改变不了。不如你好好在医院休息，我跟霍东严谈一谈。"

"语恩，你要是我的女儿就闭嘴！你说的还是人话吗？我什么都不做，指望你救公司，我的心血就全没了！"霍东青的神态变得紧张而激进，眼前的女儿是陌生的，她以前很乖巧，现在完全变了一个人。

没想到爸爸会用陌生的眼神盯着自己，霍语恩的心不上不下起来，她退后一步，什么都不说了。现在说什么都没用，公司的他都知道了，根本不可能坐以待毙。

季文媛猛地拉住他的手臂："你不能去，说什么我都不能让你出这个门。"

霍东青冷酷的眼神迎上女人着急的神色，冷哼一声："不要以为你背着我做的事情我都不知道，季文媛我告诉你，霍夫人这个位置你坐得太久了！"

"你……你说什么？"季文媛大惊失色。

霍语恩盯着爸爸，一脸的茫然，看着妈妈恍惚的眼神，小心翼翼地搀扶着她。

突然间三人之间默默无语，霍东青的病号服解开几颗扣子，他发现没有出门的衣服，诧异地到处寻找起来。

"你是在找这个吧？"彭小茜一只手拿着衣服，一只手牵着外孙。

霍东青看着她，暴躁的脾气有了收敛："我的衣服怎么在你那？"

"医院给病人洗衣服的时候，我昨天拿去洗了，想着你有一天醒了就能穿了。"彭小茜说着抱起了外孙。

季文媛听见她的声音，气不打一处来，她走了几步盯着彭小茜大声骂道："你这个贱人，还敢偷偷来看东青，上次的警告还不够吗？"

彭小茜一惊，没想到季文媛和霍语恩都在，她不安地望着霍东青："我把衣服拿给你就走了，没想在医院多待。"

霍语恩正想说什么，却看到爸爸冷冷的眼神，她畏惧了。

"季文媛你闭嘴！还轮不到你在这撒野！"霍东青说说，看见女人怒气冲冲的脸，他装作视而不见。

"霍东青，你太狠了！你竟然当着贱人的面数落我！只要法律上承认我是你老婆，我还是霍夫人！"季文媛声嘶力竭地吼着，根本不顾男人异样的眼光。

"我不想跟你啰嗦，小茜，你去办出院手续，我换好衣服一起走。"

季文媛大口地喘着气，跌坐在椅子上，难过地说："语恩你看清楚了吧？你爸爸现在根本不拿我当回事，连你也不是他最疼的女儿了。他的心里眼里只有贱人和她生的女儿，让我以后还怎么过！"

霍语恩没想到爸和妈的关系恶劣到不能修补的地步，她知道，爸爸受伤是因为妈妈，肯定到现在都无法原谅妈妈，她也能理解。但是爸爸当着彭小茜的面，太过分了吧。

霍东青换好了衬衫和西裤，跟中刀那天晚上穿着是一样的，他回想这一切。如果不是季文媛发疯了，自己也不会住院，更不会让霍东严有机可趁，掌握公司管理大权。这一切都怪季文媛，她就是个狠毒的女人。

勉强办理了出院手续，彭小茜担心地看着霍东青："你现在需要好好静养，你这样子出院会不会对身体不好？"

"不用担心我了，孩子都快睡着了，你带他回家睡觉吧。"霍东严盯着迷糊中的孩子，勉强露出了一点笑容。

"好吧，我的手机给你，方便你打电话，我这里有点钱你先拿着。"

霍东青面带为难："好吧，这些我以后在还你。"

彭小茜没有多说什么，盯着男人离去的背影默默发呆。

坐在出租车上，霍东青掏出手机给霍东严打电话，没想到一直打不通，然后就关机了，眼下只好到公司再说了。

十几分钟之后来到了霍氏集团楼下，付钱给司机匆忙地走下来。盯着许久不见的霍氏大楼，他感慨良多，正要走进去，却被人拦住了。

第五十三章
被 发 现 了

"霍先生你不能进去。"忽然出现的男人挡住了他的去路。

霍东青一愣："你是宇文澈身边的唐助理，怎么会在这里？"

"霍先生，宇文总裁有话想跟你当面说。"

霍东青疑惑地看着他："不行，我还有事，等我办完了事情再跟他见面。"

"这个由不得你，宇文总裁要说的话跟霍氏集团有关，跟霍东严有关。霍先生难道还不想见吗？"唐御风说着，满意地看着霍东青的脸色。

"好，我就跟你走一趟。"

"霍先生，请！"

此时彭芸芸已经完成了稿子的校对工作，相对于电子文档，只需要直接输入到电脑里就行了。她的手指在键盘上飞快地敲打着，丝毫没察觉有一道热泪的目光盯着她看。

高杰看着姜傲风盯着彭芸芸，心领神会地低声说道："姜总监跟芸芸聊得来吗？"

"还好，不过芸芸身上的确有一股干劲，让人无法无视。"姜傲风说着，嘴角的笑容充满暖意，带着一丝欣赏的目光。

"看得出来你欣赏她，不然还想从我这里挖人……"

"高总监你不会还在耿耿于怀吧？我是想挖人，你们工作室的人才可不少，只可惜芸芸不答应。"姜傲风说着，谈笑风生的样子。

高杰笑着说："不是开个玩笑吗……等一下，我接个电话。"

"你去忙吧。"

高杰走进总监办公室关上了门，姜傲风独自站在门外盯着彭芸芸。忽然他的脑海里闪过霍氏集团的传言，特地让人留意了霍东严董事长的行踪。对于傲世集团来说，时刻关注其他大集团大公司的第一手消息，是他必须要做的事。

　　"姜总监！"

　　发呆的姜傲风听见声音，望着彭芸芸说："你好！"

　　"姜总监一直站着都不累吗？"

　　"没关系，我习惯了。"

　　彭芸芸搬来椅子："姜总监如果有话想说得话，现在可以说了。"

　　姜傲风尴尬地看着她："你怎么知道我有话要说。"

　　"我虽然一直在工作，可是你盯着我的目光让我如坐针毡。你来的时候我看见你了，是你只顾着跟高总监说话，没留意到我。"

　　"原来如此。"

　　彭芸芸耸肩，一副明了的样子。

　　姜傲风犹豫着，为难地说："有件事情我是想说，只不过怕你胡思乱想。"

　　"我只对自己的事情胡思乱想，其他人倒不会。姜总监你放心地说吧。"彭芸芸很想知道姜傲风到底知道些什么，看他一副胸有成竹的样子，肯定知道很多事。

　　故意放低了声音，只有他们两个人听得见，姜傲风淡淡地说道："我知道你跟霍家的关系很密切，也知道霍氏集团对你而言，不是不相干的。"

　　彭芸芸不高兴地质疑："你查我的底细？"

　　"不要误会，芸芸，我们是朋友，我只是想知道一些你的事。"姜傲风不紧不慢地说。

　　"那我还要感谢你对我的关心喽。"彭芸芸带着不满。

　　姜傲风紧接着说道："我的手下帮我留意了霍东严董事长的情况，最近他的行踪很奇怪，周末总是会去一家叫休闲山庄的地方，而且没人知道他在里面干了些什么。"

　　彭芸芸一惊："你说的是真的？"

　　姜傲风继续说道："霍氏集团的确参与了违反犯罪的活动。我查到霍东严跟日本人来往密切，我猜测他在帮日本人洗黑钱。他们交易的时间就在这两天。"

　　女人的脸色变得很难看，似乎开始着急了，看得出来她对霍家还是很在意的。姜傲风不禁叹息起来。

　　"姜总监，你为什么要告诉我这些？"彭芸芸质疑他的目的，露出防备的眼神。

　　姜傲风无奈地说道："我刚才说过，我们是朋友，我不希望你不开心。"

　　"就这么简单？"

"就这么简单。"

"为什么？我们认识的时间并不长？"

"是啊，我们认识的时间很短，我对你有好感，你不知道吧？"

彭芸芸立刻窘迫起来，她其实不用问太多问题的，没想到却把姜傲风的真话引出来了。她打量着周围，幸好没人注意他们说话。

"放心，我不是坏人，也不会把这件事情说出去。我想宇文澈为了你也会这么做的。"姜傲风坚定地看着她。

"姜总监，谢谢你告诉我这些……也谢谢你对我的好感，我只能接受你当我的朋友。"彭芸芸尴尬地说着，丝毫不为所动。

姜傲风站起来，淡淡地笑着："我知道你会这么说。我这里有一份关于霍东严的资料，我想你会需要的。希望我们下次见面的时候还是朋友，再见！"

李文爱见姜傲风走了，好奇地来到芸芸身边，看着她盯着牛皮纸袋发呆，疑惑地问："姜总监说了什么让你不高兴了？"

"我没有不高兴，只是有些担心。"

"担心什么？"

彭芸芸没说话，盯着牛皮纸袋默默掂量着，要不要把霍东严的举动告诉霍东青。姜傲风说他和日本人的交易就在这两天。

她转身看着文爱笑着说："我想请假，麻烦你了。"

"喂！你去哪？"李文爱见她风一样的消失了，现在还不到三点，请假不是很不划算吗。

跑出工作室，彭芸芸来到路边招手："出租车！"

司机问道："小姐要去哪？"

"师傅，去路边码头，我有急事。"彭芸芸心急火燎地打开牛皮纸袋，里面清晰地记录着霍东严的人际来往，她只是想确定一样，然后再回来告诉霍东青。如果消息是假的，也能避免一场风波。

路边码头是老百姓的称呼，二十多分钟疑惑，出租车在码头边的公路上停下来。彭芸芸一个人小心翼翼地走到码头，看见很多轮船和小船，到处都是集装箱，现在是下午三点十七分，还不是忙碌的时候，不过有大船在卸货。

她看见一个卸货的工人走过去问："师傅，我想请问附近有一家叫奔腾号的轮船吗？"

浑身脏兮兮的卸货工人打量着干干净净的彭芸芸，想了半天也没想出来："我不知道。"

"谢谢你，打扰你工作了。"

一脸问了几个工人都没有见过奔腾号，说是码头上大多数都是和谐号。她一路走着，一路找着，手里的牛皮纸袋抱的紧紧的，海边的空气里都是咸咸的味道，彭芸芸疑惑着，该不会消息是假的吧。

越走越偏，已经没有轮船了，码头本身就是来往运输为主，偶尔也会有邮轮，不过很少见。彭芸芸心想：奔腾号不会是邮轮吧，要不然为什么没人知道。

她忽然停下来，把牛皮纸袋里的资料拿出来重新看了一遍，的确是奔腾号没错，难道姜傲风差错了？正在她疑惑之际，有两个小混混叼着烟迎面走来。

"请问你们知道附近有奔腾号吗？"彭芸芸打算再问一次，答案还是否定的，她就准备离开了。

小混混面面相觑，露出了危险的表情，互相使个眼色。其中一个染了黄毛的混混说："你找奔腾号干嘛？"

彭芸芸惊讶地说："你知道奔腾号？"

"当然知道了，我带你去参观参观吧。"说着黄毛朝着另外一个混混递个眼色，他突然抓住彭芸芸的手。

"放开我！你们是什么人？"彭芸芸意识到不好，他们可能已经发现了。

"闭嘴！把她绑起来交给老板。"

"女人肯定知道什么，赶紧把她身上的东西都扔掉，尤其是手机。"

两个小混混把彭芸芸按在沙滩上，从腰间抽出绳子把她的手腕绑起来。另外一个人把牛皮纸袋都扔了出去，手机也扔在沙滩上，头也不回走了。

"老实点！"

彭芸芸惊恐地看着他们："你，你们是谁？为什么要绑我？"

"闭嘴，死女人！"

被他们拖着走，彭芸芸疑惑地看着自己越走越远，很快她看见一艘破旧的小渔船，上面的字迹很模糊，写着奔腾号三个字，她惊讶起来。

"你看着她，我去找老板。"

"放心吧，死女人绝对不会跑！"

穿着全身黑色休闲装的中年男人盯着大海，露出了沉静地笑。小混混在他耳边说了几句话，顿时脸色一变，给了他一耳光："你们怎么做事的！她人呢？"

"在下面关着，老板您请。"黄毛低声下气地说着。

"去看看。"

彭芸芸此刻有些后悔单枪匹马的来了，不知道接下来会发生什么事，她真的很害怕，担心自己的生命安全。

"老大来了。"

"就是她吗？"

"是的，老大。"

当彭芸芸看见自称老大的人一步，一步走进自己的时候，她害怕地向后退着，不想后面什么都没有，她只能靠着墙壁呆呆地盯着他。

当男人的脸从暗光里走出来的时候，已经能看清楚他的真正面目了。女人惊讶的眼神不亚于对方愕然的目光，两个小混混互相看了一眼，难道老板跟女人认识吗？

"原来是你。"

彭芸芸尴尬之中带着不可思议，原来他们口中的老板居然是霍东严。

第五十四章
幕 后 交 易

　　霍东严在打量着她，不禁发出冷酷的笑声："霍东青养了个好女儿，连霍语恩都没有为霍氏集团做过什么，你这个私生女倒是有孝心。"

　　彭芸芸知道自己暴露了，她更没想到姜傲风查到的事情都是真的。霍东严的确在奔腾号，他们肯定是在船上交易，难道这艘船也是他的，究竟他干了多少违法犯罪的勾当。

　　"你心里肯定在骂我对不对？霍氏集团现在的烂摊子是我一手造成的，你是不是很讨厌见到我？"霍东严猥琐地笑着。

　　"你不怕霍先生醒来找你算账吗？"

　　霍东严摇头，缓缓地说："就算他现在醒来也没用了，我已经打算把霍氏集团卖出去，今天就签约了。你们没有机会了。"

　　彭芸芸诧异地望着他："你疯了吗？你也姓霍，你怎么能把霍氏卖掉！"

　　"小丫头，你懂什么！你的心里不也是怨恨霍东青吗，到现在都称呼他为霍先生。我对他的恨比你多百倍，千倍！"霍东严说着，眼睛里冒着火气，气急败坏地大声吼着。

　　两个小混混没见过老板发这么大的火，顿时战战兢兢地退到一边，不敢说话。

　　彭芸芸盯着他看，手被绳子绑住了，根本挣脱不了。没想到他对霍东青的怨恨如此之深，导致他把所有的不满都发泄在霍氏集团上。

　　"如果霍东青知道自己半辈子的心血都被我毁了，他肯定会气死，到时候我肯定是世界上最开心的人！"霍东严说着，疯狂地笑着。

　　"霍东严，你不会得逞的！"彭芸芸愤怒地大叫。

霍东严冷冷望过去，捏着她的下巴："我不会得逞？好，等日本人来签约的时候，我会让你亲眼看看霍氏集团是怎么被我卖掉的。你到时候就亲眼看见你爸爸的心血被我毁掉！来人，把她看紧了，如果她跑了，我要你们的命！"

"是，老大！"

彭芸芸心中叫苦，她这一刻非常迫切地希望宇文澈能够来救自己。小混混走到她眼前用一块黑布把她的眼睛蒙上了。

"你们……唔……"

黄毛混混把一块布塞到她嘴里，低声咒骂着："死女人！"

"行了，老板让我们好好看着她，你就别找事了。"

"直接把门锁上，反正她也跑不掉。"

唐御风开着车子在码头附近的公路上转悠，他明明跟着彭芸芸来的，没想到半路上等了很久的红灯，然后跟踪的出租车走丢了。

他把车子停在路边，给澈少打去电话："喂，澈少，我跟丢了……"

"你说什么！我不是说了让你好好跟着吗……你不要再说了，现在不要轻举妄动，一切听我安排。"宇文澈狂躁地挂断电话，拳头砸在办公桌上。

坐在对面的霍东青惊慌地看着他："是不是芸芸出事了？"

"对不起伯父，御风把芸芸跟丢了。"

"什么？"霍东青站起来，惊讶地看着浑身不安的宇文澈。

"我让御风站在原地等候，我现在就联络警察局……"

"不行！芸芸肯定落到霍东严手里了，你现在报警肯定会惊动警察的，到时候他要是拿芸芸当人质的话就太危险了！"

宇文澈听完了霍东青的话，缓缓地放下了电话，垂头丧气地跌坐在椅子上："可是我们也不能什么都不做啊！"

霍东青神情严峻，带着隐隐不安，在办公室里来回走动着："芸芸这个傻孩子，她是怎么知道的，居然敢一个人去码头找奔腾号。"

"等等！伯父，我想我知道是谁告诉芸芸的了……"宇文澈带着愤怒盯着地板。

傲世集团前台的工作人员和保安不停地阻止他们，却无法让来的人离开办公室。顿时办公室里热闹起来。

"叫姜傲风滚出来！"宇文澈声嘶力竭地吼着，满脸暴怒。

连保安见他都畏惧了三分，不敢上前。

霍东青知道他很生气，他很想看看姜傲风是个什么人，为什么要背地里使坏。

"总监……不好了总监，有个男人指明要见你，在办公室里闹开了。"秘书急急忙忙地跑进来，惊慌地看着他。

姜傲风放下手中的笔，皱着眉头说："我跟你一起去看看好了。"

当他看见是宇文澈在捣乱，顿时惊讶起来，站在宇文澈身边的人，是霍东青。原来他已经清醒了，这是怎么回事，他们俩一脸的兴师问罪。

宇文澈一个拳头上去把人打倒在地，众人惊慌地"啊"了一声，退避三舍。

"你发什么疯！宇文澈！"姜傲风不知道发生了什么事，紧张地怒视着男人。

"都是你！谁叫你去找芸芸的，现在她失踪了你知不知道！"说着宇文澈的拳头不停地砸下来，情急之下对方用手臂去挡。

"失踪了？我一个小时前才见过她……听我解释……"

霍东青大声说道："你先住手，听听他的解释再说。"

"伯父，他不是个好东西，你不用对他心软。"宇文澈说着一个拳头就要砸下去，姜傲风死心地闭上眼睛。

"难道我的话你都不听了？"霍东青说着握住他的拳头，冷冷地看着宇文澈。

姜傲风睁开眼睛，见宇文澈已经站了起来，他尴尬地扶着墙壁站起来，拍拍身上的灰尘，冷冷地扫过办公室的职员："今天的事谁也不许说出去！"

"是总监！"大家异口同声地回答。

霍东青大概说了一下事情的始末。姜傲风也回答了他的问题，承认把查到的资料都交给了彭芸芸。宇文澈心急火燎地在总监办公室里踱步，时时刻刻担心着芸芸的生命安全。

"我看还是报警吧？"姜傲风说着拿出手机准备打电话。

"不能报警！"霍东青说道。

宇文澈想了想，说道："伯父，我觉得还是报警比较好。"

"可是……"霍东严犹豫着。

姜傲风站起来说道："我想宇文先生也查到了重要的线索，霍氏集团现在变成了洗黑钱的一个重要转折站，这个事情已经达成犯罪了。"

"你说得没错，加上霍东严先生绑架了芸芸，又是一条罪名。伯父，我知道他是你亲弟弟，但是他的所作所为你不能再纵容了。芸芸可是你亲生女儿！"宇文澈觉得霍东青的犹豫是顾念亲情，所以他有些不满。

霍东青想了想，掏出手机拨打了一个号码："喂，是110吗，我要报警……"

从傲世集团走出来，宇文澈拦住了姜傲风的去路，冷冷的眸子碰撞在一起，发出低沉的声音："你不会要跟着去吧？"

"为什么不行？你对我有意见？"

"我对你的意见大了！"宇文澈跟他推让起来，两个人互相扯着彼此的领带，谁都不肯先松开。

"够了！现在已经够乱了，你们还在斗气，有用吗？"霍东青盯着两个年轻人，眉头紧紧皱着，心急火燎地等待着他们分开。

宇文澈尴尬地看着他："不是你，芸芸也不会陷入危险之中，有多远滚多远！"

姜傲风整理着领带，一丝不苟地望着霍东青："霍先生，请允许我跟你们一起去救芸芸吧。而且我有一个朋友就是警察，我可以让他帮忙。"

"姜傲风你太过分了！"宇文澈说着钻进了车子里，等待着霍东青的反应。

他想了想，还是答应了，低头说道："就让姜总监一起去吧，也好有个照应。"

"都听伯父的。"宇文澈的心里很无奈，虽然很讨厌姜傲风，但是霍东青既然答应了，他也不好说什么，都坐上车，朝着码头的方向开去。

唐御风一直在码头边的公路上等待着，一刻都不敢离开，他仔细看了看，却没有发现彭芸芸的身影。看来她真的被发现了，只能听从澈少的话，按兵不动。

虽然没看过兵法他也知道，现在只能等，能做的事情只有等待而已。

宇文澈因为急切速度越来越快，二十分钟后，男人远远地看见御风的车子停靠在了路边。

"御风，情况怎么样了？"

唐御风看见澈少从车里下来，他诧异地迎上去："澈少，很抱歉，我什么都没有发现。彭芸芸小姐应该是被绑架了。"

姜傲风从后面出来，盯着唐御风犀利的目光。

"澈少，我觉得还是先报警的好。"

"伯父已经报警了，在警察来之前，我们不能轻举妄动。"宇文澈说着，眼睛里都是怀疑，这么多船，想要找到奔腾号不简单，更加让人忧心的是，霍东严下令开船的话，就更不容易找到芸芸了。

霍东青盯着海上的渔船，尽管急躁，却深藏不露地盯着大海。

唐御风见霍先生不说话，只好闭上了嘴巴。

"奔腾号肯定不会在船只多的地方，我们要不要分头找一找，说不定能找到蛛丝马迹。"姜傲风的提议得到了所有人的赞同，所以他们分头去找。

宇文澈一边走，一边念叨着："芸芸你一定要等我来，我来救你了。"

姜傲风和霍东严一组，宇文澈和唐御风沿着海边的沙滩足迹慢慢寻觅着。

他们之中，没有一个人能真的有信心找到芸芸，就算找不到，找到任何蛛丝马迹也行。男人的脸色很差，唐御风知道他心里比任何人都着急，只好紧跟在澈少身后。

第五十五章
中 弹 惊 魂

"澈少，彭芸芸小姐会不会被关起来不能求救？"

"肯定被霍东严关起来了，我早说过他不是一个简单的人，如果早些年进黑社会的话，现在肯定混成大哥了。"

"澈少，姜先生怎么会跟你一起来？"

宇文澈冷哼一声："要不是伯父让他来帮忙，我坚决不会让他跟着来。不是他把消息透漏给芸芸，芸芸也不会失踪。"

唐御风心中明了，不再说什么，仔细地盯着沙滩，越走越偏了，他们不知不觉已经走到了没有船和人的沙滩上，却是一无所获。

"奇怪！这里连一艘船都没有，难道是我们找错方向了？"宇文澈低喃着，心里的焦躁越来越急切了，多浪费一分钟，芸芸就会多一份危险。

被关起来的彭芸芸感觉口干舌燥的，不知道外面的天黑了没有，自己没回去，妈妈肯定会担心的。这样一来她们都要担惊受怕了，现在再后悔也没用了。被霍东严关在这里，肯定不是长久之计，他说签约的时候一定让她看，这个意思是说，待会有机会出去了。

想到这些，她的心忍不住雀跃起来，或许还会有逃出去的可能性。这么想着彭芸芸带着一丝期待等待着。

忽然听见脚步声渐渐逼近，她担心地靠着手指摸到的墙壁，不知道来得人是谁。如果是那两个小混混的话，就不用太担心了。

"死女人！我们带你出去，老实点！"

彭芸芸没说话，眼睛上的黑布被扯开了，因为不喜欢看到光亮，她诧异地眯着眼睛，这才看清楚，自己已经被他们带到了甲板上。

虽然从外面看来是一艘破船，里面内部结构倒是很精致，看起来有模有样的，根本不像一只破旧的船。

"看什么看！"

"赶紧走，不要让老板等着。"

霍东严坐在椅子上一副淡定的样子，笑着说："没想到你的中国话这么好。"

"霍先生，我跟中国人打交道的时间已经好多年了，中文水平自然很好。"

"呵呵！好，以后我们生意来往就更方便了！"

彭芸芸被他们绑着来到了霍东严的眼前，坐在对面的男人就是他说的那个日本人吧。看起来根本就不像，穿着一身黑色，带着黑色墨镜，面无表情。

"来了……"

"你不会真的要卖掉霍氏集团吧？"

"你到现在还不相信？来人，把合约拿给她看。"

听见了霍东严的话，其中一个人拿着一份合约来到了彭芸芸的眼前，她看见上面的文字，全身坚硬起来。

霍东严露出猥琐的表情："白纸黑字看清楚了吧？我霍东严做事不喜欢躲躲藏藏。亲侄女，你眼前的这位先生可是日本神户牧野会社的负责人，牧野太郎先生。"

"霍东严你真无耻！你不要忘记你也是霍家人。"彭芸芸知道他是来真的，只希望自己能拖延时间，争取在宇文澈来以前让他们做不成这笔交易。

"我是姓霍，可是霍家人是怎么对我，你的亲生爸爸对我太吝啬了，连一个外人都不如。现在霍氏集团在我手里，我想卖掉它还需要听你的意见吗？来人，把她给我带走！"

彭芸芸惊慌之下，急忙撞开黄毛混混，跑到日本人面前大声叫着："牧野先生是吧……你不要听他胡说，我也姓霍，霍氏集团有我一份，你不可能买得到！"

牧野太郎面无表情的脸上出现了一丝怀疑："霍先生，她是谁？"

"来人，把她拖下去！"

"慢！霍先生你还没有回答我的问题。"牧野太郎说着站了起来。

霍东严尴尬地回答："她是我的侄女，是我大哥的私生女……您放心，霍氏集团现在我说了算，这份合约我肯定会签的。"

"最好是真的，霍先生，我不喜欢不讲信用的中国人。"牧野太郎说着满意地回到椅子上坐下。

彭芸芸没想到日本人完全没把自己的话听进去，看来今天的签约她是无法阻止了。

同一时间，宇文澈不肯放过一点可能，他挨着海边寻找着，却发现被海水泡透的一个牛皮纸袋，还有一些已经泡烂的纸张。

"御风，你去捞捞，看看还有没有？"宇文澈说着把牛皮纸袋摊开放在沙滩上。

"澈少，这里有发现！"

宇文澈走过去一看，发现一个国产手机，看着眼熟，他惊讶地说："是芸芸的手机。"

"看来彭芸芸小姐就在附近被人抓走的。"唐御风严肃地说。

"我们四处找找，我看奔腾号肯定就在附近。"宇文澈说着，不停地向前狂奔，他忽然看见一艘破旧的船，上面还有渔网，看起来没有人的样子。

唐御风停下来，指着破旧的船说道："澈少，我看这艘船有古怪。"

"御风，我先上去，你在这盯着，有什么不对立刻告诉伯父和姜傲风。"

"澈少，你一个人太危险了。"

"不要再说了！"说着宇文澈就走进了那艘船，没想到在渔网下面写着模糊的三个字，奔腾号。没错就是这艘船，看来是芸芸找到了奔腾号才会被人发现。

男人眼神一眯，阴沉着脸庞，找到了一根绳子，顺着爬了上去。

霍东严的眼神里都是得意，现在只要签约就行了，彭芸芸的样子不依不饶的，只是在浪费时间。他使个眼色，两个混混把彭芸芸带下去。

"你不会得逞的！霍东严你是个大坏蛋！"彭芸芸大声嚷嚷着，几乎让船上的人都听见了，连那个日本人都忍不住皱着眉头。

"霍先生，我们可以签约了吧？"牧野太郎说着，脸上变得平静起来。

"牧野先生你放心，我这就让人把正式的合约拿过来。"霍东严做事很小心，刚才给彭芸芸看的只是一份复印件，还不是正式的。

牧野太郎看着他做事谨慎，中意地点点头。

"你们放开我！霍东严给了你什么好处……"彭芸芸挣扎着，想要挣脱，力气太小了，根本就不是他们的对手。

黄毛捏住她的下巴："死女人！你在嚷嚷我把你丢到海里喂鱼！"

"行了，老大还要跟日本人签约，带着下去吧。"

此时宇文澈因为甲板上有东西作为掩护，没人看得见他，听见女人的声音。他更加认定了这个女人就是芸芸。

偷偷地绕到两个混混的身后，他对着其中一个的脑袋就是一拳，男人被他砸晕在地，发出声音。黄毛听见声音猛地回头看见了他，宇文澈笑笑，对着眼睛就是一拳。

"哎呦歪……"黄毛发出声音，宇文澈一不做二不休地把他从船上踢了下去。

彭芸芸回头一看，宇文澈犹如一个英勇骑士出现在她的眼前，没想到男人真的来了。她惊讶地说着："没想到你真的来救我了。"

"芸芸！"宇文澈担心地叫了她一声，把女人拥在怀中。

"我没事，我真的没事……你先把我手腕上的绳子解开吧。"

"好！"宇文澈说着从晕倒的男人身上找到一把匕首，割断了芸芸手腕上的绳子。

彭芸芸小心翼翼地看着他："霍东严在里面跟日本人签合约，说是要把霍氏集团卖给日本人。我们赶紧去阻止他们！"

"不行！"宇文澈拉住女人的手。

"为什么不行？我不能眼睁睁地看着霍氏集团成为小日本的。"

宇文澈强拉着她，非常认真地说："我知道你不想你爸爸失去霍氏集团，这件事你要听我的。"

彭芸芸说着，诧异地看着男人。

牧野太郎拿起签字笔就要签字，却听见一个声音："慢着！"

霍东严回头看见宇文澈拉着彭芸芸走了过去："你们？怎么回事？"

"不要再找了，你的手下已经被我扔到海里喂鱼了。"宇文澈说着，挑衅地看着她。

"宇文澈，这是我们霍家的家事，跟你们宇文集团无关！"

宇文澈淡淡地看着日本人，笑着说："你是牧野先生对吗？"

"你认得我？"牧野太郎惊讶地望着他。

彭芸芸看了男人一眼："牧野先生，这位是宇文集团的总裁宇文澈先生，他有笔生意想找你谈谈。"

霍东严疑惑地看着他们，搞不清楚他们在做什么。

宇文澈看着牧野太郎点头："霍氏集团已经不是以前的霍氏集团了，牧野先生即使买下了霍氏集团也没有好处，还不如跟宇文集团合作，我一定会让你得到你想要的利益。"

"哦？"牧野太郎带着疑惑盯着霍东严。

"牧野先生你不要听他胡说！宇文澈你是故意来捣乱的吧，我让你敬酒不吃，吃罚酒。"霍东严咬牙切齿地说着，从怀里掏出一把手枪。

彭芸芸大惊失色，喊叫起来："有枪！快蹲下！"

宇文澈趁乱牵着芸芸的手，趁着双方慌乱的情况下，从船上跳下来。看着不远处的御风，男人的手紧紧握住女人的手，只要跟他们会合就行了，很快警察就会来了。

突然背后想起了枪声，彭芸芸担心地握紧了男人的手，忽然宇文澈抱住自己搂在怀里，他的身子明显地僵硬了。她的余光不小心撇到男人的背后的红色，大脑空白一片。

双腿发软的感觉让他第一次感受到脆弱，全身的血液瞬间凝固了，瞳孔里只有女人恐慌的脸颊，她居然哭了，哭得样子真难看，可是……

"宇文澈你醒醒……你能看见我吗？你不要睡啊，救护车很快就来了……"

彭芸芸第一次看见有人在眼前倒下去，下意识地感觉到宇文澈中枪了，她茫然失措地看着唐御风，不知如何是好。

"澈少你坚持住！你记得吗，你要照顾彭芸芸小姐一辈子的，你不能有事……"唐御风哪里见到澈少这样，眼看着他昏迷了，却没有办法。

姜傲风和霍东青听见哭声，走了过去，彭芸芸抱着昏迷的宇文澈，手心里都是血迹。

很快警察和120急救车一先一后地出现了，事情很快得到了控制，犯罪嫌疑人也被抓住了。十多分钟的时间里，发生了巨大的变化，周围混乱一片。彭芸芸泪眼婆娑地看着躺在怀中的男人，二者形成了鲜明的对比。

此刻，她只有一个心愿，就是希望宇文澈睁开眼睛看看她。

四年前第一次见到宇文澈……那个火热的夜晚……四年后他们相遇的瞬间……还有刚才不顾生命危险挡子弹的那一刻，彭芸芸一辈子都无法忘记。

第五十六章
尘埃落定

李文爱看着彭小茜摇摇头，手里的饭盒直接扔进了走廊里的垃圾桶里。

小宝手里是一袋子巧克力，他津津有味地吃得满嘴都是，当外婆的彭小茜却是笑不出来，眼前病房里的女儿更是几天吃不下睡不着了。

"阿姨，你不用担心芸芸，她只是太自责了，一直嘀咕着宇文澈是为了保护她才中枪的。我刚才已经劝过她了。"

抱着外孙的彭小茜，无奈地长叹一口气："文爱，幸好芸芸有你这么好的朋友在身边，要不然我一个人带着孩子怎么撑的下去。"

"阿姨，有小宝在，一切都会好起来的……芸芸和宇文澈之间的爱情还没有开始就这么多挫折……"李文爱不禁感慨起来，没想到一个多月发生了这么多事情。

"不是说子弹是在背部不严重吗？怎么到现在还没醒？"彭小茜想着，无奈地看着走廊里来来回回的护士和病人。

"医生说没有生命威胁，但是病人不会这么快苏醒。谁知道是怎么回事？我看宇文澈再不醒过来，芸芸还要继续跟着受罪。"

病房里的彭芸芸盯着熟睡中的宇文澈露出淡淡的笑容，连笑容都是跟他学的。从那天开始到今天，已经过去了三天，按照医生的话也该醒来了，不知道是怎么了。

"宇文澈，你为什么还不醒啊？"

她有时候迷迷糊糊听见男人说话的声音，每次都是在期待中醒来，没想到每一次都是失望。真是幻听就好了，也不用担心了。

本来宇文澈就是帮忙来的，霍氏集团跟他没关系，他做的这一切就只有一个目的……彭芸芸的心现在就在他的身上，她顿时喃喃自语起来："我知道你都是为了我，为了我你才会来码头，为了我就意外中枪，我知道了，你的真心我都看见了，你醒过来好不好？"

听见她的声音，霍东青走了进来，看见女儿伤心的模样，安慰道："芸芸，你不吃不喝只会让你妈妈担心。"

彭芸芸看到霍东青来了，点点头："您怎么来了……这个时候不是应该在公司吗？"

"是啊，公司的事情永远都处理不完。混账弟弟把霍氏集团搞得乌烟瘴气，几天也没什么改变，我现在把事情交给语恩去做了，抽空来看看你。"

"宇文澈还没有醒，看来医生也有弄不清楚的时候。"

"你不要太担心了……我当时也是昏迷了很久，医生也不是万能的神医，况且宇文澈现在并没有危险，我们就慢慢等着吧。"

霍东青的话说得没错，彭芸芸觉得自己是太急躁了点，也许多等几天男人就会醒来了。何必急躁这一时呢。

看着女儿的神情变得安静多了，他总算放心一些，盯着病床上的宇文澈端详了一会，感慨地说道："我下午要去看守所一趟，你要不要跟我一块去？"

"您是去看霍东严吗？"

"是啊，他做的事情太可恨了，你心里不痛快可以跟我一同去骂骂他。"

彭芸芸扑哧地笑了："我就算骂死他也没用，宇文澈躺在这里是现实，他做了太多的坏事。坏人始终是要为自己做过的事情负责的，我相信法律会制裁他。"

霍东青听着女儿的话，赞许地说道："芸芸，你妈妈把你教育的很好，是我……是我对不起你们母女，这些年我的心一直都是愧疚，都怪我，没能给你一个温暖的家。"

"不要说了，我不想听这些话……"彭芸芸说着，淡漠的眼眸盯着霍东青愧疚的神色紧接着说道："只要你以后对我妈好就够了，你不要再辜负她了。"

"我……"霍东青还想说什么，却听见错落有致的脚步声。

彭小茜走进来，李文爱牵着小宝的手，看着他们，默默无语。

彭芸芸对上妈妈为难的目光，挤出一个笑容："妈，你放心，我心里此刻已经没有怨恨了……只是我还接受不了这种关系。"

"我知道，让你亲口叫一声爸爸的确不容易。这些都是我的错。"彭小茜看了霍东青一眼，嘴里念念有词。

"哎……你哪有什么错，有错的是我这个当父亲的才对！"霍东青说着，老去的脸上都是痛心疾首的神态。

李文爱看着他们，无奈地朝着芸芸耸肩，看来最近真的是没有一件开心的事情。目光转到病床上的宇文澈，真希望他能早点醒来。

市东区男子监狱里传来沉重的脚步声，坐在一窗之隔的椅子上，霍东青脸色平静地看着来的人，他的脸上居然还有笑容。

拿着电话，说道："看来你到现在都不知悔改，我真是后悔！"

"大哥，你有时间来看我，还不如想想怎么把公司的烂摊子拾起来。"霍东严说着依旧是猥琐的表情。

"你这个臭小子！到现在还不知道自己做错了什么！宇文澈现在还躺在医院里醒不过来，你无药可救了！"

霍东严突然严肃地看着他："霍东青，不要以为我叫你一声大哥，就真的把自己当成我哥了。不要忘了，当年你是怎么数落我的。"

"哎……我是为你好，当时你年少气盛，做事不顾后果，我语气是重了些，你到现在还记着，你也太小气了。"

"你根本不知道，从小我就嫉妒你，看不惯父亲对你抱着期望，我在父亲眼中什么都不是，跟你相比，我永远都是最差的一个。霍东青你凭什么拿走我的一切，我的事业，我的女人，我的生活！"

霍东青的皱纹更深了，他奇怪地问："你的女人？什么女人？"

"呵呵……看来你什么都不知道，季文媛那个贱女人瞒得滴水不漏。"

"你说什么？"霍东青突然吼起来。

霍东严站起来用漠视的眼光说道："你家里的两个女人都不是好东西！你不是喜欢外头那个女人和她生的女儿吗，叫芸芸是不是。你回去问问你的宝贝女儿，她们母女俩做了什么见不得光的事！"

霍东青看着他离开了，带着手铐和脚镣，发出阵阵声响。

看来他需要回家问问季文媛，究竟她和霍东严有什么纠葛？怎么会扯上语恩。究竟小茜和芸芸瞒了多少事没说。霍东青一头雾水，看着司机不悦地喊着："回家！"

欧式进口沙发上慵懒地躺着一个中年女人，看起来辨清沉稳，平易近人，但是一双眼睛犀利地盯着天花板，穿着黑色的旗袍显得很富贵。

管家走近低头问道："夫人，大小姐说路上堵车。"

"知道了。"季文媛缓缓地坐起来，盯着电视机发呆。

上面播放着本市财经新闻，眼前出现霍东严进监狱的情景，警察从他身上搜出来一把手枪。女人盯着电视机，目不转睛地看着，生怕错过，心里却是把臭男人骂了一遍。

管家看了一眼夫人，看见电视机里面的霍东严，顿时目瞪口呆。

"抓得好！这种人早就该蹲监狱了，逍遥了这么多年总算得到报应了！"季文媛义愤填膺地说着，表情冷冷的。

"季文媛你为什么讨厌东严?"霍东青的突然回来，让女人措手不及。

管家恭敬地说："先生回来了。"

季文媛回头望去，尴尬地看着他："东青……你怎么现在回来了?"

"你刚从看守所回来，你想不想知道东严跟我说了什么?"霍东青说着，脚步紧紧逼近女人的眼前。

季文媛慌乱地往后退着："我，我不知道你说什么。"

"是真的不知道，还是做贼心虚？你跟东严私底下背着我做了多少坏事！"

霍东青看起来心情很差，他的脸色不止铁青而已，简直隐忍到了极点，季文媛跌坐在沙发上，不知道该怎么回答。

都被关起来了，还敢胡说八道，要不然男人不会一回来就兴师问罪。而且还当着管家的面，她实在太没面子了。

"你不说是吧？打电话给小姐让她回来！"霍东青气愤地说着，手握成拳头。

管家小心翼翼地回答："先生，大小姐正在回来的路上。"

"季文媛，今天你不说我也会让人去查的，到时候事情全都查出来了，你不要怪我翻脸无情！"霍东青拍着茶几，不到最后一步是不会撕破脸的。

"肯定是霍东严在你面前嚼舌根，你不要听他的，他是想陷害我，陷害我！"

霍语恩前脚走进客厅，看见爸爸坐在沙发上，妈妈站立着，一脸的惊恐。她急忙走到季文媛身边柔声问着："妈妈这是怎么了?"

"你爸爸……你爸爸怀疑我做了见不得光的事……"季文媛战战兢兢地说着，她心里最担心就是霍东青认定了自己是个坏女人。

"爸爸，发生了什么事，你不能随便怀疑妈妈。"霍语恩心里也没底，爸爸肯定是抓到了什么把柄。

霍东青刚想说什么，手机不停地发出响声，他接通了电话："喂，都查清楚了吗？你现在说吧，我听着……"

季文媛不知道他找人去查了什么，战战兢兢地看着女儿："语恩，你天天在公司，你爸爸到底派人查了什么?"

霍语恩摇摇头："我不知道，爸爸现在很多事情都不让我插手。"

"自从爸爸醒来之后，一切都变了。"

季文媛愣愣地看着她："怎么会这样。"

"你辛苦了，再见……"霍东青挂断手机，随手放到口袋里，盯着季文媛露出冷酷的神情："刚才张助理告诉我，你居然派人去绑架小茜，而且勾结霍东严，甚至把我交给你的遗产继承权都拿了出来，这些是不是真的？"

"东青，你听我解释，我不是故意这样的……"季文媛变得慌张起来，急忙改了口。

霍语恩也是小心翼翼地看着他，直接挡在妈妈眼前说道："爸爸你不能全怪妈妈，当时的情况太复杂了，妈妈也是不得已。"

"你是说你妈妈跟霍东严勾结，绑架小茜都是对的？"霍东青忍不住抖动起来。

霍语恩想到自己做过的事，不免咬住下嘴唇，但是他心里也很怨恨爸爸，为什么他对彭小茜和彭芸芸这么好，对妈妈这么差。到现在她无法忍耐，冷冷地说："爸，彭小茜是小三，妈妈给她教训也是应该的，我和妈妈才是你的亲人，彭小茜和彭芸芸算什么东西！"

"啪！"她的脸上甩了一耳光，清晰的五指印出现在霍语恩白皙的脸颊上。

第五十七章
离 婚 出 国

　　季文嫒大声叫嚷着："霍东青你疯了！你怎么能打我的女儿。"

　　霍东青冷冷地说："她不是我女儿！我霍东青教不出来心狠手辣的女儿！有其母必有其女，季文嫒你教出来的好女儿。"

　　霍语恩盯着爸爸，没想到自己会挨打，长这么大，爸爸都没有忍心打自己一下。今天他居然动手了，一时间，伤心，难过，都摆在脸上。

　　"你还包庇你妈妈，不要以为我什么都不知道……"

　　"爸，我知道现在我和妈妈怎么解释都没用了，既然你都查清楚了，我承认，是我一开始麻烦叔叔帮我教训彭芸芸。我担心她抢走宇文澈，我先后绑架了孩子和彭芸芸，我希望她永远消失在梁城！"

　　霍东青的脸色铁青，他怎么都想不通一手养大的女儿居然变成一个心狠手辣的女人，说着伸出手掌，眼看着再一次打过去。季文嫒扑过去，抱住了男人的身体，大声叫着："芸芸你快上去，快上楼去！"

　　霍语恩知道从此以后，自己在爸爸心目中的形象完全消失殆尽，现在的她每走一步，心情都变得绝望起来。

　　"你教出来的好女儿！她居然连绑架威胁的事情都能做得出来，连芸芸从楼梯上滚下来也是她做的吧？真是我的好女儿，她太孝顺了！"霍东青气不打一处来，心里面都是失望透顶，居然养出这种白眼狼。

　　季文嫒默默低声哭泣着，有些事情她也不知道，没想到女儿居然背着自己做了这么多事。女儿真的是为自己才会变成这样吗？

　　"家门不幸！真是家门不幸！"霍东青说着，大步走出了客厅。

"东青……东青！"季文媛急急忙忙跑出来追他。

管家看着夫人追上来，低声说道："先生，夫人追上来了……"

"不用管她！我去酒店住，这个家我待不下去了！"霍东青说完，给管家使个眼色，让他阻止季文媛靠近。

"我可是霍夫人，让开！"季文媛冷眼看着管家。

"可是夫人，先生说他要去住酒店，今晚就不回来了，您还是早点休息吧。"

季文媛失望地看着车子开出了霍宅，没想到事情弄成不可收拾的地步，现在她后悔莫及，如果世上有后悔药的话，她真的想买一颗。

"霍先生，现在去酒店吗？"司机问道。

霍东青心烦意乱地说："去市立医院。"

彭芸芸一整天的时间都待在医院里，寸步不离地守着宇文澈，身边还有一份吃了二分之一的外卖盒饭，她苦笑着站起来转身就要离开。

"女人，你想离开我去哪？"

手中的盒饭掉在地上，女人僵硬地回头，对上男人玩味的笑容，略显苍白的脸庞都是熟悉的，没错，是宇文澈，他醒了，他醒过来了。

"怎么傻了？"宇文澈自言自语地说着，疑惑地挠挠后脑勺。

彭芸芸走进穿着病号服的宇文澈，伸出手摸着他的脸，是温暖的，皮肤的触感也是真的，她惊喜地说："宇文澈你醒了？"

"你说呢，我不是宇文澈还会是谁？"宇文澈说着主动搂住她的腰肢，轻轻地吻了她的脸颊，抱在怀中的才是最真实的，这一刻他心满意足。

"我很担心你……担心你会不会有生命危险……幸好，医生说你很幸运，子弹没有打到要害。你睡了三天三夜，真把我吓坏了。"

宇文澈嘴唇没有一点血色，他抚摸着女人柔软的秀发，低沉的声音在她耳边响起："我告诉自己，还有一个女人等着我去照顾，我可不想看你被别人抢走了。"

"你啊，刚醒就不正经。"彭芸芸无奈地笑着，眼睛弯弯的，都是轻松的笑意。

"我说的都是真的，你不相信？"

"好了，我相信行了吧，你还是躺下休息吧。"

"不用了，我没事了。"

"那也不行。"

宇文澈见她坚持着，只好躺了下来，抓着女人的手心不放："你不要离开我好不好？"

"我当然不会，这三天我一直守着你，你没有感觉到吗？"彭芸芸温柔地说着，连眼神都变得温情起来。

"我知道，你说话我能听得见。让你担心了，我很抱歉。"

"不要跟我说抱歉，你一直对我付出，是我太迟钝了，没有感觉到你的真心。"

宇文澈的眸子变得明亮起来，手上的力气更大了："你说什么，你说你感觉我的真心？"

彭芸芸害羞地垂着脑袋："你能不能小声点？"

"有什么关系……只要你以后补偿我就行了。"宇文澈得意地笑着，甭提多高兴了。

"宇文澈，你少在我面前得瑟，我最受不了你这样。"

"哈哈……"

霍东青走到病房门前就听见了爽朗的声音，不是宇文澈还会是谁。他欣慰地推门走进去："你终于醒了，太好了！"

宇文澈看见霍东青挣扎着坐起来："伯父您来了……"

彭芸芸站直了身子，尴尬地看着他："您怎么现在来了，吃饭了吗？"

"还没有，吃不下啊！"霍东青重重地叹口气，坐在了对面的椅子上。

宇文澈看到他不开心的神情，诧异地问："伯父，是不是公司发生了什么事？"

"不是，哎……家门不幸，家门不幸啊！"

彭芸芸走到他身边坐下："究竟霍家发生了什么事让您这么生气？"

"芸芸，我对不起你和你妈妈，都是我，我老糊涂了……季文媛母女俩太狠心了，对你们做了这么多坏事，我现在才知道，我真是越老越不中用了。"

听见霍东青的话，彭芸芸感慨地说："是您查的，还是她们亲口承认的？"

"我先让助理把我住院这段时间发生的事情查清楚，当年质问了她们母女，没想到语恩全都承认了，而且没有一丝悔改！"

宇文澈听着，冷冷地看着他，霍东青到现在才看清楚自己老婆和女儿的这面目，也难怪他会伤心难过。

"没想到霍语恩很爽快，我以为她永远都不会在你面前承认自己的过错。"

霍东青听出她话里的意味，紧张地看着她："芸芸，你是不是全都知道了？"

"我当然知道，当时我被绑架的时候，已经猜到了。"

宇文澈一惊，插了一嘴："当时你告诉我你不知道，你竟然骗我？"

彭芸芸抱歉的笑着："我知道你们有婚约在身，不想把事情搞得太复杂就没说。"

听见女人的话，宇文澈下意识地认识到自己犯了个错误，应该早点跟霍语恩提出分手才对，没想到后来因为不忍心而耽误了。

霍东青察觉到芸芸的顾忌，愧疚地说："没想到语恩变成这样，肯定是受到季文媛的影响。芸芸，我对不住你。"

"是她的错，跟你无关，你不用跟我道歉。"彭芸芸不是不想领情，这是原则性的事。

霍东青也不好说什么，只是尴尬地看了宇文澈一眼。

"伯父，你还没吃晚饭，要不让芸芸陪你吃点？"

"好，不知道芸芸同意不同意。"

两双眼睛盯着自己看，彭芸芸尴尬地点点头。

看着他们父女俩离开，宇文澈意识到要把事情简单化，他找到手机，找到霍语恩的号码打了过去："喂，是我……"

霍语恩没想到会接到宇文澈的电话："你醒了？我明天想去看你可以吗？"

"你不用来看我了，我给你打电话只想说一句话……语恩，我们分手吧……"

耳朵很敏锐，她听得清清楚楚，没想到他醒来的第一件事就是做了分手的决定。她双手抱着手机慌张地说："我想知道你们会结婚吗？"

"我和芸芸一定会结婚，我们一家三口会生活的很幸福……我挂了，再见。"

手机那边已经挂断了，霍语恩抱着手机自言自语地傻笑着："没有了，什么都没有了。我的事业，我的爱情，我的爸爸，全都不见了……"

她埋首哭泣着，不敢发出声音，也不敢被妈妈知道。这一刻她想要一个人待着，回想一个多月来发生的点点滴滴，是自己亲手埋葬了这份爱情。或许在四年前爱情就已经变质了，只是她自己被蒙蔽了眼睛，装作看不清而已。

夜色正浓，房间里的霍语恩却陷入了悲痛之中，她失恋了。

第二天上午十点刚过，病房里来了一个不速之客，手里依旧是百合花，脸上的笑容仍旧是淡淡的，看人的眼神是温和的，西装永远是最年轻最潮流的。

宇文澈一脸没好奇地看着他："姜傲风，什么风把你吹来了？"

"宇文澈我知道你不欢迎我，不过我还是要来探望你。"说着姜傲风把花放在了茶几上。

宇文澈咳了两声，牵动着背后的伤，因为疼痛变了表情。

"看不出来你的身体也不怎么样，一点点小伤就让你爬不起来了。"

宇文澈冷冷地望着他："你，你说什么？"

姜傲风嘿嘿地笑着："你这样的体力能保护好芸芸吗？"

"多管闲事！"

"是不是多管闲事你自己心里清楚。"

宇文澈眯着眼睛："姜傲风我警告你，你不能趁人之危，芸芸可是我的女人，她还生下了我的儿子，你没有胜算了！"

姜傲风惊讶地看着他。

"现在知道了吧?"宇文澈得意地看着他的表情。

"原来如此,你就是那个混蛋。"姜傲风说道。

宇文澈大吼一声:"姜,傲,风!"

与此同时,在霍家客厅,季文媛俯下身子签好了离婚协议书,等待着霍东青回来。陪在她身边的是语恩,母女俩相互看了一眼,两只手握在了一起。

"妈妈,我昨天晚上已经申请了美国那边的大学,只要申请过了最快下周我们就能离开了。到了美国我们租公寓住,我读书,你去哥哥那好不好?"

"也好,我清闲了这些年,也想出去走一走,现在下了决心,当然好了。"

第五十八章
这 是 幸 福

霍语恩坦然地笑着，听见脚步声，她的全身都紧张起来。

霍东青面无表情地出现在客厅里，盯着她们母女俩，冷冷地说道："又有什么事？"

季文媛把离婚协议书递给他："我已经签过了，你签完了交给李律师去办就行了。"

"季文媛，你这是什么意思？又跟我玩什么把戏？"

霍语恩想到四年前的那场车祸，她不想走得心里不安，她很难面对彭芸芸，扑通一声跪在地上。霍东青和季文媛诧异地看着她，一脸决绝，似乎有话要说。

"爸，妈妈没有开玩笑，我们想了一整夜，决定去美国，哥哥在加拿大，也比较近。"

霍东青撇了季文媛一眼没说话，目光犹豫地回到女儿身上。

她接着说道："我知道自己做的错事太多了……我不想走得不安心，所以我想告诉你的是……四年前彭芸芸从霍家跑出来之后，我心有不甘让人去监视她，没想到宇文澈找到她，他们在酒店过了一晚。我气不过，开车撞倒了她，当场逃走。或许是因为这样，彭小茜和彭芸芸才会离开梁城。"

听完所有的事情，霍东青一方面震惊，紧接着是气愤，听到女儿的话，知道她没有隐瞒，还是下意识地举起右手。

霍语恩闭上眼睛，平静地说："您想打就打吧，我太坏了，您可以不原谅我。"

季文媛捂着嘴巴在哭，这件事情她是知道了，她知道女儿做过之后就后悔了。车祸已经发生了，彭芸芸的确受到了伤害，这些都是无法回头的事实。

"霍语恩，我对你太失望了！你再讨厌芸芸，她也是跟你有血缘关系的妹妹……"霍东青的手掌放下来，既然她已经承认错误了，再打一巴掌也弥补不回来了。

季文媛抱着女儿担惊受怕的身子，泪眼婆娑。

霍东青站起来，毫不犹豫地签下了名字，他平复了心情说道："这件事情我会询问芸芸的意思，如果她不愿意原谅你的话，我会去报警。"

霍语恩没说话，她知道自己说出来的代价是什么，睁着眼睛看着爸爸，无言以对。

一个月后

六福路有一辆保时捷停下来，男人从驾驶位走下来，高大英俊，深邃的眸子，戴着黑色太阳镜，会心一笑。

"爸爸，我的巧克力豆呢？"小宝睁着精明的眼眸，盯着男人。

宇文澈俯下身子，捏住儿子的小鼻子："不是在你妈妈口袋里吗。"

"小宝，你的巧克力吃的太多了，不能再吃了。"

男人抬眼看见一身白色风衣的俏丽女人，齐腰的长发垂着，小巧的唇瓣一开一合，整个人露出了不悦的神情。

小宝撅着嘴巴，不高兴地呜咽："妈妈，一颗，我只要一颗。"

"一颗都不行！回家。"说着彭芸芸大步迈进了公寓楼里。

小宝抱着宇文澈的大腿晃着："爸爸，我要吃巧克力豆。"

"爸爸没办法，家里你妈妈是老大。"宇文澈无奈地耸肩，抱着儿子上了楼。

公寓里，彭小茜一边洗菜，一边笑着说："隔壁邻居给的鸡蛋，说是她儿媳妇生了个儿子，可高兴了。"

"现在谁家的孩子不是宝，我们家的小宝不也一样。"霍东青说着，系着围裙，右手握着铲子，等待着锅里的油热了就炒菜。

推开家门的彭芸芸不停地垂着腰际，嘴里嘟囔着："早知道你一个人去超级市场买东西了，我累死了！"

"我又不会买，买回来不是贵了就是不新鲜。"宇文澈听着女人的抱怨无奈地看着儿子。

小宝不理会爸爸，撇撇小嘴巴，跑进了厨房。

"外婆的小宝贝回来了……"说着彭小茜放下菜，抱起了他。

霍东青笑着说："去市场买了什么东西啊？告诉外公好不好？"

"爸爸妈妈买了好多吃的，好多好多！"小宝激动地说着，晃动着小手臂比划着。

"好多好吃的啊……"彭小茜抱着外孙走出了厨房，看见宇文澈坐在沙发里，却没看见芸芸。

"妈妈去哪儿？"

宇文澈听见儿子的声音站了起来："阿姨，芸芸去换衣服了说是帮您做饭。"

"不用了，我们把饭都做好了，还有两个菜就可以吃饭了。"

"不会吧，你不是说等我回来一起做吗？"彭芸芸说着一边扎着头发走了出来。

换上紫色的运动服，女人看起来很清新很俏皮的模样，宇文澈忍不住端详起来。

无视男人的眼神，彭芸芸卷起袖子走进了厨房，看见霍东青洗着围裙在炒菜，炒好的排骨已经出锅了，仔细闻闻，真香！

"饿了吧？还有一个菜，出去等着吧。"霍东青说着不让芸芸伸手。

"可是我说过我要来帮忙的……"

"不碍事，我和你妈把饭都做好了，今天周末你们难得出去一趟。"

彭芸芸拗不过他，只好离开了厨房。

"怎么了？不让你帮忙还不高兴了？"宇文澈看了他一眼，酸酸地说。

"哪有……妈妈你不要听宇文澈胡说！"

彭小茜拿着遥控器打开电视机："你们整天吵架，我看你们俩越吵感情越好！"

"阿姨说得没错，打是亲骂是爱！"

彭芸芸给了他一记大白眼。

"开饭了！"霍东青的吆喝声已经成为这个家的标志了，宇文澈配合默契地收拾饭桌，抱着儿子坐在椅子上。

小宝拿着筷子叫起来："爸爸妈妈吃饭了！外公外婆吃饭了！"

彭芸芸吃着家常菜，感受到与众不同的感觉，仿佛幸福就是从平平淡淡之中萌生的。盯着妈妈，她细心地夹菜给外孙，一副慈爱的模样。她身边坐着的是霍东青，虽然到现在嘴巴上都没有叫过一声爸爸，在她心中已经默认了。

身边的男人是宇文澈，她从一个月前已经正式面对和他之间的感情了。爱情这种奇妙的东西，一直让她受尽了苦头，所以她打算翻身做主人，绝对不在委屈自己了。

晚饭过后，和往常一样打开了笔记本电脑，这是她最近新买的一台，只有十寸大小。对于彭芸芸来说，她最开心的是，在网上能找到以前多年没有联系到的同学和朋友，想想都令人兴奋。

登陆邮箱，上线提示有一封新邮件，她不经意地打开它，看见寄件人的姓名，她惊讶了很久。一直到宇文澈走进来搂住她的肩膀，才晃过神来。

"你发呆了很久……"

"是吗？我失神了。"

"怎么了，刚才吃饭的时候不是很开心吗？"

彭芸芸指着邮件说："我很惊讶，霍语恩居然给我发了一封邮件，她是怎么知道我的邮箱地址？"

宇文澈尴尬地看着她，女人眼中都是质疑，他只好举手投降了："我承认，是我告诉她的。本来我也不想说的，但是她在电话里一再恳求我，我想着她应该没有什么恶意，就把你的邮箱地址告诉她了。"

"宇文澈！你胆子越来越大了。"

"饶过我这一回吧，绝对没有下次了。"宇文澈说着，双手合十，露出可怜兮兮的样子。

彭芸芸的目光回到邮件上，她盯着信的内容念起来："好久不见，你们好吗？很冒昧跟你写信，知道你不想看见我，所以我还是大着胆子给你写信了。四年前的车祸我很抱歉，我对不起你，对不起你的妈妈……"

宇文澈听着女人轻轻地念着信里的内容，安静地坐在她的身边默默看着电脑屏幕。

读完最后一句话，彭芸芸的心释怀了，她过去的所作所为的确让她痛恨。一个月前从霍东青嘴里得知，霍语恩承认了四年前的车祸是她做的。而且她跪下来请求父亲的原谅。当时她就释怀了，或许是身上都留着霍家的血，始终不能真正的痛恨霍语恩。

"怎么了，心里难受了？"宇文澈从女人身后抱住她，感受到脖颈处传来的温度。

"我的心不难受，只是……没想到她会给我写信。"彭芸芸说着把邮箱关掉，靠在男人的胸膛处，心很平静。

宇文澈冲着她的耳朵吹着热气，如愿以偿地看到女人的耳垂红了，娇躯微微颤抖，他嘴角露出得逞的笑容。忽然把她放倒在床上，强壮的身躯压了上去，魅惑地说道："嫁给我吧，芸芸，我会让你比现在还幸福。"

彭芸芸一愣，平静地说道："我不要！"说完继续挣扎着。

宇文澈无奈地握住女人的双手，压在床铺上："芸芸，我们再要一个孩子吧……儿子太孤单了。"

彭芸芸大惊："宇文澈，你疯了吗？"

"随便你怎么说，我可不想看着姜傲风对你暗送秋波。"

"暗送秋波好像是女人对男人吧……"

男人露出尴尬的笑容，跟四年前一样，英俊帅气，身下的女人看痴了，受到蛊惑一般，抚摸上他的脸庞。

"女人，这是你自找的！"

宇文澈的吻，落了下来。

"唔……你无赖……"

看着男人真心的眼眸，深邃不见底。

彭芸芸的声音淹没在激情之中。

窗外，华灯初上，星空璀璨。